경계를
넘어

경계를 넘어

초판 1쇄 인쇄 2020년 2월 21일
초판 1쇄 발행 2020년 2월 28일

지은이 커스티 애플바움 **옮긴이** 김아림

펴낸이 이상순 **주간** 서인찬 **편집장** 박윤주 **제작이사** 이상광
기획편집 이세원 박월 김한솔 최은정 이주미 **디자인** 유영준 이민정
마케팅홍보 이병구 신희용 김경민 **경영지원** 고은정

펴낸곳 (주)도서출판 아름다운사람들
주소 (10881) 경기도 파주시 회동길 103
대표전화 (031) 8074-0082 **팩스** (031) 955-1083
이메일 books777@naver.com **홈페이지** www.books114.net

리듬문고는 (주)도서출판 아름다운사람들의 청소년 브랜드입니다.

ISBN 978-89-6513-581-4 43840

The Middler
First published 2019 by Nosy Crow Ltd
The Crow's Nest, 14 Baden Place, Crosby Row
London, SE1 1YW

Text Copyright © Kirsty Applebaum 2019
Illustrations Copyright © Matt Saunders 2019
Korean Translation © BeautifulPeople 2020
All rights reserved.

This translation of The Middler is published by arrangement with Nosy Crow Limited
through KidsMind Agency, Korea.

이 책의 한국어판 저작권은 키즈마인드 에이전시를 통해 Nosy Crow와 독점 계약한 아름다운사람들에 있습니다.
신 저작권법에 의해 한국 내에서 보호를 받는 저작물이므로 무단전재와 복제를 금합니다.

이 도서의 국립중앙도서관 출판예정도서목록(CIP)은 서지정보유통지원시스템(http://seoji.nl.go.kr)과
국가자료종합목록구축시스템(http://kolis-net.nl.go.kr)에서 이용하실 수 있습니다. (CIP제어번호 : CIP2020006235)

파본은 구입하신 서점에서 교환해 드립니다.

들어가며

제드 오빠는 우리 가운데 첫째다.

4년 후 막내 트리그가 태어났다.

그리고 나, 매기는 중간에 낀 아이다.

둘째는 가장 운이 나쁘다.

차 례

들어가며 … 5

9월 1일,
월요일

1

첫째는 특별하다

나는 서랍에서 여름방학 일기장을 꺼냈다. 거의 모든 페이지가 채워졌다. 그리고 맨 마지막 장에는 멋쟁이나비를 그려 놓았다. 검은색 날개에 선명한 붉은색의 줄무늬가 있는, 누구나 한 번쯤은 들판에서 날아다니는 것을 봤을 법한 녀석이었다.

나는 일기장을 묶은 노란색 털실을 쫙 펴서 매듭을 묶고 손으로 맨 앞을 편평하게 다듬었다. 아마 '최고의 일기' 상을 타지는 못할 것이다. 그건 항상 가장 나이 많은 학생이 탔으니 말이다. 그래도 2등 정도는 기대할 수 있지 않을까.

나는 일기장을 들고 아래층으로 내려갔다.

"준비됐어, 매기 누나?" 트리그가 현관문을 열고 문틀을 양손으로 붙잡은 채 몸을 앞으로 기울이며 물었다. 트리그의 일기장은 정원용 노끈에 묶여 현관 앞 매트 위에 놓여 있었다. "더 일찍 출발하는 게 좋았을 텐데. 그렇죠, 아빠?"

"이런, 매기." 아빠가 내 다리를 보고 고개를 가로저었다. "그 교복 좀 손봐야겠다. 방학 전보다 더 짧아진 것 같구나."

아빠가 내 치마 밑단을 잡아 내렸다. 하지만 밑단은 다시 올라갔다.

"제드 형! 제드 형! 제드 형!" 트리그가 소리를 지르느라 얼굴이 빨개졌다.

"잠깐만!" 제드 오빠의 목소리가 아래층에 울려 퍼졌다.

엄마가 들판에서 일할 준비를 하고 부엌에서 나왔다. "제드는 내버려 두고 가자." 엄마가 말했다. "늦으면 자기 잘못이지 뭐."

"서둘러, 매기 누나." 트리그가 자기 일기장을 챙기며 말했다. 하지만 나는 제드 오빠와 같이 가는 게 아니면 아무 데도 가지 않을 작정이었다.

드디어 제드 오빠가 나타났다. 셔츠 자락이 삐져나오고 턱에 잼이 묻은 채였다.

"여름방학 일기장 챙겨야 하는 거 잊지 않았지?" 트리그가 물었다.

"여기 있어." 제드 오빠가 몸을 휙 돌리더니 뒷주머니를 툭툭 두드렸다. 끝이 접힌 지저분한 페이지가 위쪽에 살짝 보였다.

아빠가 얼굴에 묻은 잼을 닦아 주려고 제드 오빠에게 다가갔지만 오빠는 몸을 수그려 아빠의 팔을 피했고, 우리 모두는 현관문을 지나 따뜻한 9월의 공기 속으로 달려갔다.

트리그는 달리기에 젬병이었다. 게다가 학교에 가는 내내 일기장을 품 안에 꼭 안은 채였다. 나와 제드 오빠는 트리그가 뒤처지지 않도록 매번 멈춰서 기다려 줘야 했다.

"좋은 아침이에요, 짐머만 선생님.

좋은 아침이에요, 템플 선생님.

좋은 아침이에요, 콘테 선생님.

좋은 아침이에요, 웹스터 씨.

좋은 아침이에요, 모두들."

학교 강당에서는 새 학기다운 냄새가 났다. 나무에 칠하는 기름과 청소용 파우더 냄새였다.

"이상한 냄새가 나. 그렇지 않아, 매기 누나? 그렇지, 제드 형?" 트리그가 안절부절못하면서 코를 찡긋거렸다.

"쉿." 내가 속삭였다.

우리 앞에는 린디 초드리가 있었다. 린디 언니는 다리를 꼬고 긴 머리를 뒤로 전부 빗어 넘겼다. 치맛단에는 새로 박음질한 주름 장식이 달려 있었다. 제드 오빠는 걸음을 서둘러 린디 언니 가까이에 앉았다.

짐머만 선생님이 가슴께에서 손을 깍지 낀 채 말했다. "웹스터 씨가 여름방학 동안 강당 바닥을 사포질하고 기름을 발라 주셨단다. 정말 좋지 않니?"

나는 손가락을 쫙 펴고 부드러운 나무 바닥에 손바닥을 꾹 눌러 보았다. 이렇게 손질하는 데 꽤 오랜 시간이 걸렸을 게 분명했다.

"이제 고개를 숙이고 아침 구호를 외치자."

"첫째는 영웅이다.
첫째는 특별하다.
첫째는 용감하다.
첫째를 캠프에 보내지 않는 사람은 부끄러운 줄 알아라.
그들의 친족도 마찬가지다.
무엇보다 방랑자들은 부끄러운 줄 알아라.
조용한 전쟁을 평화롭게 마무리하자.
진심으로, 그리고 영원히."

짐머만 선생님이 고개를 들고 한쪽으로 살짝 기울이고는 미소를 지었다. "다들 페니스 윅 학교에 다시 돌아온 걸 환영한다. 방학 잘 보냈길."

우리는 짐머만 선생님이 교장 선생님의 새 학기 전달 사항을 이야기하는 동안 손톱을 물어뜯으며 텅 빈 벽을 바라보았다.

"마룻바닥을 사포질하는 것 말고도 웹스터 씨가 우리를 위해 화장실의 흙을 파 엎어 주셨단다. 이제 새로운 화장실을 사용하고 예전 것은 퇴비로 쓰면 돼. 그리고 모든 푯말을 똑바로 정리해 주셨어."

우리는 웹스터 씨에게 박수를 보냈다.

"그리고 콘테 선생님이 아이를 낳고 학교에 돌아오셨어. 아기 이름은 마이클이고 첫째란다. 언젠가 점심시간에 아버지와 함께 학교에 한번 들렀으면 좋겠구나."

우리는 콘테 선생님에게도 박수를 보냈다.

"또 우리 마을 첫째 가운데 샐리 오웬스와 뎁 메리노가 여름 방학 동안에 열네 살이 되어 캠프에 갔단다."

우리는 샐리 오웬스에게 박수를 보냈다.

우리는 뎁 메리노에게도 박수를 보냈다.

"그리고 돌아오는 토요일에도 첫째 두 명이 캠프에 갈 예정이야. 제드 크루즈와 린디 초드리란다."

제드 오빠가 몸을 앞으로 기울여 린디 언니의 어깨를 쿡 찔렀다. 나는 여러 번 박수를 치느라 좀 지루해졌다.

"그리고 수업을 시작하기 전에, 오늘 중요한 소식을 가져오신 특별한 손님이 한 분 계시단다." 짐머만 선생님이 강당 입구를 향해 손을 뻗었다. 하지만 들어오는 사람은 없었다.

"음, 오늘 중요한 소식을 갖고 온 특별한 손님이 한 분 오셨어." 짐머만 선생님이 조금 더 큰 소리로 말했다. 하지만 역시 아무도 들어오지 않았다.

템플 선생님이 헛기침을 했다. 그리고 턱짓으로 창문 쪽을 가리켰다.

앤더슨 촌장님이 하급생용 운동장의 벽에 걸터앉아 있었다. 발은 카트 위에 올려놓았고 두 손에는 엄청나게 큰 샌드위치를 감싸 쥐고 있었다. 치즈 샌드위치로 보였다. 촌장님은 입안 가득한 내용물을 삼키고는 우리에게 손을 흔들었다. 우리 가운데 손을 흔들어 답해 주는 사람은 얼마 없었다.

짐머만 선생님이 깊게 숨을 들이쉬더니 말했다. "촌장님께 우리가 준비되었다고 말씀드리는 게 어떨까요, 템플 선생님?"

"좋아요." 앤더슨 촌장님이 웹스터 씨가 새로 기름칠한 나무 바닥 한가운데에 서서 말했다. 촌장님은 머리카락을 묶어 아무렇게나 뒤로 늘어뜨린 채였다. "나는 길게 이것저것 얘기하거나 여러분이 지겨운 여름방학 동안 무엇을 배웠는지 검사하지 않을 거예요. 그건 여러분의 선생님들이 할 일이죠. 그렇죠?" 촌장님은 우리들을 향해 윙크를 날렸고 아이들 몇몇이 키득거렸다.

짐머만 선생님은 눈을 질끈 감았다.

"대신에 내가 해 줄 말은 다음과 같아요." 촌장님이 이야기를 이어 갔다. "우리 도시의 경계에서 남쪽으로 5마일 떨어진 곳에 방랑자들이 나타났다는 거죠."

방랑자들이라고? 킬킬거리는 소리가 멎었다. 짐머만 선생님이 감았던 눈을 떴다. 왠지 등골이 오싹해졌다.

"그래요." 앤더슨 촌장님이 고개를 끄덕였다. "어제 나는 시내에 있었어요. 동료들 몇 명을 만났죠. 우리 지역에 방랑자들이 나타난 지는 꽤 되었지만 요즘 들어 수가 늘었다고 해요." 촌장님은 잠깐 말을 멈추고 강당의 한쪽 끝에서 다른 쪽 끝까지 시선을 옮기며 가능한 한 많은 학생들과 눈을 마주쳤다.

"그래서 말이죠." 촌장님이 말을 이었다. "우리 주위에 방랑자가 있으면 왜 안 될까요? 누구 아는 사람?"

트리그가 있는 힘껏 팔을 번쩍 들어 올렸다. 반대쪽 손으로 더 쭉 밀어 올리기까지 했다. 그 모습은 당연히 앤더슨 촌장님의 눈에 띄었다.

"그래. 대답해 보렴, 트리그."

"그 녀석들은, 음……." 트리그는 무언가를 기억해 내려는 듯 천장을 올려다봤다. "녀석들은 더럽고, 위험하고, 속임수를 잘 써요."

"더럽고, 위험하고, 속임수를 잘 쓴다." 앤더슨 촌장님이 손가락을 꼽으며 따라 말했다. "그리고 그들은 이 전쟁에서 우리 편에 서게 되어 있지."

촌장님은 뒷짐을 지고는 발을 땅에 붙인 채 몸을 앞뒤로 흔들었다. "우리나라는 적들을 계속 궁지에 몰아넣는 얼마 안 되는 곳 가운데 하나죠. 어쩌면 유일할 수도 있어요. 왜 그렇다고 생각하나요?"

트리그가 다시 손을 들었다.

"분명 지리적인 요인이 도움을 주었죠." 앤더슨 촌장님은 스스로 대답하더니 마치 트리그에게 대답을 들은 것처럼 고개를 끄덕였다. "그리고 우리나라는 자급자족 능력도 훌륭하고요." 촌장님이 고개를 다시 끄덕였다. "하지만 우리나라가 살아남을 수 있는 진정한 이유는 우리들이에요. 우리 자신 덕분이죠." 촌장님이 두 팔을 벌리며 말했다. "우리는 적응력이 뛰어난 사람들이에요. 자제력도 좋고 용감하죠. 일을 열심히 하고 공공의 이익을 위해 희생할 줄 알아요. 우리는 오랜 역사를 거쳐 전쟁에서 입은 피해를 복구했죠. 그런 힘이 우리의 피에 흘러요. 물론 우리 가운데 가장 용감한 사람들은 첫째들이죠."

촌장님은 제드 오빠와 린디 언니를 바라봤다. 두 사람은 서로의 어깨를 쿡쿡 찔렀다.

"캠프에서 첫째들은 '조용한 전쟁'에 참여해요." 앤더슨 촌장님이 말했다. "첫째들은 용맹하고 영웅적으로 싸우죠. 그래야 고향에 있는 우리가 안전하니까요. 내 외동딸 캐럴라인도 10년 전 바로 이 달에 캠프에 갔죠. 나는 그 애가 너무나 자랑스러워요."

우리는 캐럴라인에게 박수를 쳤다. 촌장님이 한 손을 들어 박수를 멈췄다.

"하지만 방랑자들은 그들의 첫째 아이를 캠프에 보내지 않아요." 촌장님이 천천히 고개를 저으며 말했다. "우리의 용감한 영웅들은 방랑자들까지 적들에게서 보호해요. 하지만 방랑자들은 이기적이게도 첫째 아이를 적과 싸우지 못하게 하죠. 그들은 우리 모두 첫째 아이를 캠프에 보내야 한다는 앤드루 솔즈베리의 칙령을 거스르고 있어요. 그들은 가족이 문명화된 방식으로 도시에 살 기회를 누려야 한다는 사실을 거부해요. 그리고 첫째 아이들이 나라를 위해 싸울 기회를 가져야 한다는 사실도 거부하죠. 그들은 더럽고, 위험하고, 속임수를 잘 써요. 우리가 여기 페니스 윅 근처에 그런 자들을 가까이 두고 싶을까요?"

"아니요, 앤더슨 촌장님." 우리는 모두 고개를 가로저으며 대답했다.

"그리고 그보다 더 중요한 것은……." 촌장님이 우리 쪽으로 몸을 숙이며 속삭이듯이 목소리를 낮췄다. "우리는 얼마 전 방랑자들이 대담하게도 페니스 윅 가까이 왔다는 사실을 훨씬 두렵게 여겨야 해요. 그때 내 여동생도 목숨을 잃었죠." 촌장님은 바닥으로 시선을 떨어뜨렸다.

앞줄의 어린 학생들이 훌쩍대기 시작했다. 트리그가 무릎을 흔들었다.

"그러니까." 촌장님이 깊게 숨을 들이마시며 머리를 들었다. "우리가 안전하게 살기 위해 지켜야 할 가장 중요한 규칙이 무엇일까요?"

"절대 경계를 넘지 않는 거예요!" 트리그가 크게 외쳤다.

"그렇지, 트리그 크루즈. 절대 경계를 넘지 않는 것. 그 규칙만 지키면 방랑자들과 마주쳐도 안전할 거예요. 이걸 기억해요. 그들은 더럽고, 위험하고, 속임수를 잘 써요. 알겠죠?"

"네, 앤더슨 촌장님." 우리는 고개를 끄덕였다.

촌장님은 미소를 지었다. 하지만 입꼬리가 올라가지 않고 내려가는 미소였다.

"자, 그럼 다 같이 경계에 대한 노래를 끝까지 불러 볼까요?" 앤더슨 촌장님이 두 손을 서로 비비며 말했다. "템플 선생님. 그 오래된 피아노로 반주를 해 주시겠어요? 아직 연주가 가능한 악기죠?"

템플 선생님이 피아노 뚜껑을 들어 올렸다. 그러고는 손가락을 꼬았다가 안쪽으로 돌렸다. 두둑 하는 소리가 강당 안에 메아리쳤다.

"아, 그리고 노래를 시작하기 전에 알아 둬야 할 사실이 있어요." 앤더슨 촌장님은 더 이상 미소를 짓지 않았다. 그리고 앞니를 혀로 쓸었다. "마을의 경계를 넘는 행동은 여러분 혼자만 위험에 처하게 하는 게 아니에요. 페니스 윅 전체를 위험에 빠지게 하죠. 여러분의 친구, 가족, 이웃 전부를요. 그리고 페니스 윅을 위험에 빠뜨리는 사람이 있다면 그게 누구든 매우 큰 벌을 받을 거예요. 그러니 모두가 안전하게 살기 위해 규칙을 잘 지켜야겠죠? 자, 이제 시작하세요, 템플 선생님."

앞줄의 어린 학생이 더 크게 울기 시작했다.

교실에서는 콘테 선생님이 조용한 전쟁 이전의 시절에 대해, 그때 여름철 휴가는 어땠는지에 대해 아이들에게 얘기해 주었다. 선생님의 말에 따르면 당시 사람들은 비행기를 타고 다른 나라로 여행을 떠나곤 했다. 나는 내 석판 아래쪽 구석에 비행기 그림을 끼적댔다. 손가락에 침을 묻혀 석판에 문질러 그린 그림이었다. 가끔은 선생님들이 그런 얘기를 지어낸 게 아닌지 궁금하기도 했다.

쉬는 시간이 끝나고 콘테 선생님은 우리에게 여름방학 일기장을 꺼내라고 했다. 선생님은 책상 사이를 걸으며 일기장을 걷어 팔 사이에 끼웠다.

"오늘 오후에 전부 검사할게요." 선생님이 말했다. "그리고 내일 누가 1등을 했는지 발표할 거예요."

나는 리본이 비틀어지지 않았는지 조심하며 선생님에게 일기장을 건넸다.

"고마워, 매디."

매디라고?

린디 언니가 웃음을 터뜨렸다. "그 애 이름은 매디가 아니라 매기예요, 콘테 선생님."

"이런, 그렇지. 미안하다, 매기. 어젯밤 아기가 울어서 네 번이나 깼더니 정신이 없구나."

선생님은 내 일기장을 공책 더미에 올려놓고는, 그 위에 여섯 개를 더 쌓았다. 그런 바람에 내 리본은 눌리고 말았다.

2

폭풍우가 오고 있어

학교가 끝나자 우리는 교복을 갈아입고 산사나무 경계와 맞닿은 공동묘지까지 올라갔다. 방랑자들을 사냥하기 위해서였다. 제드 오빠의 아이디어였다.

"이리로 와." 제드 오빠가 소리쳤다. "다음에 또 누가 올래?"

제드 오빠는 가장 높은 나무 위에서 균형을 잡으며 버티고 섰다. 오빠의 다리가 나뭇잎과 햇볕으로 얼룩이 졌다. 그래서 마치 눈에 띄지 않게 주변 사물로 위장하는 옷을 입은 듯했다. 더위에 나뭇가지가 잔물결처럼 흩날렸다.

나와 트리그, 린디 언니는 다들 눈이 부셔 눈을 가늘게 떴다.

"저기를 봐." 제드 오빠가 붉은 열매가 열린 산사나무 너머 남쪽을 가리켰다. 할아버지의 시계가 오빠의 손목에서 반짝 빛났다. "여기서는 저 멀리까지 보여."

티셔츠 밑으로 내 심장이 쿵쿵 뛰었다.

"방랑자들이 보여?" 트리그가 양손으로 눈에 그늘을 만들며 말했다.

"물론 아직 보이진 않아." 제드 오빠가 대답했다. "여기서 계속 관찰하면서 기다려야 해."

제드 오빠는 이제 정말 높이 올라갔다. 오빠를 올려다보는 것만으로 뱃속이 꼬이는 것 같았다.

"촌장님이 우리에게 상을 줄 거라고 생각해?" 나도 눈에 그늘을 만들면서 물었다. "그러니까, 우리가 그들을 발견한다면 말이야. 촌장님이 조회 시간에 우리 이름을 부르면서 칭찬할까?"

제드 오빠가 웃음을 터뜨렸다. "너는 결코 그들을 찾을 수 없을 거야, 매기. 넌 둘째잖아. 너무 무서워서 여기까지 올라오지도 못하는걸."

"맞아, 너는 언제나 모든 걸 무서워해." 린디 언니가 나를 팔꿈치로 밀쳤고 트리그가 그 사이를 뚫고 올라왔다. "조심해, 형. 내가 이제 올라갈 거야."

제드 오빠가 씩 웃었다. 린디 언니와 함께 나뭇가지에 앉겠다는 생각 때문이었을 것이다.

린디 언니는 나무 아래쪽의 두 무덤 사이로 걸어갔다. 묘비에는 무덤에 누운 옛 조상들의 이름이 새겨져 있었다. 윌리엄 휘팅턴과 조지나 밀리센트 크루즈였다. 조지나 밀리센트 크루즈는 내 고조할머니의 증조할머니다. 우리가 실제로 돌아가신 옛 조상들에 둘러싸여 있는데, 이곳 묘지에서는 풀과 흙, 수액 냄새가 나다니 재미있었다.

린디 언니는 나무줄기의 툭 튀어나온 옹이를 찾았다. 발을 디뎌 나무에 올라갈 곳이 필요했기 때문이었다. 언니는 첫 발을 디디고 몸을 일으킨 다음 두 번째, 세 번째, 네 번째, 다섯 번째 발 디딜 곳을 찾아 가며 나무에 올라갔다. 린디 언니는 나처럼 반바지 차림이 아니었다. 대신 바보 같은 흰색 드레스를 입고 있어서 발을 딛고 나무를 오르는 것만으로도 속옷이 보였다.

린디 언니는 거의 제드 오빠 가까이까지 올라갔다. 나는 입속이 바짝 말랐다.

오빠 말이 맞았다. 나는 무서웠다. 높은 곳에 올라가는 것도, 방랑자들을 사냥하는 것도, 모든 게 다 무서웠다. 이렇게 해서 어떻게 하겠다는 건가? 우리는 방랑자들을 하나도 발견할 수 없을 거다.

제드 오빠가 린디 언니를 향해 손을 내밀었다. 언니는 그 손을 잡았다. 그러고는 나무줄기에 기댔던 몸을 떼고 다른 쪽 손도 내밀었다.

그때 린디 언니의 발이 마른 나무껍질에서 미끄러졌다. 동시에 린디 언니의 손이 미끄러져 제드 오빠의 손에서 떨어졌다. 바보 같은 드레스가 허리춤에서 훅 부풀었다.

언니는 땅으로 추락하며 윌리엄 휘팅턴의 묘비에 머리를 부딪혔다. 언니는 꼼짝도 하지 않았다. 얼굴이 온통 피투성이였다.

언니의 머리가 묘비에 부딪히던 소리가 내 귓속에서 다시 울렸다. 쿵. 마치 벽돌로 세게 맞는 듯한 소리였다. 쿵.

린디 언니의 속옷은 하얀색이었고 조그만 푸른색 꽃이 그려져 있었다. 물망초였다. 나는 재빨리 언니에게로 건너가 드레스를 끌어내려 속옷을 덮어 주었다. 오빠나 다른 남자아이들이 봐서는 안 되기 때문이었다.

아무도 비명을 지르지 않았다. 아무도 소리를 내지 않았다. 제드 오빠는 차마 입으로 옮길 수 없는 무슨 말을 내뱉었지만, 충격을 받아 목소리가 짓눌린 듯했다. 오빠는 허둥지둥 나무에서 풀쩍 뛰어내리다시피 내려왔다. 제드 오빠는 린디 언니를 일으키려 했지만 그렇게 하지 못했다. 린디 언니의 피가 오빠의 손에 잔뜩 묻었다. 오빠는 손으로 머리를 쥐어짰고 머리 옆쪽으로 엉망진창으로 엉킨 붉은색 머리카락이 삐져나왔다.

"린디." 제드 오빠가 짓눌린 목소리로 웅얼거렸다. "린디, 린디, 린디……."

"린디 언니는 죽었어." 내가 말했다.

"아니야, 그럴 리가 없어." 제드 오빠가 말했다. "우린 뭔가를 해야 해."

우리 둘은 그 자리에 서 있었고, 곧 트리그가 왔다. 우리 세 남매는 하얀색 드레스를 입고 얼굴이 피투성이가 되어 짙은 색 긴 머리카락이 잔디밭에 펼쳐진 린디 언니를 내려다보았다.

"먼저 숨을 쉬는지 확인해야 해." 트리그가 말했다. 트리그는 제대로 뛰거나 비뚤어진 넥타이를 고쳐 매지도 못하고 있었다. "숨이 멎었으면, 숨을 쉬게 해야지. 응급 처치로 말이야. 우리 몇 년 전에 학교에서 배웠지, 기억나?" 트리그가 침을 꼴깍 삼켰다. "그리고 우리 가운데 한 명이 달려가서 누군가에게 도움을 청해야 해."

제드 오빠가 린디 언니 옆에 무릎을 꿇은 채 말했다. "나는 린디를 두고 갈 수 없어. 네가 갔다 와, 매기."

나보고 가라고?

"어서, 매기! 뛰어야 해."

나는 묘지를 가로질러 뛰어갔다. 파커가와 스탠베리가 조상의 묘지를 지나 달리다 보니 풀이 발목을 마구 때렸다. 나는 앤더슨 촌장님의 밭 가장자리를 따라 뛰었다. 작고 검은 날벌레가 자꾸 눈으로 들어왔지만, 손으로 쓸어 낼 여유도 없어서 눈을 깜박이기만 하고 계속 달렸다. 나는 밭의 바닥을 딛고 햇볕에 바싹 마른 진흙 고랑을 넘으려고 뛰어올랐지만, 한 번에 뛰어넘지는 못했다. 나는 마을 남쪽의 오래된 이동 주택 주차장 주변을 돌면서 계속 소리 높여 의사 선생님을 불렀다.

"도와주세요! 도와주세요! 수니타 선생님!"

나는 뜨거운 숨을 헉헉 뱉으며 초드리 부인을 불렀다.

"초드리 부인! 초드리 부인!"

나는 호박, 대황, 토마토 밭을 지나치며 주말 농장 곳곳을 뛰어다녔다.

"무슨 일이니, 얘야?"

들려오는 말소리에 급히 멈추는 바람에 나는 거의 넘어질 뻔했다.

엘시 웨더 할머니가 딸기 밭에서 무릎을 꿇고 일하는 중이었다. 다행이었다.

"왜 그러니, 얘야? 무슨 일이야?" 엘시 할머니는 지팡이를 짚고 일어섰다. 양쪽 무릎에는 낡은 스펀지를 고무줄로 달아 맨 채였다.

"린디, 린디 언니 때문이에요. 도움이 필요해요."

"잠깐만 기다리렴. 내가 늦긴 했지만 도움이 될지도 모르니 말이야." 엘시 할머니가 무릎에 댄 스펀지에서 흙을 털며 말했다.

"서둘러야 해요. 린디 언니가 머리를 세게 부딪쳤어요. 나무에서 떨어졌거든요. 지금 움직이지도 못해요." 나는 마을 저편을 흘깃 쳐다보며 뒤죽박죽으로 급하게 이야기했다.

할머니는 떨리는 한쪽 손에서 다른 쪽 손으로 지팡이를 바꿔잡은 다음, 주머니에 손을 넣어 손수건을 꺼냈다. 그러고는 내장이 튀어나오지 않을까 싶을 정도로 심하게 기침했다. 나는 다시 달릴 준비를 하느라 다리가 후들후들 떨렸다.

"린디 초드리 말이지." 엘시 할머니가 손수건을 접으며 말했다. 손톱이 노랗고 두터웠다. "초드리 집안의 첫째 아이잖아, 그렇지?"

그때 햇볕이 엘시 할머니의 어깨를 넘어 내 눈을 향해 쏟아졌다. "네, 맞아요. 하지만 시간이 없어요, 할머니. 다른 데로 가 봐야겠어요."

"잠깐만, 애야." 엘시 할머니가 앞쪽으로 손을 뻗어 내 손을 잡았다. "그 린디라는 아이가 몇 살이니?"

엘시 할머니의 엄지손가락 뼈가 내 손바닥을 세게 눌렀다. 나는 빠져나오려고 애썼다.

"그 애가 캠프에 가기까지 얼마나 남았니?"

"할머니, 저는 정말 시간이 없어요. 서둘러야 해요."

엘시 할머니는 내 몸을 자기 쪽으로 끌어당기고 내 얼굴에 숨을 뱉었다. 코로 들어온 숨결에 나는 콜록거렸다.

"그 애는 몇 살이니? 캠프에 가기까지 얼마나 남았니?"

그저께가 린디 언니의 열네 번째 생일이었다. 모두가 생일 파티에 참석했고, 그 자리에는 엘시 할머니도 있었다. 그새 할머니가 그걸 잊었을 리 없을 텐데.

"린디 언니는 열네 살이에요. 그리고 이번 토요일에 캠프에 갈 예정이었어요." 나는 손아귀에서 벗어나려고 엘시 할머니의 손을 잡아당겼다. 할머니의 엄지손톱이 내 피부를 할퀴었다. "죄송해요, 할머니. 저는 가 봐야 해요. 죄송해요."

"폭풍우가 오고 있어!" 엘시 할머니가 뒤에서 외쳤다.

나는 달렸다. 엘시 할머니 곁에서 벗어나, 이동 주택들을 지나쳐 마을 쪽으로 향했다.

파커 형제가 개구리 골목에서 나오는 모습이 보였다. 로비, 닐, 그리프, 라일은 턱수염을 덥수룩하게 길렀고 다들 소매를 걷고 있었다.

"도와주세요!" 나는 큰 소리로 외쳤다. "도와주세요! 도움이 필요해요!"

3

페니스 윅 공동묘지

로비 파커는 무릎을 꿇고 앉아 린디 언니의 입에 귀를 가까이 가져갔다. 마치 로비가 듣고 싶어 하는 무슨 말을 언니가 속삭이는 듯했다.

"린디는 숨을 쉬고 있어." 제드 오빠가 말했다. "트리그가 확인했어. 그런 다음 몸을 옆으로 뉘였지."

"그래야 질식하지 않으니까." 트리그가 말했다.

나는 너무 가깝지 않은 곳에 쭈그려 앉았다. 린디 언니의 하얀 드레스는 초록색 풀물과 붉은색 피로 범벅이 되어 있었다. 언니는 꽤 많은 피를 흘렸다.

"잘했구나." 로비가 말했다.

그 말은 누구에게 한 말이었을까? 트리그? 제드 오빠? 나? 하지만 로비는 린디 언니에게서 눈을 떼지 않았다. 그러고는 한쪽 팔을 린디 언니의 어깨 아래에 넣어 머리를 받쳤다. 로비의 형제인 닐도 손을 둥글게 구부려 언니의 머리를 받쳐 들었다. 그런 다음 로비는 다른 쪽 팔을 린디 언니의 다리 아래에 받치고 몸을 자기 쪽으로 끌어안은 다음 일어섰다. 로비의 양팔에 안긴 린디 언니는 털가죽처럼 힘없이 늘어졌다.

로비와 닐은 묘지를 가로질러 린디 언니를 조심스레 천천히 옮겼다. 마치 우유가 가득 찬 머그잔을 쏟지 않게 나르는 것 같았다.

"너희들은 대체 그 위에서 뭘 하고 있었던 거니? 말썽을 일으킬 작정은 아니었겠지?" 라일 파커가 셔츠 주머니에서 안경을 꺼내 쓰며 물었다. 안경은 짙은 색을 띠고 있어서 우리가 곁에서 보면 눈을 볼 수 없었다.

"아니에요." 우리가 라일의 눈을 똑바로 바라보며 말했다. 제대로 보이는 것도 아니니 상관없었다.

"촌장님께 받은 선물을 자랑하는 건가요, 라일?" 그리프가 말했다. "학교 다니는 꼬맹이들에게 깊은 인상을 주려고요? 그만 좀 해요."

"조용히 해, 그리프." 라일은 톡 쏘아붙이더니 제드 오빠를 바라보았다. "네가 첫째지?"

"맞아요." 제드 오빠가 대답했다.

"그럼 따라오렴. 우리와 같이 돌아가자."

그들은 앞서 간 다른 사람들 뒤를 따라 걷기 시작했다.

그들은 걸어가면서 노래를 불렀다.

"데이지가 자라는 들판의 북쪽에서
나는 내 사랑을 찾았네, 귀여운 에비, 오!
그녀의 새까만 피부와 새까만 곱슬머리
회색 버드나무 그늘 아래."

'회색 버드나무.' 우리는 예전부터 이 노래를 무척 많이 들었
다. 하지만 파커 형제들이 부르는 것을 들으니 완전히 새로운
노래 같았다. 마치 그냥 노래가 아니라 진짜 경험한 것 같았다.
어쩌면 노래를 부르는 사람은 파커 형제들이 아닐지도 모른다.
죽은 조상들이 노래를 부르는 것인지도 모른다. 윌리엄 휘팅턴
과 조지나 밀리센트 크루즈를 비롯해 앤더슨가와 크루즈가, 스
탠베리가와 파커가의 죽은 사람들, 이미 죽어 페니스 웍 공동묘
지에 묻힌 모두가 노래를 부르는 것 같았다. 사람들은 부드럽고
강하게, 낮지만 매끄럽게 노래를 불렀다.

"그녀는 야영용 램프를 들고 캠프로 떠났지.
회색 버드나무 그늘 아래."

나와 트리그는 작게 노래를 따라 부르며 뒤를 쫓아갔다.

파커 형제는 개구리 골목으로 린디 언니를 옮겼다. 그러고는 수니타 의사 선생님을 찾아 집들 사이로 사라졌다. 제드 오빠는 그들을 따라갔고 나와 트리그는 골목 입구 어귀에 멈춰 섰다.

나는 진짜 개구리가 있나 주변을 둘러봤지만 개구리는 없었다. 벽돌담을 따라 통통한 검은색 애벌레가 몸을 말고 있을 뿐이었다. 나는 그 앞에 손가락을 디밀었지만 애벌레는 내 손가락 위로 올라오지 않았다. 대신 몸 가운데를 둥글게 위로 올리더니 꿈틀대다가 반대편으로 기어갔다. 무척 느릿느릿했다. 그 몸속 어딘가에 날개가 될 무언가가 들어 있다고 생각하니 흥미로웠다. 나는 애벌레를 손으로 쿡 찔렀다. 벌레는 쐐기풀 속으로 떨어졌다.

나는 이동 주택이 있는 쪽을 돌아보았다. 엘시 웨더 할머니가 아직 딸기 밭에서 무릎에 스펀지를 대고 꿇어앉아 일하는 중이었다. 주변은 엄청나게 조용했다. 더 이상 노랫소리도 들리지 않았다.

나는 벽에 기대섰다. 등 뒤가 긁히는 듯했다. 나는 뒷머리를 벽돌에 밀어붙였다. 만약 이런 단단한 데에 머리를 정말로 세게 찧으면 어떻게 될까? 내가 만약 린디 언니처럼 높은 데서 떨어져 정신을 잃으면 어떻게 될까? 내가 만약 죽으면 어떨까?

나는 눈을 감고 잠깐 숨을 멈추어 보았다. 죽으면 이런 기분일까?

"린디 누나가 괜찮을 것 같아, 누나?" 트리그가 커다란 손과 발로 골목을 휘저으며 말했다. "수니타 선생님이 린디 누나를 살릴 수 있을까? 라일은 그 웃긴 안경을 쓰고도 앞이 보이는 걸까? 촌장님이 그런 특별한 선물을 줬다니 운도 좋아. 하지만 그 안경을 쓰면 앞이 전혀 보이지 않을 것 같은데……."

그때 트리그가 몸을 멈췄다. 입을 크게 벌린 채였다.

"오, 이런." 트리그가 말했다. "안 돼!"

"왜 그래, 트리그?"

"점퍼를 두고 왔어. 내 회색 점퍼 말이야. 공동묘지 나무 바로 옆에."

"이런, 트리그. 이렇게 더운 날에 점퍼를 왜 가져온 거야? 몇 주 동안 계속 더웠잖아."

"잘못했어." 트리그가 주머니에 손을 넣었다. 어깨 사이로 고개를 떨어뜨린 채였다. "지금 가서 가져와야겠어."

웨더럴 씨가 키우는 샴 고양이가 입에 죽은 개구리를 물고 살금살금 지나갔다.

"괜찮아, 트리그." 내가 말했다. "넌 집에 가. 내가 점퍼를 가져올게. 내가 더 걸음이 빠르니까."

그러자 트리그는 나에게 팔을 감더니 꼭 끌어안았다. 트리그만의 껴안기 방식이었다.

점퍼는 거기 없었다. 나는 나무를 한 바퀴 돌았고, 윌리엄 휘팅턴과 조지나 밀리센트 크루즈의 무덤도 한 바퀴 돌았다. 꽃이 한창 핀 공동묘지 전체를 한 바퀴 둘러보았다. 하지만 점퍼는 어디에도 없었다.

어쩌면 트리그가 착각했는지도 모른다. 다른 곳에 두고 잘못 말했는지도 모른다. 트리그라면 그럴 법하니까.

나는 떠나기 전에 공동묘지를 마지막으로 한 번 더 둘러보기로 했다.

"이봐!"

누구지?

"이봐!"

그것은 외침이 아니었다. 그보다는 큰 속삭임에 가까웠다.

"이봐!"

그렇다. 커다란 속삭임이다. 누가 말하든 간에, 반쯤은 내가 듣기를 바라고 반쯤은 듣지 못하기를 바라는 것 같았다.

"이봐! 여기야!"

그 소리는 산사나무 울타리에서 났다. 그 울타리는 마을의 경계였다.

울타리가 속삭일 리가 없다. 누군가 뒤에 숨어서 말하고 있는 게 아니라면 말이다. 초록색 나뭇잎이 듬성듬성 삐져나온 울타리 사이로 누군가 머리를 불쑥 내밀었다. 어떤 여자아이였다. 그 여자아이의 머리카락은 굽기 직전의 파운드케이크 반죽처럼 노란색이었다.

나는 우리 마을 아이들을 전부 알고 있었다. 내가 조그만 꼬마였던 시절부터 같은 학교에 다녔으니 말이다. 마을 아이들 가운데 이런 색 머리카락을 가진 아이는 없었다. 그리고 마을 경계 반대쪽에 숨어 있을 만한 아이도 없었다. 전혀.

이 아이는 방랑자다.

내 심장이 멎었다.

내 숨도 멎었다.

더럽고, 위험하고, 속임수를 잘 쓰는 존재들.

"너 뭔가를 찾고 있니?" 여자아이가 망아지같이 길고 깡마른 다리로 서서 울타리 사이로 고개를 내민 채 물었다.

여자아이는 누더기 같은 갈색 드레스에 한때 빨간색이었을 장화를 신었고, 트리그의 회색 점퍼를 입고 있었다.

4

방랑자 우나

여자아이는 싱긋 웃었다. 앞니 두 개 사이에 틈이 크게 벌어져 있었다.

"그 애는 괜찮아?" 여자아이가 파운드케이크 반죽 색 머리칼을 귀 뒤로 넘겨서 꽂으며 물었다. 하지만 머리카락은 고정되지 않고 다시 떨어졌다. "나무에서 떨어진 여자애 말이야. 괜찮은 거야?"

이 여자아이는 우리를 보고 있었던 것이다. 우리가 그곳에 있던 내내 말이다.

"지금은 여기 너밖에 없는 거지? 다른 사람들은 떠났어?" 여자아이가 말했다.

나는 마을 쪽을 뒤돌아보았다. 너무 멀어서 아무도 보이지 않았다. 소리를 질러 도움을 요청해도 들리지 않을 만큼 멀었다.

"이걸 찾고 있니?" 여자아이가 가슴께에서 트리그의 점퍼 앞쪽을 들어 보이며 물었다.

점퍼를 잃어버렸다고 하면 엄마는 화를 낼 것이다. 트리그는 점퍼가 두 벌밖에 없다.

"나는 우나라고 해. 우나 오팔." 여자아이가 머리를 불쑥 내밀며 말했다.

나는 한 걸음 뒤로 물러섰다.

"이 점퍼 가져가도 좋아." 우나가 말했다. "너에게 돌려줄게." 하지만 우나는 점퍼를 벗지 않았다.

"나는 네게서 약간의 도움이 필요해. 그뿐이야." 우나가 귀 뒤로 다시 머리카락을 꽂았다. 하지만 머리카락은 다시 떨어졌다. "네가 나에게 먹을 것을 조금 가져다줬으면 좋겠어. 나와 우리 아빠가 먹을 음식 말이야. 그리고 항생제도 필요해. 아빠는 다리가 안 좋으시거든. 그러니까 음식과 항생제를 가져다줘. 그러면 이 점퍼를 돌려줄게."

나는 한 걸음 더 물러섰다가 묘비에 발이 걸려 넘어졌다. 나는 몸을 일으켰다.

"이런." 우나가 말했다. "괜찮아?"

우나의 얼굴에 나를 걱정하는 듯한 표정이 떠올랐다. 내가 다쳤는지 염려하는 듯했다. 하지만 그럴 리가 없다. 이 여자아이는 방랑자이다. 나를 걱정할 리가 없다. 그저 속임수를 쓰는 것일 뿐이다.

"너를 겁주려고 한 건 아니었어." 우나가 말했다. "음, 조금은 그랬다고 할 수 있지만 말이야. 모르겠네. 이런 젠장, 나는 이런 것에 엉망진창이야. 그래 보이지 않아?" 우나는 숨을 깊이 들이마시고는 큰 소리를 내며 다시 숨을 뱉었다.

"여기, 네 점퍼 가져가." 우나가 점퍼의 아랫부분을 잡고 머리 위로 들어 올려 벗었다. 하지만 점퍼를 내게 내밀지는 않았다. 단지 더러운 방랑자의 손으로 점퍼를 쥐어짰을 뿐이었다. "이걸 돌려줘도 나를 도와줄래?"

공기가 무거웠다. 숨을 쉬기가 힘들었다.

"나를 도와줄 수 없다면, 적어도 나를 봤다는 걸 아무에게도 말하지 말아 줄래?" 우나가 점퍼의 가슴께를 움켜잡은 채 말했다. 눈이 반짝거렸다. 마치 울음을 터뜨리지 않으려고 애쓰는 듯했다. 방랑자도 울던가?

"약속해 줄 수 있어?" 우나가 물었다.

나는 고개를 끄덕였다. 아주 살짝. 아주 조금 움직인 나머지 고개를 끄덕거렸다고 말할 수 없을 만큼 말이다. 그러니 이건 제대로 된 약속이 아니라고 할 수 있지 않을까? 방랑자와 한 약속이 아니라 해도 말이다.

우나는 내 쪽으로 점퍼를 살짝 던져 주었다. 점퍼는 우리 둘 사이의 땅에 떨어졌다. 나는 얼른 달려가서 점퍼를 홱 주운 다음 가능한 한 빨리 속도를 높여 앤더슨 촌장님의 밭 쪽으로 돌아갔다. 그날 마을까지 두 번째로 뛰어가는 셈이었다.

　나는 멈추지 않고 뛰어 주말 농장에 도착했다. 허리를 펴 몸을 위로 구부린 다음 달콤한 딸기 향이 나는 공기를 가득 들이마셨다.

　아무도 나를 보지 않았겠지? 무슨 일이 일어났는지 모르겠지? 그럴 거야. 주변에 아무도 없었어. 대황 잎 사이에 쭈그리고 앉은 엘시 할머니를 빼면 말이다.

5

아무도 둘째의 말은 믿지 않아

나는 현관문을 박차고 집 안으로 뛰어들었다.

"아빠! 아빠! 큰일 났어요. 막⋯⋯."

"숨 돌리고 진정하렴, 매기." 아빠가 난로 위에 콩과 감자를 올려놓으며 말했다. "제드에게서 다 들었다."

"하지만 저는⋯⋯."

"잠깐만 기다리렴." 아빠가 마른 행주에 손을 닦고는 행주를 어깨에 둘렀다. "그래, 제드. 네가 수니타 선생님께 갔을 때 어떤 일이 있었니?"

"맞아, 어떻게 된 거야, 형?" 식탁에 제드 오빠와 같이 앉아 있던 트리그가 손을 턱에 괴고는 해바라기처럼 눈을 크게 뜨고 물었다. "린디 누나는 죽은 거야? 로비가 얼굴을 들어 올렸을 때 보니 완전 죽은 사람 같았어. 그랬지, 매기 누나? 죽은 사람 같았어, 완전히."

"당연히 린디는 죽지 않을 거야." 제드 오빠가 대답했다. "그 애는 괜찮아. 우리가 수니타 선생님을 찾아갈 때쯤 린디는 정신을 차렸어. 수니타 선생님은 그게 좋은 징조라고 말씀하셨지. 그리고 충분히 쉬기만 하면 토요일에 캠프에 가는 건 문제없을 거라고 하셨어."

아빠가 고개를 떨어뜨렸다. 순간적으로 아빠는 늙어 보였다. 마치 한참 앓다 나은 할아버지의 얼굴을 보는 것 같았다. 늙고 지친 모습이었다.

"만약 괜찮지 않으면 어떻게 해?" 트리그가 물었다.

"뭐라고?" 제드 오빠가 되물었다.

"린디 누나가 캠프에 가지 못할 만큼 몸이 안 좋다면? 그러면 어떻게 해? 그동안 몸이 안 좋아서 캠프에 가지 못했던 사람은 없었어? 그때는 어떻게 했어?"

"조용히 해, 트리그." 제드 오빠가 벌떡 일어섰다. "린디는 괜찮을 거야." 제드 오빠는 손을 뻗어 아빠의 어깨에 올려놓았다. "아빠, 괜찮으세요?"

"음? 괜찮지, 괜찮다마다." 아빠가 미소를 지었다. "그럼 좋아. 그러니까 린디가 토요일에 캠프에 갈 만큼 괜찮다는 거다." 아빠는 감자가 담긴 냄비 손잡이를 잡고 흔들며 물기를 날렸다. "하지만 아마 린디는 일주일 정도는 눈가에 커다란 멍이 들어 있을 거야."

"네, 그렇겠죠." 제드 오빠가 말했다.

"사실……." 아빠는 냄비에 우유를 부으면서 다시 예전 모습으로 돌아왔다. "내 외출용 가방에 멍든 데 쓰는 좋은 약이 들어 있단다. 훌륭한 간호사라면 이런 걸 항상 준비해 두어야 하지." 아빠가 내게 눈짓하며 말했다. "제드, 저녁식사가 끝나고 내게 다시 말해 주렴. 식탁 아래에 있단다. 내일 그걸 린디에게 가져다주도록 해. 이제 엄마가 곧 집에 오실 거다. 매기, 이 감자를 좀 으깨 주겠니?" 아빠가 냄비를 내게 건넸다.

"하지만, 아빠. 들어 봐요, 제가……."

"그리고 트리그는 식탁을 좀 차려 주렴." 아빠가 조리대에서 감자 으깨는 도구를 밀어 내 앞에 놓았다.

"어째서 식탁을 차리는 건 항상 내 담당이죠? 제드 형은 한 번도 한 적이 없어요."

"제드는 첫째잖니." 아빠가 트리그의 손에 식기를 한가득 건넸다. "자, 이제 각자 할 일을 하렴."

"아빠." 내가 다시 말을 꺼내려 시도했다. "말씀드려야 할 정말로 중요한 일이 있어요……."

"다들 잘 있었나요." 엄마가 부엌문을 밀고 들어오며 말했다. 배낭이 먼저 보였다. "배가 고프네요."

"저녁 준비가 거의 다 됐어요." 아빠가 말했다.

"모두들 그만 말해요!" 내가 생각보다 큰 소리로 외쳤다. 잠깐이라도 내 말에 귀 기울일 수는 없는 건가?

온 가족이 나를 쳐다보았다.

"방랑자 하나를 봤어요. 여자아이였어요. 공동묘지에서요." 내가 그 여자아이가 했던 것처럼 트리그의 점퍼를 손으로 비틀며 말했다.

"대체 무슨 말이니, 매기?" 엄마가 배낭을 바닥에 떨어뜨렸다. 그러고는 어두운색의 짧은 머리를 손가락으로 쓸어 올렸다.

"방랑자 말이에요. 한 명을 직접 봤어요. 공동묘지에서요."

"바보 같은 소리 하네." 제드 오빠가 어이없다는 듯 눈을 위로 뒤집으며 말했다.

"아니야!"

"우리 모두 거기에 있었잖아, 매기." 오빠가 말했다. "그곳에 방랑자는 없었어. 린디가 오늘 사람들의 주목을 끌다 보니, 너는 관심받으려고 거짓말하는 거야. 불쌍한 둘째 매기가 무시당한 기분이 든 거지."

"그래, 매기. 지금 그런 터무니없는 말을 들어 줄 시간이 없단다." 아빠가 손등으로 이마를 문지르며 말했다. "우리는, 그러니까 내 말은 제드가 이제 떠나야……."

아빠가 말끝을 흐렸다.

"아빠 말이 맞아." 엄마가 아빠의 팔에 손을 가져다 대고는, 내가 들고 있는 냄비에서 으깬 감자를 한 숟갈 떠서 입으로 가져갔다. "제드가 토요일에 캠프로 떠나니까 금요일에는 제드를 위한 파티가 열릴 예정이잖니. 그러니 앞으로 며칠 동안 할 일이 아주 많아."

"하지만 제 말을 제대로 듣지 않았잖아요. 그곳에 나 혼자서 다시 갔었다고요. 그곳에 방랑자 하나가 있었어요. 그 아이가 트리그의 점퍼를 입고 있었다고요." 나는 점퍼를 들어 보였다. "이걸 트리그가 입어도 괜찮을지 모르겠어요."

제드 오빠가 킥킥 웃으며 말했다. "가만있자, 그래서 네 말은 방랑자 아이 하나가 마을 경계 안쪽으로 넘어왔고 트리그의 점퍼를 입고 있었다는 거야?"

"맞아! 바로 그게 내가 하려는 말이야. 촌장님도 방랑자들이 근처에 있다고 말씀하셨잖아! 바로 오늘 아침에 말이야."

그러자 아빠가 웃음을 터뜨렸다. "그래, 가까이 있을지도 모르지. 하지만 마을 경계 안쪽에는 없단다. 방랑자들은 더럽지만 바보는 아니니 말이다. 이제 트리그에게 점퍼를 돌려주고, 감자를 마저 으깨렴. 이번 주에는 네가 지어낸 이야기를 들어 줄 시간이 없어."

엄마가 다시 냄비에서 감자 한 조각을 집어 먹었다.

아무도 둘째의 말을 믿지 않는다. 심지어 엄마와 아빠마저도. 제드 오빠가 말했다면 믿어 주지 않았을까? 첫째라면 모든 것이 허락되니 말이다.

모두들 첫째의 말에 귀를 기울인다. 첫째라면, 새 신발을 신고 할아버지의 오래된 손목시계를 물려받으며 모두가 집안일을 하는 동안 가만히 앉아 빈둥거려도 된다. 그러다가 열네 살이 되면 캠프로 떠나 조용한 전쟁에서 싸우는 영광스러운 인생을 시작한다.

첫째는 특별하다.

용감한 사람이 될 수 있다.

그리고 영웅이 될 수 있다.

그러는 동안 나머지 우리들은 페니스 웍에 처박혀 감자를 캐거나 물통을 옮기고 끝도 없이 계속되는 빨래를 한다.

나는 트리그에게 점퍼를 던져 주고 다시 감자 냄비를 붙잡았다. 그러고는 으깨는 도구로 감자를 푹푹 눌러 으깼다.

푹.

푹.

푹.

증거. 나에게는 증거가 필요했다. 그 방랑자 여자아이가 거기 있었다는 증거 말이다. 그러면 내 말을 믿을 수밖에 없겠지. 아니면, 아예 그 애를 붙잡아 오면 더 좋지 않을까? 내가 그 애를 잡아 앤더슨 촌장님에게 데려가면 나도 영웅이 될 수 있을 것이다. 첫째들처럼 말이다.

푹.

푹.

푹.

"다들 다 먹었니?" 아빠가 물었다.

나는 아빠를 올려다봤다. 나만 빼고 다른 가족은 다 식사를 마쳤다. 나는 머릿속이 다른 생각으로 가득해서 음식이 입으로 들어가는지 코로 들어가는지도 몰랐다.

갑자기 밖이 어두워졌나? 어쩌면 우나를 만난 건 진짜 내 상상이었을지도 몰라.

아빠가 빈 접시를 걷기 시작했다.

창문 밖으로 번개가 번쩍였고 식탁에 채찍처럼 불빛이 떨어졌다. 폭풍우였다. 엘시 할머니가 폭풍우가 온다고 했던 말이 떠올랐다.

"번개예요?" 트리그가 펄쩍 뛰어올랐다.

"그렇단다." 아빠가 접시를 내려놓으며 말했다. "매기, 램프를 안으로 들여다 놓으렴. 트리그, 암막을 치게 날 도와주렴."

"손수레에 물을 두고 왔네." 엄마가 접시를 두 손으로 쓸며 말했다. "안으로 가져오는 게 낫겠다."

"제가 도울게요." 제드 오빠가 말했다.

그때 천둥이 쳐서 집 전체가 우르릉 울렸다. 그 소리가 내 가슴으로, 심장을 뚫고 들어오는 듯했다.

"매기, 램프 가져와!"

아빠의 신발이 뒷문 깔개 위에 있었다. 나는 아빠의 신발에 발을 집어넣고 질질 끌면서 정원에 나갔다. 머리에 굵은 빗방울이 후두둑 떨어졌다. 나는 엄마, 아빠, 제드 오빠, 나, 트리그의 야영용 램프 다섯 개를 전부 챙겨 신발을 다시 끌며 집 안으로 들어왔다.

아빠와 트리그는 아래층에 암막을 치고 위층으로 올라가 달그락대며 돌아다녔다. 엄마와 제드 오빠는 아직 물을 가져오는 중이었다. 어두운 부엌에는 나 혼자뿐이었다. 식탁 아래에 아빠의 외출용 가방이 있었다. 항생제가 거기 있겠지.

나는 내 램프를 켰다. 램프 안에 저장된 따뜻하고 부드러운 햇볕으로 실내가 가득 찼다. 나는 아빠의 가방을 잡고 연 다음 안쪽 주머니를 잡아당겨 펼쳤다. 그러고는 작은 갈색 병을 집어 들고 침침한 불빛 아래 수니타 선생님의 작은 글씨를 읽으려고 눈을 가늘게 떴다.

'에스한 초드리, 코텔로신, 30밀리그램.' 나는 그 병을 집어넣고는 두 번째 병을 들어 올렸다. '솔리 S. 피너, 페노디콜리트, 10밀리그램.' 다시 세 번째 병을 집었다. '엘시 P. 웨더럴, 트렐리실린, 250밀리그램.'

트렐리실린. 이게 항생제였다. 예전에 귀에 세균이 감염되었을 때 이 약을 먹은 기억이 있다. 엘시 P. 웨더럴은 엘시 웨더 할머니의 본명이다. 엘시 할머니는 날씨를 미리 예측한다. 적어도 엘시 할머니 본인은 그렇게 말한다. 이번에 폭풍우가 오는 것도 확실히 맞추었다.

내 손가락 사이의 약병은 단단하면서도 매끄러웠다. 이걸 가져가면 도둑질이겠지. 그래, 확실한 도둑질이다.

"암막을 다 쳤어! 이제 램프를 켜!" 트리그가 계단을 우당탕탕 내려오며 외쳤다.

나는 약병을 가방 안에 던졌고 가방을 다시 식탁 아래에 밀어 넣었다.

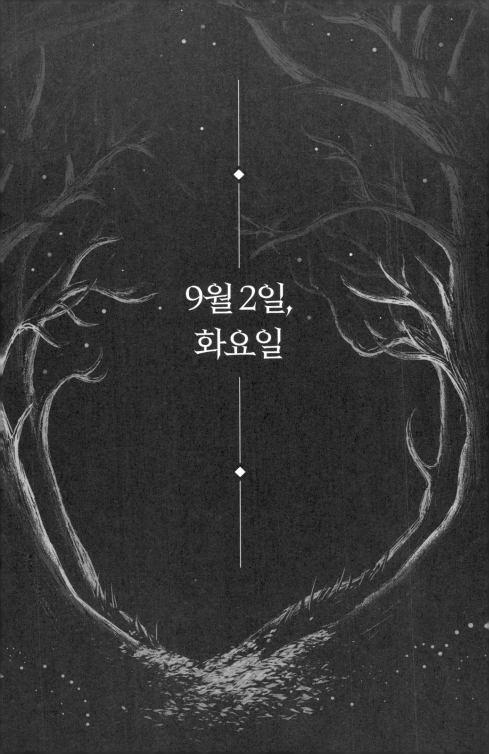

9월 2일,
화요일

6

정당한 경쟁

암막 가장자리로 아침 햇살이 비어져 나왔다.

나는 눈을 찡그렸다.

어제.

린디 언니.

쿵.

트리그의 회색 점퍼.

파운드케이크 반죽 색 머리카락.

우나.

방랑자.

더러운.

위험한.

속임수를 잘 쓰는.

나는 그 여자아이에게 음식을 가져다주고 약도 훔쳐다 줄 수 있다. 그러면서 그 여자아이에 대해 좀 더 알아보자. 그리고 증거를 모으자. 그 애를 붙잡자. 그 애를 잡으면 나는 영웅이 될 거야. 그게 아니면 내가 언제나 그랬듯이 입을 다물 수도 있어. 그리고 그 여자아이에 대한 걸 전부 잊는 거지.

나는 일어나서 암막을 걷었다. 맑고 무더운 날이 밝았다. 폭풍우는 지나갔다.

콘테 선생님은 책상 뒤에서 우리에게 환하게 웃음을 지어 보였다. 무척 피곤해 보였다.

"4반 여러분, 여러분의 여름방학 일기를 전부 읽게 되어 즐거웠어요."

선생님은 두 개의 일기장을 가슴께에 껴안고 있었다.

나는 선생님을 향해 웃어 보였다.

"내가 2등으로 뽑은 사람은 일기를 무척 열심히 썼어요. 여름방학에 했던 활동에 대해 아주 흥미롭게 설명했고 예쁜 그림도 그려 넣었어요. 과일 따기에 대한 대목이……."

나도 그걸 썼다. 과일 따기에 대해서 말이다.

"그리고 멀리까지 걸어가 나비 들판에서 희귀한 멋쟁이나비 세 마리를 보았던 장면도 인상 깊었어요."

그것도 내 얘기다! 여름휴가 마지막 날에 나비를 보았다. 나는 집에 돌아가 나비를 본 이야기를 썼고, 일기장 마지막 장에 그림도 그렸다.

"엄마의 생신을 위해 고슴도치 모양의 케이크를 만들었던 이야기도 읽었답니다."

고슴도치 케이크. 엄마 생신.

심장이 부풀어 올랐다. 크게 부풀어 올라 내 몸 전체를 채웠다. 콘테 선생님은 세상에서 가장 훌륭한 선생님이다. 이 넓고 넓은 세상에서 최고의 선생님이다.

"그래요. 이번 해의 2등은…… 제드 크루즈예요."

선생님이 일기장을 들어 올렸다. 일기장 안에는 크기도 색도 제각각인 페이지가 가득했다. 모서리는 말리고 가장자리는 접혀 있었다. 더럽고 오래된 끈이 종이를 한데 묶고 있었다. 그리고 표지에는 달랑 네 단어만 적혀 있었다. '제드 크루즈의 여름 방학 일개장.' 심지어 맞춤법도 틀렸다.

제드 오빠가 어떻게 2등상을 탔을까? 이건 정당한 경쟁이 아니다. 일기를 얼마나 잘 썼는지에 대한 것이 아니다. 결과가 얼마나 좋은지, 얼마나 노력했는지를 겨루는 것도 아니다. 이 바보 같은 마을에서 일어나는 다른 일들과 마찬가지다. 첫째 아이만 중요하게 여긴다.

나는 이를 뿌드득 갈았다.

"자, 제드. 이리 오렴. 다들 박수를 쳐 주자."

제드 오빠가 의자를 밀었다. 끼익. 오빠는 느긋하게 교실 앞으로 걸어갔다.

우리는 다들 제드 오빠를 향해 박수를 쳤다. 나는 겉으로는 축하하며 박수를 치는 척했지만 사실은 그렇지 않았다. 두 손이 맞부딪칠 때마다 속도를 줄여 소리가 나지 않게 했다.

"이제 1등을 발표할게요." 콘테 선생님이 말을 이었다. "가장 상을 받을 만한 자격이 있는 사람이죠. 이렇게 예쁜 일기장은 처음 보았답니다. 가장자리를 다듬는 데 어떤 재료를 사용한 건가요? 그리고 이 반짝거리는 작고 동그란 건 스팽글(무대 의상이나 가방 등을 장식하는 반짝이는 조각)인가요? 정말 훌륭하군요. 이번 여름방학 최고의 일기상은 린디 초드리에게 돌아갔어요. 안타깝게도 어제 오후에 머리를 심하게 부딪히는 사고를 당해 오늘은 학교에 오지 못했지만요. 하지만 좋은 소식이 있다면 린디가 곧 다 나을 거라는 거예요. 4반 여러분, 박수 한번 쳐 줘요. 여러분이 박수를 아주 크게 치면 린디가 집에서 들을 수도 있으니까요."

콘테 선생님은 혼자만 웃긴 농담을 하고 쿡쿡 웃었고 다들 린디 언니를 위해 박수를 쳤다.

나는 숨을 깊이 들이마셨다. 제드 오빠와 린디 언니가 상을 탈 것이라는 내 예상이 맞았다. 물론 그럴 것이다. 두 사람은 첫째니 말이다. 둘은 나머지 우리를 안전하게 지키기 위해 캠프에 간다. 첫째들은 영웅이고, 특별하며, 용감하다.

나는 숨을 내쉬고는 다른 아이들과 함께 박수를 쳤다. 이번에는 누구보다 더 크게 제대로 박수를 쳤다.

"어쨌든, 나머지 여러분들의 일기도 훌륭했다는 사실을 알아 줬으면 해요." 콘테 선생님이 하품을 참으며 나머지 일기장 더미를 책상 앞쪽에서 꾹 눌렀다. "누가 이 일기장 좀 다시 나눠 줄래요? 매디? 매디 크루즈? 네가 나눠 주겠니?"

매디라니. 선생님은 내 이름도 모른다. 매디 크루즈. 둘째인 매디. 정말 노력을 해도 소용이 없다. 애써 봤자 아무 소용이 없어. 첫째들처럼 용감하게 무언가를 할 준비가 되어 있지 않다면 말이다. 예컨대 캠프에 간다든지, 방랑자를 잡는다든지.

나는 석판에 분필을 내려놓았다. 그리고 의자를 밀어내며 일어섰다.

나는 정말로 할 것이다. 오늘 시작할 거다. 학교가 끝나자마자 집에 돌아가서 아빠 가방에서 항생제를 슬쩍할 거다. 그러고는 약을 방랑자 여자아이 우나에게 갖다 줄 거다. 그 애는 나를 믿을 것이다. 그러고 나서 나는 멋진 솜씨로 그 애를 붙잡을 거다. 그러면 아무리 내가 둘째라도, 모두가 내 이름을 기억해 줄 것이다.

나는 콘테 선생님의 책상 쪽으로 걸어갔다. 다들 나를 보고 있었던가? 나는 이전과 다르게 보일까? 이제 방랑자를 붙잡을 예정이니 말이다.

나는 여러 권의 일기장을 들고는 몸을 뒤로 돌렸다. 다들 아까와 마찬가지로 제자리에 앉아 있었다. 꼼지락거리거나, 낙서를 하거나, 끼적거리거나, 귓속말을 했다. 아무도 나를 보지 않았다. 아무도 나를 신경 쓰지 않았다. 언제나처럼 똑같다.

나는 아이들에게 일기장을 나눠 주었다. 위장이 뒤틀리고 꼬이는 기분이었다.

우리는 가장 빠른 지름길로 광장을 가로질러 집까지 걸어갔다. 나는 얼른 돌아가 아빠의 외출용 가방을 찾고 싶었다. 태양이 목 뒤를 바싹 굽는 듯했다.

"어쩌면 매기 누나랑 형은 일기 대회에서 점수가 비슷했을지도 몰라." 트리그 역시 자기 반에서 상을 받지 못했다. 트리그는 우리를 따라잡으려고 잽싸게 움직였다. "두 사람이 비슷했을 거라고 생각해, 매기 누나? 어쩌면 누나나 내가 3등을 했을지도 몰라. 누나나 내가 3등이었을 거라고 생각해, 제드 형?"

"우리는 1등이나 2등은 물론이고, 3등, 4등, 어쩌면 100등도 하지 못했을 거야, 트리그. 어떤 상도 타지 못했을 거라고."

"그건 바보 같은 일기 대회일 뿐이야." 제드 오빠가 돌멩이를 걷어차며 말했다. "다른 일에나 신경 써."

여러 마리의 비둘기가 앤드루 솔즈베리의 조각상 아래 사각형의 한가운데에서 뒤뚱대며 걸어 다녔다. 비둘기들은 조각상의 차가운 발을 쪼아 댔다.

나는 비둘기들을 신경 쓰지 않고 그곳을 곧장 통과해서 걸었다. 비둘기들이 깜짝 놀라 푸드덕 날아올랐다. 몇몇은 앤드루 솔즈베리의 어깨에 앉았다. 그리고 몇몇은 마을에서 가장 높이 솟아오른 촌장님 집의 지붕까지 올라갔다.

나는 앤드루 솔즈베리 석상의 얼굴을 올려다보았다. 하지만 석상이 미소를 짓는지 인상을 찡그리는지 알 수 없었다.

"거기 무슨 일 있어?" 트리그가 물었다.

촌장님의 집은 현관문 위에 삼각형 박공이 붙어 있었다. 꽤 많은 사람이 그 지붕 아래 모여 있었다.

"저 사람들 뭐 하는 거야? 우리 가서 확인해 볼까? 그럴래, 제드 형? 매기 누나, 어때?"

"그냥 바로 집에 가자." 나는 그럴 시간이 없었다. 어서 가서 트렐리실린 약병을 손에 넣어야 했다.

"한 번만 둘러보고 가는 게 어때?" 트리그가 뒤로 물러나 까치발을 디디고 서서 물었다. "그냥 얼른 말이야."

"촌장님이 그냥 도시에서 뭔가를 가져온 것일 수도 있어." 제드 오빠가 말했다. "잠깐 들러서 무슨 일인지 살펴보자, 매기. 뭔가를 발견했는데 우리가 제대로 확인하지 않는다면 엄마가 좋아하지 않으실 거야."

나는 제드 오빠의 말이 옳다고 생각했다.

우리는 트리그의 뒤를 따랐다. 촌장님이 현관에 탁자를 펼쳐 놓고 있었다. 그리고 그 위에는 파란색 가스통이 높이 쌓여 있었다.

"한 집에 하나씩이에요." 촌장님이 말했다. "이건 구하기 힘든 물품이고 숫자도 얼마 없어요. 여러분이 하나씩 가져갈 때마다 내가 명단에서 이름을 지울 테니까, 가스통을 한 아이에게 넘기고 다른 아이를 보내지 말아요. 그래 봤자 소용없어요." 촌장님은 탁자 위에서 가스통 하나를 피기 리커드에게 밀치듯 건넨 다음 리커드의 이름을 명단에서 지웠다. "안녕, 트리그. 너도 네 가족을 위해 가스통을 가지러 왔니? 이걸 곧장 집까지 옮겨야 한다, 그럴 거지?"

"네, 앤더슨 촌장님. 그렇게 할게요. 집까지 곧장 가져갈게요."

"이걸 가져가서 뭐 하려고?" 제드 오빠가 물었다.

"모든 사람들이 겨울을 따뜻하게 지내는 데 이게 도움이 될 거란다, 제드." 앤더슨 촌장이 가스통 하나를 들어 올렸다. 다른 사람이 잡을 수 있게 손잡이를 남겨 놓은 채였다. "가져갈 수 있겠니, 트리그? 무겁단다."

"네, 괜찮아요."

트리그는 가스통 손잡이를 붙잡았고, 촌장님은 통에서 손을 뗐다.

쾅. 가스통은 곧장 탁자 위로 떨어졌다.

"내가 무겁다고 말했잖니."

"괜찮아요, 괜찮아요. 들 수 있어요." 트리그가 양팔로 사람을 안듯 가스통을 껴안은 다음 들어 올렸다.

멍청하긴. 저걸 가져가려면 집까지 도착하는 데 시간이 엄청나게 걸릴 것이다.

"너는 이걸 옮길 수 없어, 트리그." 내가 말했다. "이 통은 여기 두고, 손수레를 갖고 다시 오는 게 어때?"

"그때쯤이면 다 떨어지고 말 거야." 제드 오빠가 말했다. "내가 한번 옮겨 볼게."

"아냐! 내가 할 수 있어!" 트리그가 볼을 부풀리며 말했다.

하지만 트리그는 가스통을 안고 스무 걸음 정도 걷다가 쾅 하고 땅에 다시 내려놓았다. "그냥 잠시 휴식이 필요한 것뿐이야." 트리그가 말했다.

"나한테 줘." 제드 오빠가 가스통을 잡으며 말했다.

"싫어!" 트리그가 오빠를 밀어냈다. "내가 할 거야. 내가 할 거라고."

트리그는 다시 양손으로 가스통 손잡이를 붙잡은 다음 휘청거렸다. 트리그는 그렇게 세탁소 앞까지 갔다.

"이런, 트리그." 내가 말했다. "집에 먼저 갔다가 다시 오자고 말했잖아."

"손수레가 필요하겠구나." 언제나 그렇듯 세탁소 바깥에 앉아 있던 게비 부인이 말했다. 부인은 사람들이 일주일 가운데 정해진 날에만 세탁소에 들어오도록 밖에 앉아 있었다. "손수레가 있으면 그걸 나를 수 있어." 부인은 철컹철컹 소리가 나는 재봉틀 바늘에서 눈을 떼지도 않고 우리에게 말했다. 아빠는 게비 부인의 머리 뒤에 눈이 달려 있는 것 같다고 말씀하시곤 했다.

부인의 남동생인 프레더릭이 챙이 넓은 모자를 쓴 채 옆에 앉아 있었다. 프레더릭의 턱수염은 군데군데 연한 적갈색을 띠었다. 그가 눈을 깜박였다.

'그 사람은 낙농장 일을 도와.' 엄마가 전에 말씀하셨다. 하지만 사람들과 말을 하지는 않는다. 결코 단 한 마디도.

프레더릭은 손에 책 한 권을 들고 있었는데 표지에는 아주 오래전의 옷차림을 한 사람들의 사진이 있었다. '범죄와'로 시작하는 제목이었다. 내가 있는 쪽에서는 위아래가 뒤집혀 보였다.

"괜찮아요, 게비 부인." 제드 오빠가 말했다. "저희는 문제없어요. 여기서부턴 내가 옮길게, 트리그." 오빠는 마치 깃털을 옮기듯 가볍게 가스통을 들어 올렸다.

트리그는 프레더릭에게 미소를 지었다. 그러자 프레더릭이 쳐다보았다.

"어서 가자, 트리그." 제드 오빠가 말했다.

"그래, 어서 가자." 내가 트리그의 팔을 잡으며 말했다. "안녕히 계세요, 프레더릭. 저희 가 볼게요, 게비 부인."

프레더릭은 우리 쪽을 계속 쳐다보았다. 게비 부인은 재봉틀을 계속 돌렸다.

제드 오빠가 집까지 성큼성큼 발걸음을 옮겼다. 나와 트리그도 잽싸게 뒤를 따랐다.

"매기 누나." 트리그가 내 소매를 잡아당기며 말했다. "전에 린디 누나가 그랬는데 프레더릭도 어렸을 때는 말을 했었대. 아주 수다쟁이였나 봐. 하지만 지금은 한 마디도 하지 않지. 린디 누나는 프레더릭이 경계 바깥으로 나갔었기 때문이래. 정말일까, 매기 누나? 정말 그럴까?"

"쉿!" 내가 주의를 주었다. "귓속말을 할 때는 조용히 해야지. 네가 평소에 말하는 것보다 작게 말이야." 나는 뒤쪽을 휙 돌아보았다. 게비 부인과 프레더릭이 들은 것 같지는 않았다.

"어서 서둘러." 제드 오빠가 어깨 너머로 외쳤다. "집에 가자."

7

제드 오빠의 초상화

집에 가니 엄마가 식탁 앞에 앉아 있었다. 엄마는 아빠의 가방 위에 발을 올려놓고 있었다. 이런. 이제 어떻게 항생제를 손에 넣지?

제드 오빠가 가스통을 바닥에 쿵 하고 내려놓았다. "촌장님의 선물이에요." 제드 오빠가 말했다. "한 집에 하나씩이래요."

"잘됐구나." 아빠가 뒷문 옆에서 말했다. "비상시를 대비해 창고에 넣어 둬야겠다. 빌어먹을 발전기가 가장 추운 날에만 고장이 나니 말이야."

"엄마!" 언제나 그렇듯 트리그가 가장 늦게 들어왔다. 그리고 두 팔을 벌려 엄마에게 안겼다. "평소에는 이렇게 일찍 들어오지 않았잖아요."

"웨더럴 씨가 오셨단다." 엄마가 트리그를 안아 주며 말했다. "내가 말하지 않았니? 그분이 제드의 초상화를 가져올 거라고 말이야. 그래서 일찍 온 거야."

제드 오빠의 초상화. 모든 첫째들이 초상화를 가진다. 첫째들만 그렇다. 막내는 안 된다. 물론 둘째도 안 된다.

"아, 그렇군요." 제드 오빠가 식품 저장실 문을 당겨서 열고 비스킷 통을 꺼냈다. 그러고는 뚜껑을 열고 쇼트브레드 쿠키 하나를 꺼냈다. "그분이 제가 캠프로 떠나기 전에 초상화를 가져오겠다고 하셨었죠. 더 이상 그분 집에 가지 않아도 돼서 다행이에요. 그림을 그리는 동안 잠자코 있자니 정말 지루했거든요."

"웨더럴 씨는 그릴 대상을 충분히 오래 관찰하는 편이야." 아빠가 행주로 식탁을 닦으며 말했다. "그래야 진정한 너를 담아내는 데 도움이 되거든."

"그걸 조금 빨리 하면 안 되나요?" 제드 오빠가 입에서 쿠키 부스러기를 뿜으며 불평했다.

나도 통에서 쇼트브레드 쿠키 하나를 꺼내서 깨물었다. 달콤하고 바삭했으며 버터 맛이 났다.

'네가 나에게 먹을 것을 조금 가져다줬으면 좋겠어. 나와 아빠가 먹을 음식 말이야.' 우나의 말이 떠올랐다.

내가 먹을 것을 조금 가져가더라도 티가 안 날 텐데.

똑똑, 똑똑.

"웨더럴 씨일 거야. 가서 문을 열어 드리겠니, 매기?"

웨더럴 씨는 지팡이에 몸을 의지하고 있었다. 그 모습은 그의 어머니인 엘시 할머니와 비슷해 보였다.

"아, 귀여운 매기구나. 만나서 반갑다." 웨더럴 씨는 한 손을 내밀어 악수를 청했다. 손가락 부분이 없는 장갑으로 손끝이 비어져 나온 채였다. 웨더럴 씨는 오른손에만 그 장갑을 꼈다. 나는 그 손을 잡고 악수를 했다.

웨더럴 씨는 미소를 지었지만 얼굴 왼쪽과 오른쪽의 표정이 달랐다. 얼굴의 오른쪽은 상처를 입은 탓에 피부가 잡아당겨져서 왼쪽만큼 움직임이 자유롭지 않았다.

'집에 불이 났을 때 웨더럴 씨의 오른쪽 몸이 심하게 화상을 입었어.' 린디 언니가 학교에서 쉬는 시간에 그렇게 말한 적이 있다.

'그런 짓을 한 것은 방랑자들이었어. 네가 그 이야기를 들은 적이 없다니 믿을 수 없어, 매기. 웨더럴 씨는 가족들과 함께 마을 경계 바로 옆에 살았지. 그런데 방랑자들이 나타나 집을 불태웠어. 웨더럴 씨에게는 아내와 두 딸이 있었는데 그 사건으로 죽고 말았어. 세 명 모두 말이야. 웨더럴 씨는 그들을 구하려고 했지. 자기가 죽을 각오로 불타는 집에 뛰어들었다가 사람들에게 끌려 나왔어. 우리 삼촌이 아는 사람이 거기 있었어. 자기 눈으로 직접 그 모습을 보았대. 사람들은 비명을 지르며 흐느꼈지.'

"네 오빠의 초상화를 가져왔단다." 웨더럴 씨가 자기 뒤의 조랑말과 수레를 가리키며 말했다. 얼룩무늬가 있는 앤더슨 촌장님의 암컷 조랑말 멜리사였다. 웨더럴 씨는 초상화를 나를 때 항상 멜리사를 빌리곤 했다. 웨더럴 씨의 죽은 아내가 촌장님의 여동생이었기 때문에 촌장님은 기꺼이 빌려 주셨을 것이다.

"이걸 안으로 들여놓도록 도와줄까?" 웨더럴 씨가 물었다.

나는 장갑을 낀 웨더럴 씨의 손과 상처 입은 얼굴을 바라봤다. 조랑말 멜리사는 꼬리를 흔들어 파리를 쫓고 있었다.

"물론이죠." 내가 말했다. "그렇게 해 주세요."

초상화는 손수레에 평평하게 놓여 있었고 앞쪽에 천이 씌워져 핀으로 고정된 채였다.

"본인이 직접 천을 벗겨서 확인하도록 하기 위해서란다." 웨더럴 씨가 말했다. "준비가 되었을 때 말이야."

아빠와 엄마, 제드 오빠와 내가 초상화 액자의 한쪽 모서리를 잡고 옮겼다. 아빠는 제드 오빠에게 돕지 않아도 된다고 했지만 웨더럴 씨가 본인이 원하면 돕도록 하라는 바람에 포기했다.

우리는 초상화를 수레에서 끌어내렸다. 액자는 가로와 세로 모두 길이가 길었고 무거웠다. 멜리사가 힝힝대며 발을 굴렀다.

"이 액자가 다른 초상화보다 큰가요?" 내가 물었다. 내가 잡은 모서리는 다른 세 모서리들에 비해 낮았다. 너무 무거워서 높이 들 수 없었다. 어째서 내가 제드 오빠의 엄청나게 큰 초상화를 나르느라 허리가 휠 만큼 힘들어야 하는 걸까? 단지 오빠가 첫째라는 이유만으로 말이다.

"나는 캠프에 가는 아이들의 초상화를 전부 똑같은 크기로 만든단다." 웨더럴 씨가 말했다.

우리는 대문을 지나 오솔길을 따라 걸었다. 그리고 그림을 거꾸로 돌려 거실 안으로 들어가게 했다. 트리그가 앞쪽에서 허둥지둥 길목의 물건을 치웠다. 웨더럴 씨가 지팡이를 짚고 도구함을 든 채 휘청거리며 우리를 따라왔다.

우리는 액자를 벽에 기대 세웠다. 그림을 덮은 천이 축 늘어졌다. 짙은 초록색 바탕의 은백색 액자가 얼핏 드러났다.

웨더럴 씨가 의자를 당겨 앉더니 전동 드릴을 꺼냈다. 그리고 의자 위에 서서 힘이 센 팔로 드릴을 벽에 단단히 고정하고는 힘이 약한 팔로 천천히 작동시켰다. 우리 가족 다섯 명은 모두 서서 웨더럴 씨를 지켜봤다.

잠깐, 다섯 명이 전부 여기 왔다고? 우리 가족 전부가 여기 있다면 그 틈을 타서 부엌에 몰래 들어갈 수 있지 않을까? 그리고 아빠 가방에서 항생제를 가져오는 거다. 어쩌면 쇼트브레드 쿠키도 약간 가져올 수 있다.

나는 옆으로 살살 걸어 문 쪽으로 향했다.

"아, 웨더럴 씨, 여기 오신 김에 부탁 하나만 들어주시겠어요?" 아빠가 부엌에서 나를 스쳐 지나더니 문 쪽에서 소리쳤다. "이 항생제를 어머니께 가져다드릴래요?"

아버지가 약병을 갖고 돌아왔다. 트렐리실린이 담긴 조그만 갈색 병이었다.

좀 더 재빨리 행동할걸 그랬다.

"물론이죠. 그렇게 할게요. 내가 잊지 않고 가져가도록 도구함 옆에 놓아 주세요."

"좋아요, 감사합니다. 차 한잔하실래요?" 아빠가 내 바로 앞에 약병을 내려놓았다. 나는 약병을 슬쩍하고 싶어서 손가락이 근질거렸다.

"차 한잔 좋죠." 웨더럴 씨가 대답했다.

우리는 그림을 들어 올려 갈고리에 걸었다. 그리고 수평이 맞을 때까지 잘 조절했다.

"제가 지금 떠나는 게 좋을까요? 자리를 비켜 드릴까요?" 웨더럴 씨가 다 마신 빈 찻잔을 찻잔 받침에 조심스레 내려놓았다. 이 받침은 우리 가족이 거의 사용하지 않았지만 나는 아빠가 이것을 왜 꺼내 왔는지 알 것 같았다. 웨더럴 씨와 어울리는 물건이었다.

"아뇨, 아뇨." 엄마가 대답했다. "여기 계세요. 웨더럴 씨가 계속 계셨으면 좋겠지, 그렇지?"

웨더럴 씨가 제드 오빠를 바라보았다. "너는 어떠니, 제드? 내가 여기 있었으면 좋겠니, 아니면 그냥 갈까?"

제드가 어깨를 으쓱거렸다. "상관없어요."

"그렇다면 여기 있을게요." 웨더럴 씨가 미소 지었다. "누가 천을 벗길 건가요?"

"저요! 제가 해도 될까요?" 트리그가 자리에서 펄쩍 뛰어오르면서 외쳤다.

아빠가 의자를 단단히 잡고 있는 동안 트리그가 그 위로 올라가서 액자에 꽂혔던 핀을 뽑았다. 그러자 천이 스르륵 떨어졌다.

나는 전에 웨더럴 씨가 그린 초상화를 본 적이 있었다. 마치 살아 있는 사람 같은 그 초상화는 캠프로 떠나는 첫째들을 실물 크기로 묘사한 그림이었다. 그림 속 인물의 눈빛이 무척 생생해서 마치 같은 방에 있는 진짜 사람 같았다. 그림에서 언제든 손이 튀어나와 내 머리칼에 붙은 거미를 잡아낼 것 같았다. 웨더럴 씨는 초상화에 대한 답례로 장작이나 밀가루, 손가락 부분이 없는 잘 짜인 새 오른손 장갑을 받았다.

하지만 제드 오빠의 이 초상화는 정말로 진짜 같았다. 태어나서 계속 같이 자랐던 실제 오빠보다도 더 실물 같았다.

그림 안에 오빠가 있었다. 실제 크기의 진짜 제드 오빠였다. 얼굴에 은은하게 미소를 띠고 눈썹은 살짝 들어 올렸으며 입술을 조금 오므린 채였다. 진짜 제드 오빠다.

엄마와 아빠는 연신 이렇게 말했다. "고마워요, 웨더럴 씨. 정말 멋진 그림이네요. 어떻게 이렇게 그리셨는지 놀라울 따름이고, 제드도 음, 마음에 들어 하는 듯해요. 그림이 아들과 정말 많이 닮은 걸 보니 저보다 눈썰미가 훨씬 좋으신 것 같네요."

"정말 닮았어요. 닮았어. 진짜 똑같네요." 트리그도 한마디 거들었다.

하지만 나는 아무런 말도 나오지 않았다. 이 초상화는 단순히 제드 오빠를 닮은 것이 아니었다. 그림의 모든 부분이 실제와 똑같았다. 그림 속에서 오빠가 앉아 있는 의자 윗부분에는 두 개의 장미가 조각되었는데, 섬세하게 휘어진 나무 조각이었다. 또 오빠의 발이 서로 맞닿아 있고 무거운 신발을 양탄자 위에 올려놓은 것도 똑같았다. 정확히 1시 10분을 가리키는 할아버지의 손목시계 묘사도 정확했다.

제드 오빠는 첫째다. 그러니 우리가 오빠의 초상화를 갖게 된 건 잘된 일이다. 옳은 일이다. 하지만 나에게 그런 관심을 주는 사람은 없나? 내 초상화를 아주 작게라도 그려 주는 사람은 아무도 없나?

"무슨 생각하니, 매기?" 웨더럴 씨의 질문이 다른 여러 목소리들을 뚫고 들려왔다.

내가 무슨 생각을 하냐고?

"저요?"

"그래. 나는 네 생각에 관심이 있단다."

어째서 웨더럴 씨가 내 생각에 관심이 있을까?

"정말요?" 내가 되물었다.

"그래, 정말로. 그림이 마음에 드니?"

나는 그림을 다시 바라보았다. 바탕에는 빛깔이 바랜 벨벳 커튼이 그려져 있었다. 제드 오빠의 머리카락이 이마에 고르지 않게 드리워져 있었다.

나는 그렇다고 말하지도, 아니라고 말하지도 않았다.

"의자의 장미 꽃잎 장식을 만질 수 있을 것 같아요." 내가 말했다. "그림이 아니라 진짜로 나무인 것 같아요. 그리고 할아버지의 손목시계도 째깍대는 것 같고요. 신발 밑창의 흙은 또 어떻고요. 진짜 흙 같아요. 오빠의 손도……."

제드 오빠의 손. 그림 속 손을 만지면 따뜻할 것 같았다. 그냥 그럴 것 같이 느껴졌다. 확실히.

"하지만 이 그림을 보고 있자면 내가 작게만 느껴져요. 마치 나는 중요한 사람이 아니라는 것 같아요."

웨더럴 씨가 머리를 끄덕였다. 슬픈 표정이었다.

"아마 이 그림이 무척 크기 때문일 거예요." 내가 말했다.

웨더럴 씨는 셔츠 앞자락에서 석고 가루를 털어 냈다. "그럼……." 웨더럴 씨가 말했다. "저는 이만 가 보는 게 좋겠네요."

"여기요." 아빠가 트렐리실린 약병을 집어 들며 말했다. "이 약병 잊지 말아요. 어머니께 병에 담긴 알약을 하루에 세 알씩 드시라고 전해 주세요. 수니타 선생님이 전부 적어서 병에 붙여

두셨지만 말이죠."

"아, 고맙습니다. 잘됐네요." 웨더럴 씨가 재킷 주머니에 약병을 집어넣었다.

"아니에요." 아빠가 말했다. "제가 드릴 수 있는 최소한의 성의입니다. 제 말은, 만약 이 초상화가 없었다면 저는 어떻게, 어떻게 해야 할지 몰랐을 거예요." 아빠는 다시 할 말을 잃었다.

아빠는 제드 오빠를 자기 앞으로 끌어당긴 다음 머리를 가까이 가져와 머리칼을 비볐다. "내 아들아." 아빠가 목이 멘 채 말했다. "이제 떠나거라!"

"우리가 하고 싶은 말은⋯⋯." 엄마가 말했다. "감사드린다는 거예요, 웨더럴 씨. 이런 멋진 초상화를 그려 주셔서요."

웨더럴 씨는 떠났고 멜리사와 함께 우리 집에서 멀어졌다. 우리에게는 진짜 제드 오빠와 진짜 같은 오빠 초상화가 남았고, 항생제는 사라졌다.

좋다. 당장 약을 구할 수 없다면, 이제 다른 것에 집중해야 한다. 식량 말이다.

그때 뒷문이 열렸다. 아빠와 트리그가 밖에서 저녁식사로 먹을 채소를 캐고 있었다. 엄마는 요리를 하고 있었다. 진짜 같은 제드 오빠의 초상화는 거실 벽에 걸려 있었고, 진짜 오빠는 어디 갔는지 보이지 않았다. 나는 부엌을 살금살금 지나갔다.

식품 저장실 찬장은 서늘하고 어두웠다. 찬장에서는 치즈와 라벤더, 삶은 달걀 냄새가 났다. 발아래로 차가운 타일이 기분 좋게 느껴졌다. 나는 문 뒤쪽에 있는 천 가방을 갈고리에서 들어 올렸다. 여기서 먹을 것을 조금씩 가져가도 아무도 눈치 채지 못할 것이다. 나는 체더치즈 덩어리와 비트 케이크, 야채 파이를 조금 잘라 냈다. 그리고 호두 한 줌과 귀리 한 숟갈, 롤빵 두 개, 아빠가 만든 쇼트브레드 쿠키 네 개도 챙겼다. 나는 이 음식들을 전부 가방에 밀어 넣었다. 그러고는 부엌을 통과해 복도로 조심조심 빠져나갔다. 앞쪽에 가방을 움켜쥔 채로.

　나는 신발에 발을 밀어 넣은 다음 아무도 철컹 소리를 듣지 못하게 현관문을 조심스레 열었다. 그리고 역시 조심스레 등 뒤로 문을 닫고는 공동묘지로 향했다.

8

---◇---

귀 움직이기 연습

나는 사람들 눈에 띄지 않게 일단 걸었다. 개구리 골목을 지나, 딸기 농장을 통과하고 이동 주택도 지났다. 주변에는 아무도 없었다. 잡초를 뽑고 있는 엘시 할머니뿐이었다. 나는 엘시 할머니를 크게 빙 둘러서 지나쳤다.

나는 옆으로 가방을 흔들며 속도를 높여 걸었다. 나는 매기 크루즈다. 방랑자를 잡는 영웅.

나는 진흙 이랑을 지나쳐 앤더슨 촌장님의 밭 쪽을 향해 갔다. 지난 밤 비가 내려 땅이 부드러워졌던 터라 발이 흙 속으로 질척하게 푹 들어갔다. 온 세상이 보다 덜 딱딱하고 부드럽게 느껴졌다.

나는 윌리엄 휘팅턴의 무덤 옆에 앉았다. 무덤 주인은 개의치 않았다. 그동안 오랫동안 죽은 채였기 때문이었다. 나는 옆에 가방을 내려놓았다.

그때 산들바람이 불어 나뭇잎을 이리저리 흔들었다. 귀뚜라미들이 길게 자란 간질거리는 잔디 속에서 울었다.

쾅, 쾅, 쾅. 게비 씨가 편자를 두드리는 소리가 마을 쪽에서 울려 퍼졌다.

쾅, 쾅, 쾅.

쾅, 쾅, 쾅.

이건 멍청한 짓이다. 이건 정말 바보 같은 짓이야. 내가 지금 껏 살아오면서 한 일 중 가장 바보 같은 짓이다. 만약 우나와 아픈 아빠만 있는 것이 아니라면? 방랑자들이 떼로 몰려와 있다면 어떻게 하지? 우나가 거짓말을 했을 수도 있다. 지금 생각해 보니 그럴 가능성이 있었다. 집에 돌아가야 한다. 식품 저장실에 이것들을 전부 다시 가져다 놓고…….

"이봐!"

심장이 쿵 떨어지는 듯했다.

"여기야!"

우나가 나무 뒤에서 게걸음을 치며 모습을 드러냈다. 어제 린디 언니가 떨어졌던 그 나무였다. 계속 여기 있었던 걸까?

"너 혼자야?" 우나가 물었다.

나는 고개를 끄덕였다.

우나는 미소를 지었고 틈새가 벌어진 이가 보였다. "네가 돌아올 줄 알았어. 돌아올 줄 알았다고."

나는 뭔가 말을 해야 했다. 말을 하지 않으면 방랑자의 신뢰를 살 수가 없다. 문제는 내 머릿속이 뒤죽박죽이라 아무 생각이 안 났고 입은 바싹 말랐으며 무슨 말을 해야 할지 알 수 없었다는 것이었다.

"이름이 뭐니?" 우나가 물었다.

'매기.' 입술은 제대로 모양이 만들어졌지만 소리가 하나도 나오지 않았다.

"안 들려." 우나가 이 사이 틈새가 보이는 미소를 짓고는 손을 동그랗게 구부려 귀 뒤에 댔다.

"매기야." 내가 쉰 목소리로 대답했다. "매기 크루즈."

"만나서 반가워, 매기 크루즈." 우나가 손을 내밀었다. 우나는 나보다 거의 머리 하나는 커 보였다. 우나는 내 가슴께에서 손을 움켜잡았다.

"좋아." 우나가 자기 팔을 내려뜨렸다. "굳이 악수를 할 필요는 없지. 그건 구식 인사법이니 말이야. 대신 귀를 씰룩이자." 우나는 내 바로 앞 오른쪽에 서더니 옆 머리카락을 들어 올렸다.

"준비됐어?" 우나가 물었다.

한 발자국만 더 다가서면 코가 맞닿을 거리였다. 심장이 쿵쾅거렸다. 제드 오빠라면 어떻게 할까? 린디 언니라면 어떻게 할까? 다른 용감한 첫째들은 어떻게 할까? 전혀 알 수 없었다.

"준비됐어." 내가 작게 속삭였다.

"그럼 이제 간다."

우나는 나를 똑바로 쳐다보더니 귀를 위아래로 움찔거렸다. 손이 닿지도 않았는데 귀가 저절로 움직였다. 몸의 다른 곳은 전혀 움직이지 않았다.

"네 차례야." 우나가 말했다.

나는 옆 머리카락을 들어 올릴 필요가 없었다. 엄마가 매달 첫째 날에 짧게 잘라 주시기 때문이다. 엄마는 이렇게 말했다. '긴 머리카락은 방해가 될 뿐이야.'

나는 이를 악물고 귀를 움직이려고 애썼다. 그러느라 얼굴 전체가 찌푸려졌다. 하지만 귀는 전혀 움직이지 않고 그대로였다.

우나가 미소를 지었다. "쉽지 않지? 자, 다시 한번 봐."

우나는 한쪽 귀를 들어 올린 다음 다른 쪽 귀를 올렸고, 다시 반대쪽을 움직였다. 왼쪽, 오른쪽 왼쪽, 오른쪽, 왼쪽, 오른쪽.

우와.

"어떻게 한 거야?" 내 목소리가 평소대로 돌아왔다.

"할아버지가 가르쳐 주셨어." 우나가 머리카락을 다시 늘어뜨렸다. "할아버지가 그러셨는데 대부분의 사람들은 이게 유전이라고 생각한대. 타고나지 않으면 절대로 할 수 없다는 거야. 하지만 그 사람들은 틀렸어. 누구나 배울 수 있거든. 어떻게 하는지 방법만 알면 돼. 내가 다시 보여 줄까?"

우나가 다시 씩 웃었다. 앞니 사이의 틈새가 보였다.

나는 혀를 앞니 뒤쪽에 대고 꾹 눌렀다. 내 혀는 이에 착 달라붙어 그 사이에 전혀 틈이 없었다.

"응." 내가 대답했다. "보여 줘." 그리고 나는 가방을 내밀었다. "너를 위해 가져온 거야. 이건 네 아빠 거."

우나는 가방을 받았고, 우리는 손가락이 맞닿았다. 방랑자의 피부라고 해서 나와 다른 것 같지는 않았다.

우나는 가방 안쪽을 들여다보았다.

"항생제는 없어." 내가 말했다. "아직 구하지 못했어. 하지만 곧 가져올 수 있어. 우리 아빠가 간호사시거든."

어제처럼 우나의 눈에 눈물이 어려 반짝거렸다. "넌 정말 마음씨가 곱구나, 매기." 우나가 말했다. "널 만나서 참 다행이야. 고마워, 정말 고마워."

"별것 아냐."

"그럼 저쪽으로 가자. 벽 뒤로." 우나는 산사나무 울타리를 따라 오래된 교회 쪽으로 걸어갔다. "우리는 몸을 잘 숨겨야 해. 내가 귀 움직이기에 대한 첫 번째 강습을 해 줄게."

나는 숨을 깊이 들이마신 다음 우나를 따라갔다.

우리는 최근에 세워진 묘비 근처 풀밭에 주저앉았다. 여기에는 웨더럴가 사람들의 묘비 세 개가 깔끔하게 줄 지어 자리했다. 이 무덤들은 다른 무덤처럼 잔디가 웃자라지 않았고, 깔끔하고 깨끗하게 정리되어 있었다.

우나는 내 머리 양옆 귀 바로 위쪽에 손가락을 댔다. "여기에 작은 근육들이 있어. 느껴지니?"

나는 여기 와서는 안 되었다. 이 여자아이에게 말을 해도 안 되었다. 이 여자아이가 나를 만지게 해서도 안 되었다. 이 애는 더러운 존재다.

하지만 이대로 도망가면 나는 영웅이 되지 못한다. 그렇지 않은가?

"응, 그런 것 같아." 내가 대답했다.

"모든 사람이 이 근육을 갖고 있지만 자주 사용하지 않을 뿐이야. 이제 내 손가락을 움직여 봐. 어서."

내 어깨와 눈이 움직이고, 입과 코가 움직였다. 하지만 다른 부위는 다 움직여도 그 근육은 움직일 수 없었다.

"할 수 없어."

"아냐, 할 수 있어. 단지 연습이 필요할 뿐이야. 여기, 내 손가락이 닿은 곳에 네 손가락을 대 봐. 그래 거기야. 이제 그 손가락을 움직이도록 해 봐. 매일 조금씩 말이야. 그러면 근육이 조금씩 강해질 거야."

나는 이번에는 내 손가락을 귀에 대고 움직이려 해 보았다. 하지만 여전히 실패했다.

우리는 벽에 등을 대고 앉았다.

"넌 몇 살이니, 매기?"

"열한 살이야." 내가 대답했다. "너는?"

"아마 너랑 동갑일 거야." 우나는 키가 큰 풀을 잡아당겨 뽑고는 손가락에 감았다. "우리 아빠가 그런 문제에는 그다지 신경 쓰지 않아서 확실하게는 몰라."

확실하게 모른다고? 자기가 몇 살인지 모르는 사람이 어디 있어?

"넌 네 생일을 아니?" 우나가 물었다.

"물론이지. 11월 15일이야. 사람들은 다들 생일이 있지."

"하지만 난 그렇지 않아. 나도 내 생일을 알았으면 좋겠어. 아, 그럼 내 생일도 11월 15일로 하면 되겠다." 우나가 자기 머리카락을 끌어당겨 귀 뒤로 넘겼다. 하지만 머리카락은 다시 떨어졌다. "하지만 몇 달이나 남았네. 어쩌면 조금 더 빠르게 잡아도 좋겠다. 이번 주는 어떨까."

"이번 주는 우리 남동생 생일이야. 금요일이지."

"음, 그러면 내 생일은 토요일로 해야겠다. 아니, 일요일이 좋겠어. 하루 정도는 틈을 둬야지. 그래, 내 생일은 이번 주 일요일이고 그날 나는 너처럼 열한 살이 되는 거야."

우리는 앞쪽으로 다리를 쭉 뻗었다. 우나가 나보다 다리가 훨씬 길었다. 아무래도 나와 같은 열한 살로는 보이지 않았다. 우나는 열두 살쯤 되어 보였다. 어쩌면 열세 살일지도 몰랐다. 우나는 이야기를 하면서 장화의 발가락 부분을 서로 부딪쳤다.

"여기서 만날 수 있을까?" 우나가 물었다. "일요일에, 너랑 나랑 말이야. 너도 알겠지만…… 생일이면 하고 싶은 걸 뭐든지 해도 되잖아."

나는 아직 우나가 한 번도 자기 생일을 맞은 적이 없다면 생일날 무엇을 하는지도 모를 것이라 생각했다.

"그래." 내가 대답했다. "그래, 그러자."

우나는 나를 다시 만나고 싶어 한다. 나는 이제 행동에 나설 것이다. 나, 둘째인 매기가 말이다. 나는 방랑자를 붙잡을 것이다.

하지만 우나는 내가 예상했던 모습이 아니었다. 물론 몸이 더럽기는 했다. 무릎께의 옷 주름에는 진흙이 잔뜩 묻었고, 손톱에는 검은 초승달 모양으로 때가 껴 있었다. 나처럼 엄마가 매주 일요일 밤마다 솔과 비누로 몸을 씻겨 주지 않는다는 것은 확실했다. 하지만 그렇게 위험해 보이지는 않았다.

"매기." 우나가 가방을 들어 올렸다. "나 지금 가 봐야 할 것 같아. 다음에 만나면 귀 움직이기 강습을 또 해 줄게. 약속해. 아빠 때문이야. 지금 배가 많이 고프시거든. 이 음식을 아빠에게 당장 가져다드리고 싶어."

"아, 그래. 물론이지. 그렇게 해."

"그래도 재미있었어." 우나가 일어서서 더러운 치마를 탁탁

털었다. "친구와 놀아 본 건 오랜만이다."

친구라고?

"그리고 귀 움직이기에 대해서는 너무 걱정하지 마. 연습이 많이 필요하거든. 나도 자유자재로 움직이는 데 한 달은 꼬박 걸렸어. 거울이 필요하다면 써도 돼." 우나는 어깨에 가방을 걸쳤다.

이제 더 이상 주저하지 말자, 둘째 매기. 더 이상 기다리지 말자. 이 아이가 사는 곳을 알아내는 거야. 지금 당장.

"음, 내가 음식을 더 많이 가져다줄 수 있어." 내가 말했다. "그러면 음, 어디로 가져다주면……." 목이 막혔다. 나는 기침을 하고 다시 얘기를 시작했다. "어디 가면 네가 있니? 내 말은…… 너 어디 사니?"

"우리는 한 헛간에 머물고 있어." 우나가 경계 너머의 어딘가를 막연하게 가리키며 말했다.

경계 너머에 산다고? 경계 너머에는 아무도 살지 못한다.

"하지만 거기 간다고 해도 아무도 찾지 못할 거야." 우나가 말했다. "그냥 여기 공동묘지로 와. 내가 너를 찾아올게."

"아, 그래. 좋아."

"다른 사람은 데려오지 않을 거지, 그렇지?"

"응, 네가 원하지 않는다면 말이야."

"아무도 데려오지 않았으면 좋겠어." 우나는 더 이상 미소를 짓지 않았다. 얼굴이 굳어 있었다.

더 이상 주저하지 말자, 매기. 주저하지 말자.

"어째서?"

우나는 이 사이로 입술을 핥으면서 땅을 바라보았다. "마을에 사는 사람들은 가끔 위험한 짓을 하니까. 단지 그 이유야."

우리가? 우리가 위험하다고?

"만약 우리가 그렇게 위험하다면 너는 왜 이곳에 왔니?" 내가 물었다.

"정말 도움이 필요했거든. 아빠가 다리를 다치셨고 지금은 열이 나서 사냥을 못 해. 다른 곳으로 이동하지도 못 하지. 우리가 헛간에 처박혀 있는 이유가 바로 그거야. 우리는 먹을 것을 구하지 못해서 굶주렸어. 그런데 그 여자아이가 나무에서 떨어질 때 네가 그 애를 돕는 모습을 보니 너와 그 남자아이들은……."

"제드 오빠와 트리그야. 내 친오빠와 남동생이지."

"그래, 너와 형제들은 좀 다르게 보였어. 우리에게 도움을 줄 수도 있는 사람처럼 보였지."

나는 엄지손톱 가장자리의 살을 물어뜯었다.

"이걸 가져다줘서 정말 고마워, 매기." 우나가 가방을 쓰다듬으며 말했다. "네가 최고야. 가방은 나중에 돌려줄게. 약속해. 여기 다시 와 주겠니? 일요일 되기 전에 말이야."

"그래, 좋아."

우나는 산사나무 울타리에서 가장 얇은 부분으로 비집고 들어갔다. 그리고 경계를 넘어섰다. 그곳의 잔디는 이곳보다 더 밝은색이었다. 더 신선해 보였다. 어쩌면 햇볕을 받아서 그럴지도 모르지만 말이다.

"그럼 잘 있어, 매기." 우나가 거의 붉은색이 없어진 장화를 신고 경계를 넘어 더 밝고 신선한 잔디밭으로 나아갔다. 우나가 숲에 도착했을 때쯤에는 갈색 드레스와 노란색 머리카락이 나뭇가지와 섞여 들었고, 무엇이 나무고 무엇이 우나인지 분간할 수 없었다.

나는 윌리엄 휘팅턴의 묘지 옆에 쭈그려 앉았다. 턱을 손에 괴고 팔꿈치를 무릎에 댄 자세였다.

내가 해냈다. 방랑자를 만났다. 그리고 다시 만날 것이다.

게비 씨가 철컹철컹 소리를 냈다. 귀뚜라미가 웅웅, 귀뚤거리며 울더니 폴짝 뛰어갔다.

산들바람에 나뭇잎이 이리저리 흔들렸다. 죽은 조상들이 무덤에서 속삭이는 듯했다. 속삭이며 나를 지켜보는 것 같았다.

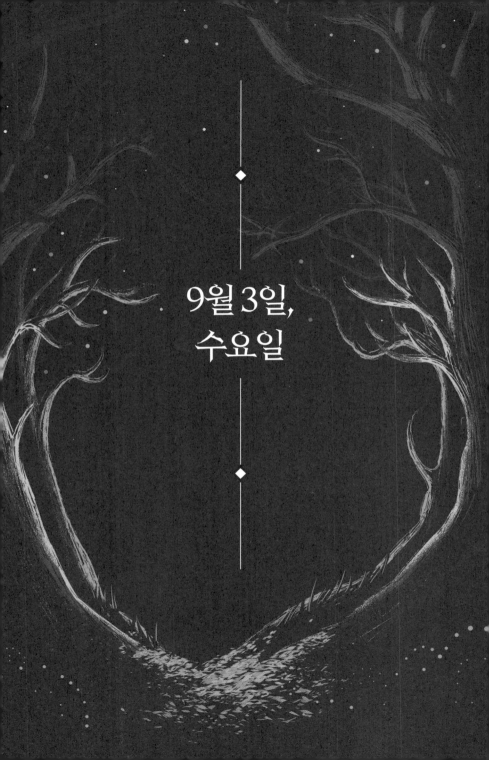

9월 3일,
수요일

9

엘시 할머니

트리그가 부엌 식탁에 구부정하게 앉은 채, 손을 둥글게 구부려 연필을 쥐고 있었다. 아빠의 외출용 가방이 트리그의 발 바로 옆에 있었다.

이제 항생제가 더 많이 필요했다. 항생제를 복용해야 할 사람이 엘시 할머니 말고 더 있었다.

트리그는 학교에서 또 늦장을 부렸다. 담당 선생님은 트리그가 가진 가장자리에 털이 붙은 종이 한 장과 몽당연필을 가져가 집에서 공부를 마치도록 시켰다. 그래서 트리그는 앤드루 솔즈베리의 가장 오래된 칙령을 직접 손으로 베껴 쓰게 되었다. 이 숙제는 시간이 오래 걸렸다. 내가 옆에서 보니 트리그는 엄청난 시간이 걸려서야 겨우 첫줄의 마지막 단어에 도달했다.

'이날부터 모든 첫째 아이는 열네 살이 되면 군사 캠프에 참가할 권리를 누릴 것이다.'

하지만 속도가 느리다고 해서 트리그를 비난할 생각은 없다. 백 년 전 늙은 정치가의 연설문을 베끼는 것치고 이 정도면 빠른 속도일지도 모른다. 이 글은 마치 시나 노랫말 같았다.

나는 식탁 끄트머리에 앉아 발을 의자에 올려놓았다. 그리고 손가락을 머리 양옆에 올려놓고 귀를 움직이려 해 보았다.

'힘이나 지성, 개성이 모자란다고 해서 걸림돌이 되지 않는다.

각각은 이 끔찍한 전쟁에서 나라의 영광을 위해 싸울 것이다.

그들의 어린 시절은 행복할 것이다. 그리고 그들의 나머지 가족에게는 평화로운 삶이 보장된다. 가족들은 이제 전쟁을 직접 보고 듣거나 만지지 못할 것이다.

이 전쟁은 눈에 보이지 않는, 조용한 전쟁이 될 것이다.

나는 칙령을 지키는 사람들을 지원하고 지키지 않는 사람들을 벌줄 것이다.

첫째를 캠프에 보내지 않겠다고 거부하는 자들은 부끄러운 줄 알아라.

그들과 그들의 친족들은 부끄러운 줄 알아라.'

트리그는 마침내 베껴 쓰기를 끝마쳤다. 신기한 것은 트리그는 급하게 쓰면 우리 가족 가운데 손 글씨가 가장 형편없지만, 충분히 시간을 주면 가장 예쁘게 쓴다는 점이다. 글씨의 위아래와 꼬리, 동그란 고리까지 훌륭했다.

너무 열심히 썼는지 트리그는 손이 아프다고 투덜거렸다. 그러고는 내 앞에 와서 손목을 털썩 내려놓았다.

"매기 누나, 손이 아파."

"괜찮을 거야. 이제 다 했잖아. 잘했어. 밖에 나가 아빠를 돕지 그래? 아빠가 호박을 가꾸고 계셔. 내가 이걸 잘 챙겨 둘게."

"고마워, 매기 누나." 트리그가 달려 나가며 말했다. "아빠! 아빠! 손 글씨 숙제를 끝냈어요!"

나는 식탁 아래에 있는 아빠의 외출용 가방을 발로 끌어당겨 꺼냈다. 그리고 가방을 열고는 안쪽을 뒤졌다.

하지만 아무것도 없었다.

약병이 하나도 없다.

항생제가 아닌 약병도 없었다.

이렇게 기다렸던 게 소용없게 되었다. 나는 가방을 다시 식탁 아래에 밀어 넣었다.

나는 트리그의 손 글씨 숙제를 거실로 가져가 선반 위에 올려놓았다. 진짜 같은 제드 오빠 초상화의 눈길이 거실에서 계속 나를 따라오는 듯했다. 그때 초상화의 오른쪽 아래 구석에 무언가가 보였다. 나는 가까이 다가갔다.

'제드 G. 크루즈, 영광을 따라가는 첫째.

H. S. 웨더럴.'

나는 초상화의 눈길이 내내 나를 쫓아온다고 생각하면서 뒷걸음질해 부엌을 벗어났다. 그러고는 등 뒤로 문을 닫았다.

"그래서……." 엄마가 배낭을 식탁 위에 내려놓으며 말했다. 마른 진흙 덩이가 떨어져 여기저기로 흩어졌다. "금요일에 제드의 환송 파티가 있을 거야. 그러니 우리는 준비를 해야 해."

"나랑 매기 누나는 그런 파티의 주인공이 되지 못하겠죠." 트리그가 손톱을 진흙에 꾹 눌러 더럽혔다. "왜 우리는 파티를 열지 못하죠?"

"제드는 첫째잖니."

아빠가 젖은 천을 갖고 왔지만 엄마는 아빠가 오기 전에 팔을 슥 휘둘러 식탁을 닦았다. 그리고 진흙 덩이를 바닥에 밀어냈다. 나는 아빠와 눈이 마주쳤고 아빠는 눈을 찡긋했다.

"할 일이 아주 많단다." 엄마가 말했다. "하나하나 해결해 보자꾸나. 트리그, 저녁 먹고 나서 웨더럴 씨 집에 가서 엘시 할머니에게 그날 날씨가 어떨지 물어보겠니? 날씨가 좋으면 마을 회관을 빌리고 싶지 않으니 말이다."

잠깐, 엘시 할머니라고?

"왜 제가 가야 하죠?" 트리그가 물었다. "제드 형의 파티잖아요. 그러니까 제드 형이 가야죠, 그렇지 않아요? 형은 한 번도 뭔가를 해야 했던 적이 없어요."

엘시 웨더 할머니?

"엄마가 너에게 부탁하시잖니, 트리그." 아빠가 말했다.

엘시 웨더 할머니의 집엔 분명 트렐리실린 병이 있을 것이다.

확실하다.

"하지만 저는 엘시 할머니 집에 가기 싫어요. 그 할머니는 절대 웃지 않으시는걸요. 제가 언제 웃으시는지 계속 지켜봤지만 한 번도 웃지 않았어요. 심지어……."

"제가 갈게요." 내가 말했다. 모두들 나를 쳐다보았다. "내가 갈게. 대신 트리그는 내 부탁을 들어줘야 해. 그럼 괜찮지?"

"제대로 하기만 한다면 누가 가든 상관없지." 엄마가 머리카락을 헝클어뜨리며 말했다. 그러느라 머리카락이 곤두섰다. "엘시 할머니에게 보답으로 치즈를 좀 가져다드리려무나, 매기."

"치즈보다 다른 게 좋겠다." 아빠가 작업대에서 감자 한 접시를 새로 집어 들며 말했다. "밀가루가 좋겠다. 밀가루를 한 항아리 가져다드리렴."

"좋아, 그럼." 엄마가 접시에서 감자 하나를 슬쩍하며 말했다. "치즈와 밀가루 둘 다 가져다드리렴."

트리그가 나를 자기만의 방식으로 폭 끌어안았다. "고마워, 매기 누나."

"이제 트리그는 저녁을 먹고 나서 아빠와 함께 페이스트리를 만들어야 한다." 엄마가 말했다. "아주 많이 만들어야 해."

트리그는 의자에 털썩 앉으며 투덜거렸다. "하지만 저는 페이스트리 만드는 걸 싫어하는걸요."

"그 정도는 해야지!" 엄마가 말했다.

나는 딱따구리 모양의 문 두드리는 쇠를 밀었다. 딱따구리의 머리를 건드려 문을 쪼게 했다. 똑 똑 똑.

샴 고양이가 다가오더니 앙칼지게 야옹거렸다.

나는 문을 다시 두드렸다. 똑 똑 똑. 고양이가 눈을 깜박였다.

똑 똑 똑. 내가 좀 더 세게 문을 두드렸다. 그러자 문이 열렸고 고양이는 집 안으로 뛰어 들어갔다.

"알았다, 알았어. 늙은 할미가 계단을 내려갈 시간을 좀 주렴." 엘시 할머니가 지팡이에 기대 있었다. 내가 학교에서 입는 것과 똑같은 빨간색 체크무늬 치마 차림이었다. 할머니가 학교에 다니던 백 년 전 쯤의 옷일 것이다.

"안녕하세요, 웨더럴 부인, 날씨 예보를 부탁드려도 될까요?"

엘시 할머니의 눈이 항아리를 향했다.

"밀가루예요." 내가 항아리를 위로 들어 올렸다. "좀 드시라고 가져왔어요. 치즈도요."

"날씨 예보 말이냐?"

내가 끄덕거렸다. 할머니는 문을 활짝 열었다. 나는 집 안으로 들어갔다. 할머니는 뒤에서 문을 닫았고, 작은 창문에서 새어 들어오는 흐릿한 불빛을 빼면 복도는 어두침침했다. 내 눈은 어둠에 적응할 시간이 필요했다.

복도 한쪽에는 온갖 잡동사니가 쌓여 있었다. 코트, 별난 신발, 책 더미는 물론이고 종이도 잔뜩 쌓여 있었다. 나는 지금껏 이렇게 종이가 한곳에 엄청나게 쌓인 모습을 처음 보았다. 나는 작은 갈색 약병이 어디 있는지 눈으로 찾으며 복도를 죽 살폈다.

"음, 저희 엄마가⋯⋯."

"조용히 하렴, 해너드가 앉아 있잖니."

웨더럴 씨의 화실로 통하는 문이 아주 살짝 열려 있었다. 그 틈으로 여자아이로 추정되는 누군가의 모습이 조금 보였다. 웨더럴 씨의 부드러운 목소리가 배경에서 웅웅거렸다.

엘시 할머니가 치즈를 향해 손을 내밀었다. 그러고는 치즈의 가장자리 포장을 벗기고 쿵쿵 냄새를 맡더니 앞치마 주머니에 치즈를 집어넣었다. 할머니는 손을 다시 내밀었다. 나는 할머니에게 밀가루를 건넸다.

"들어가 있으렴." 엘시 할머니가 항아리로 뒷방을 가리켰다. "차를 내오마."

"앗, 아니에요, 웨더럴 부인. 저는 그저⋯⋯."

"조용히 하렴, 애야. 안에 들어가 있어."

트리그의 말대로였다. 할머니는 절대 웃지 않았다.

뒷방은 온갖 잡동사니로 꽉 차 있었다. 상자들, 오래된 냄비와 그릇, 손잡이가 깨진 머그잔, 벽에 딱 맞는 플러그가 끄트머리에 달린 전선들, 작은 사각형 안에 알파벳 전체가 들어간 판자. 아빠라면 '죄다 쓸모없는 것들'이라고 했을 것이다. 그리고 책들이 있었다. 책 더미가 여기저기 쌓인 채였다. 선반에 놓인

책들은 천장에 닿기도 했다. 우리 학교 도서관에 있는 책보다 열 배는 더 많아 보였다.

나는 물건들을 헤집고 그 사이에 내가 앉을 자리를 만들었다. 물건들이 반쯤 올라간 의자에 앉아 유리잔 하나를 치웠다. 잔 옆에는 '천사들'이라고 적혀 있었다.

내 앞쪽 벽에는 오래된 사진과 증명서들, 조그만 나무 조각품이 걸려 있었고, 심지어 머리카락 부분에 밀짚이 붙어 있고 눈 부분이 뚫려 있는 길쭉하고 얇은 가면도 두 개 있었다. 모든 것이 오래되었고 비뚤어졌으며 한데 찌부러져 있었다.

나는 앞으로 몸을 기울여 두꺼운 종이로 된 상자의 뚜껑을 들어 올렸다. 그 안에는 누렇게 색이 변한 인쇄물이 가득했다. 옛날 신문이었다.

맨 위쪽 신문에는 굵고 검은 글씨로 '부끄러운 일이다'라고 적혀 있었다. 뒤이은 나머지 글씨는 더 작았다. '지난주 한 가족이 가장 오래된 칙령을 어기며 아들을 캠프에 보내지 않겠다고 거부했다가 성난 이웃들에 의해 미드리프에서 추방되었다.'

추방되었다고? 나는 신문 몇 부를 들추고 더미 아래쪽의 또 다른 신문을 꺼내 읽었다. '우리는 다 함께 나라를 지킬 수 있다.' 그 옆에는 이렇게 적혀 있었다. '반대파 지휘자인 앤드루 솔즈베리가 희망의 메시지를 전하다. 솔즈베리는 다음 주 조기 선거에서 승리할 수 있을까?'

나는 다른 신문을 좀 더 읽어 보았다. '어둠의 시기가 우리에게 드리웠다.' '전 세계적으로 조직적인 테러리스트들의 공격이 연달아……'

"얘야?"

나는 읽던 신문을 떨어뜨렸고 똑바로 앉았다.

"차 마시렴." 엘시 할머니가 음료가 찰랑거리는 머그잔을 든 채 문 사이로 느릿하게 들어왔다.

나는 잡동사니 사이로 뒷걸음질 쳐서 머그잔을 받았다. 냄새를 맡아 보니 캐모마일 차다. 우웩.

"감사합니다, 웨더럴 부인."

엘시 할머니는 지팡이를 짚고 방을 헤치고 지나갔다. 그리고 한 걸음을 내디딜 때마다 멈춰서 쌕쌕거렸다.

"도와드릴까요? 길을 치워드릴게요." 내가 물었다.

"함부로 만지지 마렴. 해너드의 물건이야."

어쩌면 엘시 할머니에게 이 물건들은 전혀 잡동사니가 아닐지도 몰랐다. 이것은 할머니에게는 보물일 것이다.

나는 차를 홀짝 마셨다. 이렇게 계속 조금씩 마시다 보면 결국 바닥이 보이겠지.

엘시 할머니가 뒤편의 유리문까지 걸어갔다. "그럼 언제의 날씨가 알고 싶은 거니, 얘야? 가이 포크스의 날(11월 5일, 가이 포크스가 일으킨 영국 국회의사당 폭파 미수 사건을 기념하는 날)? 크리스마스? 내 예보는 언제나 백 퍼센트 맞아. 자연은 거짓말을 하지 않지. 거짓말할 능력이 없거든."

"이번 주 금요일 날씨요, 웨더럴 부인. 저희 엄마가 금요일에 혹시 비가 오는지 알고 싶어 하세요. 제드 오빠가 곧 열네 살이 되거든요. 캠프에 가기 전 파티를 하는 거예요."

엘시 할머니는 끙 소리를 내며 잠시 열쇠를 찾느라 애쓰더니 문을 열었다.

정원은 집 안보다 더 엉망진창이었다. 웃자란 채소들, 기어오르는 담쟁이덩굴, 제멋대로 퍼져 자라는 관목, 울창하게 그늘을 만드는 나무들. 온갖 식물과 이파리가 여기저기서 살금살금 움직이며 넘쳐 나고 뻗어 올랐다.

엘시 할머니는 지팡이로 쿡쿡 찌르면서 단단한 땅을 찾아 한 걸음씩 발을 디뎠다.

"거기서 기다리렴." 할머니가 말했다.

할머니는 똑바로 서 있으려고 애쓰면서 잡초가 무성한 테라스를 비틀거리며 지나갔다. 그러고는 덤불에 들어가 벌레들을 잡고 씨앗을 주워 쪼개 열었다. 시간이 얼마 없었다.

나는 살금살금 복도로 돌아갔다. 이 각도에서는 웨더럴 씨가 나를 발견하지 못할 것이다. 그곳에는 코트와 신발, 책들이 쌓여 있었다. 나는 물건 더미를 살폈지만 약병은 전혀 보이지 않았다. 나는 최대한 아무 소리도 나지 않게 애쓰면서 종이 더미 사이를 뒤졌다. 그래도 약병은 없었다.

그럼 대체 어디 있을까? 생각을 해 봐, 매기. 아빠는 우리 약병을 어디에 두지? 나는 주변을 살폈다.

부엌이다. 부엌은 집의 다른 곳과 마찬가지로 엉망진창이었다. 어쩌면 더 심하게 어질러져 있는지도 몰랐다. 바닥 한가운데에 물병과 감자를 담은 통이 널려 있었다. 그릇 더미가 기우뚱하게 쌓여 있었고 조리대에는 내용물이 가득 찬 퇴비 상자가 올려져 있었다. 그 사이에 샴 고양이의 몸이 비집고 나와 있었다. 그리고 뒤쪽 창문 앞에 식탁이 있었다. 분명히 약병이 있을 것 같은 장소였다.

나는 조리대 가장자리에 머그잔을 넘어지지 않게 조심스레 올려놓은 다음 주변을 살피기 시작했다.

식탁은 여러 물건들로 빼곡했다. 식기들, 초록색으로 녹이 슨 오래된 동전들, 손잡이가 주황색인 스크루드라이버, 안쪽에 어두운색 고리가 둘러진 텅 빈 꽃병 하나. 책들, 유리잔, 머그잔, 쇠톱, 그리고 가장자리 가까이에 작은 갈색 약병이 눈에 들어왔다. 트렐리실린이었다.

식탁 뒤쪽에는 창문이 하나 있었다. 창문 밖을 내다보니 엘시 할머니는 아직도 정원에서 나뭇잎을 뒤적이며 애벌레를 눌러 죽이고 있었다.

나는 약병을 집어 들었다. '엘시 P. 웨더럴, 트렐리실린, 250밀리그램.' 아직 약이 거의 그대로 있었다.

나는 뒤를 돌아봤고 웨더럴 씨와 방문객은 여전히 앞방에 있었다. 이들은 거의 죽은 사람처럼 꼼짝도 하지 않았다.

10

초상화 세 점

그때 웨더럴 씨가 내 마음속에서 사라졌다. 엘시 할머니도 내 마음속에서 사라졌다. 심지어 트렐리실린도 내 마음속에서 사라졌다.

부엌의 왼쪽 벽에 초상화 세 점이 걸려 있었다. 나는 그림을 바라보았다. 이 그림들은 다른 초상화들에 비해 크기가 작았다. 머리와 어깨까지만 그려진 초상화였다. 하나는 성인 여자의 그림이었고 나머지 두 점은 여자아이를 그린 그림이었는데, 한 여자아이는 나보다 조금 나이가 많아 보였고 다른 여자아이는 조금 어려 보였다. 웨더럴 씨가 그린 다른 초상화처럼 이들의 얼굴도 반쪽은 진짜 사람 같았다. 입술은 손가락으로 꾹 누르면 들어갈 것 같았고, 곱슬곱슬한 머리카락은 불에 탄 잼처럼 진하고 어두운색이었다.

하지만 나머지 반쪽은 완전히 달랐다. 나보다 어린 여자아이의 반쪽 얼굴은 마치 봉제인형처럼 십자 무늬가 있고 여러 조각이 기워진 모습이었다. 조금 큰 여자아이의 반쪽 얼굴은 그림의 배경에 녹아든 모습이었다. 귀와 머리카락, 피부가 뒤쪽 벽에 섞여 들었다. 성인 여자의 얼굴은 중간에 끊어진 듯했다. 날카로운 선이 머리의 한가운데를 잘라 냈고, 그 자리에는 뒤쪽 떡갈나무 의자의 조각뿐이었다. 이들의 얼굴 반쪽에는 마치 웨더럴 씨 얼굴 한쪽의 화상과 같은 상처가 있었다.

'그 사람은 아내와 두 딸이 있었지. 그들은 비명을 질렀어. 비명을 지르면서 흐느꼈지.'

나는 손을 들어 올려 내 눈과 코, 입을 만졌다. 부드럽고, 고르게 매끄러웠다.

'방랑자들의 짓이야. 방랑자들이 웨더럴 씨의 집에 불을 지른 거야.'

방랑자들.

우나가 그랬을까?

아니면 우나의 아빠가 그랬을까?

두 사람이 정말로 그런 짓을 할 수 있었을까?

쨍그랑!

내가 마시던 머그잔이 바닥에 떨어졌다. 차가 여기저기로 마구 튀었다. 고양이가 조리대 바로 위에 있었다.

나는 바지 주머니에 약병을 쑤셔 넣었다. 고양이가 나를 노려

보았다.

"어머니? 괜찮으세요?" 웨더럴 씨가 비틀거리며 화실에서 나왔다. 튼튼한 다리, 약한 다리, 튼튼한 다리, 약한 다리를 번갈아 가며.

"웨더럴 씨, 저는……."

"아, 매기 크루즈구나." 웨더럴 씨가 복도를 따라 이쪽으로 걸어왔다. "아까 누가 현관으로 들어온 것 같았지. 그 뭐가 깨지는 소리는 뭐니? 어머니는 괜찮으시니?"

"네, 할머니는 괜찮으세요. 지금 정원에 계세요. 할머니께 날씨 예보를 들으러 온 것뿐이에요. 제가 머그잔을 깨뜨리고 고양이가 놀라는 바람에 큰 소리가 났어요. 죄송해요. 치울까요?"

웨더럴 씨는 초상화 세 점을 바라보고는 다시 나에게 눈길을 던졌다.

"매기?" 베스 굿먼이 화실에서 나왔다. 베스는 몇 달 뒤에 캠프로 떠날 예정인 첫째였다.

"여기서 뭐하니, 매기?" 베스가 복도에서 말했다. "너는 여기 있으면 안 돼. 너는 둘째잖니. 웨더럴 씨는 첫째들만 그려 주셔. 그렇죠, 웨더럴 씨?"

"흠, 정확히 말하면 내가 그렇게 하는 건……."

"나는 아무것도 하지 않았어요." 내가 말했다. "난 그저 제드 오빠의 파티 날 날씨가 좋은지 예보를 들으러 왔을 뿐이에요.

그런데 웨더럴 부인이 차 한 잔을 주셨고 머그잔을 다시 가져다 놓으려 부엌에 들어왔다가 고양이 때문에 잔이 박살난 거예요. 죄송해요, 웨더럴 씨. 제가 치울게요. 걸레랑 빗자루를 가져다주시겠어요?"

"괜찮아, 매기. 걱정하지 말렴. 네 잘못이 아니니까."

웨더럴 씨의 목소리는 침착하고 부드러웠다. "베스, 돌아가다시 자세를 잡으렴. 이제 조금만 있으면 돼."

나는 바지 주머니에 불룩 튀어나온 약병을 가리려고 손을 동그랗게 말아 덮었다.

이제 여기를 벗어나면 돼, 매기. 여기를 벗어나자.

"애야, 애야. 아직 여기 있니?" 엘시 할머니가 뒷방에서 비틀대며 나타났다.

"조심하세요, 어머니." 웨더럴 씨가 말했다. "머그잔이 깨졌거든요."

"맞아요. 죄송해요, 웨더럴 부인. 사고였어요."

엘시 할머니는 부엌에 들어와 깨진 머그잔 조각을 제대로 보지도 않고 빙 둘러서 지나쳤다. 그러고는 찬장을 열어 뭔가를 꺼냈다. 마른 행주로 네 귀퉁이가 단단하게 묶여 있고 맨 위는 깔끔하게 정리된 꾸러미였다.

"스콘이란다. 먹으렴." 할머니가 팔을 덜덜 떨면서 스콘을 꺼내 주었다.

"감사합니다, 웨더럴 부인. 하지만 저는 배고프지 않아요. 단지……."

"나눠 주려는 거야." 엘시 할머니가 떨리는 손으로 꾸러미를 내밀며 고개를 끄덕였다.

"나눈다고요? 누구와, 무엇을요?" 다리를 누르는 약병이 느껴졌다.

여기서 나가야 한다. 여기서 나가야 해.

"다른 사람에게 주세요."

"가져가렴, 매기." 웨더럴 씨가 말했다. "어머니는 이 마을에서 스콘을 가장 맛있게 구우셔."

"하지만 웨더럴 부인, 날씨 예보는 어떻게 되었나요? 제드 오빠의 파티가 열리는 금요일 날씨 말이에요." 나는 할머니로부터 꾸러미를 받았다. 주머니에 있는 약병은 다른 쪽 손으로 꽉 쥔 채였다.

"날씨 예보 말이니?" 할머니는 앙상한 손가락으로 입술을 문질렀다. "금요일에는 날씨가 화창할 거야. 하지만 토요일 오후부터 조심하렴. 날씨가 완전히 바뀔 테니 말이야. 토요일 오후에."

나는 오솔길을 따라 달렸다. 바지 주머니에 약병이 불룩 튀어나와 있었다. 나는 무언가를 훔치는 데 재능이 없다. 전혀 없다. 나는 땅만 바라보면서 길모퉁이를 돌았다.

으악! 순간 나는 누군가와 부딪치는 바람에 뒤로 벌렁 나자빠지고 말았다. 다행히 나와 부딪친 사람이 팔을 잡아 주어 똑바로 설 수 있었다.

"바쁜가 보지, 매기?"

앤더슨 촌장님이었다.

"나 때문에 곤란하지 않았으면 좋겠구나." 앤더슨 촌장님은 내 팔을 계속 잡고 있었다. 촌장님의 얼굴 피부는 얇고 붉은 정맥이 뒤덮고 있었다. "뭔가를 가지러 간 거니?"

트렐리실린 말인가? 촌장님이 어떻게 그걸 알았지? 내 주머니 속을 꿰뚫어 보기라도 했나?

"그게 뭐냐고 물었잖니, 매기?" 촌장님이 마른 행주로 싼 꾸러미를 턱짓으로 가리키며 물었다.

스콘이었다. 촌장님이 트렐리실린 약병을 볼 수 있을 리가 없었다. 당연히 그랬다.

"아, 이것 말이죠. 스콘이에요. 웨더럴 부인이 주셨어요."

"그렇구나." 촌장님이 내 팔을 놓아 주었다. "너 괜찮니, 매기? 조금 불안해 보이는구나."

"그렇지 않아요, 앤더슨 촌장님. 제 말은 조금 그렇긴 한데…… 아니, 그게 아니라……."

나는 촌장님에게 사실대로 털어놓아야 했다. 우나와 그 애의 아빠에 대해서 말이다. 어쨌든 두 사람은 방랑자다. 방랑자들이 한 짓을 생각해 보라. 그들은 웨더럴 씨 가족을 파괴했다.

"제가 하고 싶은 말은, 제가 월요일에······."

잠깐만. 내게는 아직 증거가 없다. 촌장님은 내 말을 믿지 않을 것이다.

우나의 아빠는 아직 항생제를 받지 못했다. 그래서 아직 몸이 아플 것이다. 당장 아픈 그를 촌장님에게 넘기는 것은 공평하지 않다. 그리고 나는 우나에게서 두 번째 귀 움직이기 강습도 받고 싶다.

"네, 제 말은, 저는 괜찮아요. 앤더슨 촌장님. 막, 음······ 나비 들판까지 서둘러 뛰어가던 참이었어요. 트리그가 점퍼를 두고 왔거든요."

이게 내가 떠올릴 수 있는 최선의 핑계였다.

"막내 말이지? 정말 못 말리는구나." 촌장님이 눈을 찡긋하더니 입꼬리가 아래로 내려간 미소를 지었다. "잘 들으렴, 매기. 어머니께 가서 내가 토요일에 전해드릴 게 있다고 말씀드리렴. 너희 오빠 제드를 캠프에 데려간 다음에 말이야. 바나나를 좀 가져다주마. 처음이지만 말이야. 약간의 바나나를 너희 집 몫으로 챙겨 두마."

"아, 알겠어요. 감사합니다."

"누구에게 감사하다는 거니?"

"감사합니다, 앤더슨 촌장님."

"그래, 그렇게 말해야지. 그럼 가 보렴. 네 동생 점퍼를 가져와야지."

나는 나비 들판 방향으로 달려갔다. 공동묘지로 곧장 가는 길은 아니었지만 아무도 보지 않는 틈을 타서 지름길로 들어설 예정이었다. 달려가면서 나는 주머니를 만졌다. 약병은 계속 그 자리에 있었다.

촌장님이 토요일에 가져다주겠다는 것은 무엇일까? 바나나가 뭐지? 노란색 과일이었던가? 책에서 사진을 본 기억이 났다.

11

엄마의 눈물

나는 산사나무 울타리에서 나무가 울창하지 않은 곳 사이를 들여다봤다. 단단한 붉은색 열매가 뺨 가까이에 늘어져 있었다. 울타리 너머로 숲이 펼쳐졌다.

"우나, 거기 있니?" 나는 큰 소리로 속삭이듯 말했다. 그래야 우나가 내 목소리를 듣는 동시에 소리가 멀리까지 전해지지 않을 것이다. "우나?"

"여기 있어. 여기야." 약간 떨어진 거리에서 산사나무 울타리 사이로 우나가 모습을 드러냈다. 마치 잎과 나뭇가지 사이에서 마술처럼 나타난 것 같았다. 우나는 머리카락을 귀 뒤로 넘겼고 머리카락은 다시 떨어졌다. 머리카락을 넘기는 데 신경 쓰지 않았으면 좋겠지만 말이다.

우나는 미소를 지었지만 희미한 웃음이었다. "네가 올 줄 알았어." 우나의 눈은 빨갰고, 젖어 있었다.

"너 괜찮니?" 내가 물었다.

"응, 물론이지." 우나가 입가를 움직여 씩 웃었고 이 사이의 벌어진 틈이 보였다. 하지만 아직 활짝 짓는 미소는 아니었다.

"괜찮아 보이지 않는데." 내가 말했다.

우나가 떨리는 숨을 내뱉었다. "우리 아빠 때문이야. 건강이 안 좋아지셨거든. 전보다 훨씬 안 좋아지셨어. 오늘은 헛소리를 하시기도 했어. 그리고 다리의 상처에서 고약한 냄새가 나. 우리가 여기저기 떠돌아다니고 주변에 다른 방랑자들이 없기 때문에 아빠를 너무 오래 내버려 둘 수 없어. 그래서 나는 어떻게 해야 할지 모르겠어, 매기. 어떻게 해야 할지 말이야."

트렐리실린을 건네야 한다. 나는 바지 주머니에서 약병을 꺼냈다.

"여기, 내가 약을 가져왔어."

우나가 약병을 받았다. "이게 항생제니?"

"맞아. 네 아빠에게 드려. 다리의 상처에 도움이 될 거야. 열도 떨어질 거고."

우나의 입이 크게 벌어졌다. 그리고 입술에 손을 가져다댔다. "오, 정말 믿을 수가 없어. 이걸 얻게 되리라고는……. 매기, 너 진짜 사람이야? 넌 우리의 수호천사 같아."

나는 엄지손가락 끝을 뜯었다.

우나가 병에 붙은 딱지가 맨 위에 오도록 약병을 돌렸다.

"그런데 이 사람은 누구야?" 우나가 물었다. "엘시 P. 웨더럴? 이 사람 약이야? 그 사람은 이 약이 없어도 괜찮아?"

엘시 할머니가 괜찮으실까? 거기에 대해서는 미처 생각해 보지 않았다.

"음, 그분은 괜찮을 거야." 내가 대답했다. "약을 잃어버렸다고만 생각하실 테니까. 어쩌면 애초에 알아차리지 못할지도 몰라. 그 할머니는 기억력이 좋지 않거든. 수니타 의사 선생님은 약이 많으니까 할머니는 약을 다시 받을 수 있어."

수니타 선생님은 진짜 항생제가 많던가? 나는 몰랐다.

우나가 믿기지 않는다는 듯 고개를 흔들며 말했다. "믿을 수 없어. 넌 정말 최고야, 매기 크루즈. 진짜 최고야. 그런데 정말 괜찮아? 내가 이걸 가져가도?"

"물론이지."

우나는 드레스 앞쪽에 커다랗게 덧댄 주머니에 약병을 집어넣었다. 그러고는 어제 내가 갖다 준 천 가방을 꺼냈다.

"여기 있어." 우나가 말했다. "가져가. 음식은 정말 맛있었어. 아빠가 요새 그렇게 많이 드시지 않아서 나머지는 남겨 놓았어. 아빠가 다리를 다친 이후로 내가 먹었던 음식 가운데 가장 맛이 좋았어. 사실 야채파이는 할아버지가 돌아가신 이후로 먹었던 음식 가운데 가장 맛있었던 것 같아. 아빠는 사냥을 잘하셨지만 요리 실력은 좋지 않았고 나도 마찬가지거든."

할아버지가 돌아가셨다고?

"할아버지가 언제 돌아가셨어?" 내가 물었다.

우나가 입술을 깨물었다. "재작년 겨울이야."

재작년 겨울. 세탁용 수도관의 물이 꽝꽝 얼었던 해였다. 우리는 엄마가 눈 속에 파묻힌 소들을 파내는 걸 도왔다. 그러나 모든 소가 살아남지는 못했다.

"정말 추운 겨울이었지." 내가 말했다.

"맞아. 너무 추워서 나이 많은 할아버지가 버티지 못하셨어. 아빠의 말에 따르면 말이야."

기억난다. 앤더슨 촌장님이 그해 겨울 마을의 노인들과 아기를 키우는 사람들을 불러 모았다. 그런 다음 이들을 마을 회관에 전부 데려가서 따뜻하게 불을 지피고 돌봤다. 추위가 한풀 꺾일 때까지 밤낮으로 불이 지펴졌다. 파커 형제들은 모두를 위해 매일 따뜻한 식사를 제공했고, 아침에는 포리지 죽을 끓였다.

우리 할아버지도 그 음식을 좋아하셨다. 할아버지는 이렇게 말씀하시곤 했다. '매일 아기들을 안고 노래를 불러 줄 수 있다니 이보다 더 좋은 일이 어디 있겠니?'

그해 겨울은 분명 방랑자들에게 버티기 힘든 계절이었을 것이다.

"너의 할아버지는 어떤 분이셨니?" 내가 물었다.

"최고의 할아버지셨지." 우나가 씩 웃으며 대답했다. "나에게 귀 움직이는 법을 가르쳐 주셨어. 그리고 달걀을 얻을 때마다 잎이 넓은 야생 마늘을 넣어 수란을 만들어 주셨지. 그리고 아빠가 밤에 사냥을 나가면 카드 게임을 하면서 밤새 내 곁에 있어 주셨어. 블랙잭이나 진 러미 게임을 하곤 했지. 나는 너무 졸려서 카드가 손에서 떨어질 때까지 할아버지와 놀았어."

그 말을 들으니 심장이 꼭 죄는 듯했다. 우나와 할아버지를 생각하니 그런 기분이었다. 하지만 무엇보다도 우리 할아버지 생각이 많이 났다. 할아버지는 그해 겨울은 무사히 나셨지만 몇 달 뒤에 돌아가셨다.

"우리 할아버지도 돌아가셨어." 내가 말했다. "작년에 말이야."

"그러니?"

"응."

"추위 때문에?"

나는 고개를 흔들었다. "심장이 안 좋으셨어. 건강이 계속 나빠져서 더 이상 평소의 할아버지가 아니셨지. 아프기 전에는 우리를 가끔 낚시에 데려가서 오래된 커튼과 막대기로 그물을 만들게 시키셨어. 하지만 할아버지가 건강이 나빠지면서 이 모든 일을 할 수 없게 되었어. 그리고 이제 우리가 알던 할아버지는 세상에 안 계시지."

우나는 주머니에 손을 뻗어 약병을 만지작거렸다.

"그래도 그분들은 여전히 우리 마음속에 살아 계셔. 그렇지 않아?" 우나가 자기 머리를 톡톡 두드리며 말했다. "그리고 우리 기억 속에 말이야. 우리가 그분들을 기억하는 한 그분들은 완전히 사라진 게 아니야. 나는 그렇게 생각해."

우나의 말이 옳았다. 할아버지는 완전히 세상에서 사라진 게 아니다. 내가 할아버지를 기억하는 한 말이다.

"귀 움직이기는 연습해 봤니?" 우나가 물었다.

"조금." 내가 귀를 움직이려고 애쓰며 말했다. "하지만 아직 성공하지 못했어."

우나가 산사나무 울타리 너머 숲 쪽을 뒤돌아보았다.

"혹시 말이야." 우나가 말했다. "두 번째 강습은 다음에 해도 될까? 아빠 때문이야. 상태가 정말 안 좋으셔. 혼자 오래 내버려 둘 수가 없어."

"물론이지." 내가 말했다. "얼른 가서 항생제를 가져다드려."

"여기 또 와 줄래? 내일쯤?"

나는 고개를 끄덕였다. "내일 학교 끝나고 올게. 가능하면 먹을 걸 더 가져올게."

맞다. 지금 당장 내 손에는 스콘이 한 꾸러미 있다.

나는 꾸러미를 내밀었다. "이것도 가져가. 스콘이야. 잊어버릴 뻔했네." 내가 말했다.

"정말 나 줘도 괜찮아?"

"물론이지."

나는 스콘을 별로 좋아하지 않았다.

우나는 두 팔로 꾸러미를 끌어안았다. "넌 정말 우리의 수호천사야, 매기."

우나는 울타리 사이로 빠져나가 페니스 윅을 벗어났다. 나는 가시가 많고 열매가 달린 나뭇가지 사이로 뒷모습을 지켜봤다. 우나는 잔디밭 사이로 걸어가 숲 사이로 사라졌다.

산사나무 울타리 사이로 산들바람이 불어왔다. 조그만 무언가가 내 눈에 들어왔다. 나뭇잎 아래에 나비 번데기 하나가 흔들리며 매달려 있었다. 그 안에는 새로 태어날 나비가 들어 있다. 번데기는 몸을 칭칭 감아 스스로 안전하다고 생각하겠지만, 아주 가냘픈 실에 매달려 있다.

늦었다. 나는 암막을 내리고 외출복을 벗었지만 침대에 들어가지는 않았다. 나는 베개를 뒤로 하고 침대에 앉아 잠옷 셔츠 아래로 무릎을 집어넣었다.

먹을 것. 우나에게 먹을 것을 더 가져다주어야 한다. 하지만 그건 그 아이를 붙잡기 위해서지 도우려는 게 아니다.

그 아이는 방랑자다. 더럽고, 위험하고, 속임수를 잘 쓴다. 나는 그 아이를 도우려는 게 아니다. 절대로.

나는 가족들이 전부 잠자리에 들기를 기다리며 귀 움직이기를 연습했다.

이윽고 집 안이 조용해지자 나는 내 야영용 램프를 켰다. 램프는 어둠 속에서 따뜻하게 빛났다. 나는 램프를 집어 들고 살금살금 방을 벗어났다. 계단을 살살 내려가는 동안 벽에 그림자가 어렴풋이 비쳤다. 침착하게, 조용히 내려가야 한다.

끼이익. 어째서 밤에는 부엌문이 이렇게 요란한 소리를 내는 걸까? 낮에는 이런 소리가 전혀 나지 않았는데 말이다. 밤이 되면 눈앞은 침침하지만 귀는 잘 들리니 재미있다. 나는 램프를 조금 더 높게 들었다.

홀쩍, 홀쩍.

나는 멈춰 섰다. 거실에 누가 있는 걸까?

홀쩍.

나는 복도를 따라 램프 불빛을 비쳤다. 누군가 안락의자에 몸을 웅크리고 울고 있었다. 제드 오빠의 초상화 바로 앞이었다.

엄마?

엄마는 몸을 웅크리지 않는다. 울지도 않는다. 엄마는 감자를 캐고 젖소에게 소리를 지르며 깨끗한 부엌 바닥에 진흙 묻은 장화를 신고 터벅터벅 걷는 사람이다.

"엄마?"

엄마가 얼굴을 홱 들었다.

"매기니? 깜짝 놀랐구나. 여기서 뭐 하는 거니?" 엄마는 얼굴을 돌려 눈물을 감추려 했다.

"물을 마시러 내려왔어요." 내 눈이 어둠에 익숙해졌다. 진짜 같은 제드 오빠의 초상화가 눈에 들어왔다. 오빠의 손과 얼굴이 보였다.

"이건 정말 대단한 초상화야. 그렇지 않니?" 엄마가 헛기침을 하고 잠옷 매무새를 매만지며 말했다. "우리는 운이 좋단다. 웨더럴 씨가 우리를 자랑스럽게 만들어 주셨지. 맞아, 우리는 정말로 운이 좋아. 용감한 제드가 토요일에 캠프로 떠나고, 우리는 이 멋진 초상화를 가질 거야. 이보다 더 운이 좋을 수 없지."

"괜찮으세요, 엄마?"

엄마가 우실 때 어떻게 해야 할까? 꼭 안아드려야 하나? 뭔가 말해야 하나?

나는 그저 문 옆에 서 있었다.

"그럼, 그럼." 엄마가 말했다. "괜찮고말고. 제드가 그리울 거야. 그것뿐이란다. 제드가 캠프에 가면 분명 그리워질 거야. 릴 언니에 대해서도 항상 생각했지. 우리가 항상 함께했던 모든 것들과 함께 말이야."

"하지만 릴 이모도 잘 지내셨잖아요. 그렇죠?" 릴 이모는 오래전 캠프에 갔던 엄마의 언니다. 지금은 조용한 전쟁을 이끄는 사령관이라서 너무 바빠 우리를 방문하지 못한다.

"으음? 아, 그렇지. 맞아, 릴 언니는 잘 지냈어. 그저 내가 언니를 그리워했을 뿐이야. 제드도 그리워질 것 같구나."

"그리고 제드 오빠가 캠프에 가는 건 좋은 일이잖아요, 엄마. 제드 오빠는 첫째고, 그래서 특별하고 용감하니까요."

"물론 그렇지, 매기. 물론이란다. 정말 그래."

"그리고 캠프에서 돌아오는 날 다시 만날 수 있어요."

엄마가 다시 헛기침을 했다. "그럼, 그럼. 다시 만나야지."

"그리고 릴 이모도 언젠가는 우리 집에 들를 수 있을 거예요."

"그래, 그래. 네 말이 맞아." 엄마는 손을 머리카락 위로 내리눌렀다. "음, 엄마는 이제 다시 잠자리에 들어야겠다. 너도 서두르렴. 잠을 자 둬야지. 아침에 학교에 가려면 말이다." 엄마는 어둠 속 계단을 올라갔다.

릴 이모가 우리 집에 다시 오지 않는다 해도 놀랍지 않다. 내가 만약 이곳 페니스 웍을 벗어나 평생 빨래를 하거나 물통을 나르고 페이스트리를 만들지 않아도 된다면, 나 역시 다시는 돌아오지 않을 테니까.

나는 부엌을 통해 식품 저장실로 들어갔다. 치즈와 라벤더 냄새가 났다. 나는 가방을 먹을 것으로 채운 다음 위층으로 올라가 가운데 서랍에 숨겼다. 아무도 나를 보지 않았다. 내일 학교가 끝나면 이걸 공동묘지로 가져갈 것이다.

우나를 잡기 위해서. 결코 그 애를 돕기 위해서가 아니다.

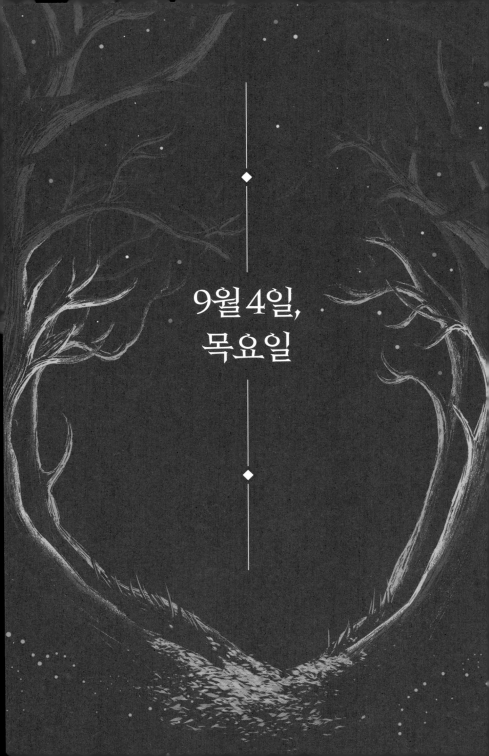

9월 4일,
목요일

12

◇

돌아온 린디 언니

"매기야?"

꿈속을 헤매고 있는데 엄마의 목소리가 들렸다.

"매기?"

나는 얼룩이 지고 간지러운 눈을 떴다.

"일어났니, 매기?" 엄마가 층계참에서 나를 불렀다. "얼른 일어나지 않으면 학교에 지각이다."

학교. 공동묘지에 가서 우나에게 음식을 갖다 주기 전, 나는 학교에 하루 종일 앉아 있어야 한다.

나는 이불을 다시 머리까지 뒤집어썼다.

"다행히 오늘 아침 린디 초드리가 몸이 나아서 학교에 오게 되었어요." 콘테 선생님이 아직 잠에서 깨지 않은 것처럼 눈을 깜박이며 말했다. "하지만 린디는 점심시간까지만 학교에 있을 거예요. 수니타 선생님이 린디가 이번 주 토요일 캠프에 가기 전에 충분히 쉬어야 한다고 말씀하셨으니까요. 그렇지, 린디?"

"맞아요, 콘테 선생님." 린디 언니가 꼿꼿이 앉아 대답했다. 언니는 분홍색 물방울무늬가 있는 스카프를 머리에 두르고 목 뒤쪽에서 깔끔하게 매듭을 지어 묶은 채였다. 눈가에 진한 보라색 멍이 든 것만 빼면 린디 언니는 무척 단정한 모습이었다. 마치 집에서 만든 맥주를 잔뜩 마시고 한밤중에 싸움을 벌인 파커 형제 같았다.

"린디의 사고에 대해 내가 조금 더 알게 된 사실이 있어요." 콘테 선생님이 그날 세 번째로 나오는 하품을 참으려고 애쓰며 말했다. 아직 하루를 시작한지 15분밖에 지나지 않았다.

"내가 듣기로는……." 콘테 선생님이 말을 이었다. "또 다른 첫째인 제드 크루즈가 용감하게 응급 처치를 하고 도와줄 사람들이 올 때까지 계속 린디의 곁에 머물렀다고 하는군요. 우리들의 첫째가 얼마나 귀중한 존재인지 다시 한번 보여 주는 일이에요."

용감하게 응급 처치를 했다고? 응급 처치 방법을 기억해 낸 사람은 트리그였다. 그리고 내가 그렇게 열심히 뛰어 가서 도움을 청하지 않았더라면 사람들도 오지 않았을 것이다.

"잘했다, 제드." 콘테 선생님이 말을 이었다. "그리고 이렇게 빨리 몸이 나아서 축하한다, 린디. 첫째들만이 이렇게 빨리 몸이 나을 수 있지. 내 아들인 마이클도 얼른 그렇게 자라났으면 좋겠구나."

린디 언니는 제드 오빠 쪽으로 머리를 기울였다. 오빠의 뺨이 붉어졌다.

아무 말도 할 수 없었다. 무슨 말을 해도 소용이 없을 것 같았다. 아무도 듣지 않을 테니 말이다. 아직은 그렇다. 내가 영웅이 될 때까지는 그럴 것이다. 내가 방랑자를 잡기만 하면 영웅이 될 것이다. 내가 우나를 잡기만 하면 말이다.

우나의 아빠가 몸이 낫기만 하면 분명 그렇게 할 수 있다. 그러면 모두들 내 말을 들어 줄 것이다.

"자, 이제 4반 여러분, 오늘 오전에는 린디에게 관심을 기울이도록 해요. 절대 린디를 밀치지 말고, 조금이라도 아파 보인다면 즉시 선생님에게 알려 주세요."

쉬는 시간이 되자 모든 아이들이 린디 언니를 둘러쌌다.

"꿰맨 자국 보여 줄 수 있어?"

"수니타 선생님이 목숨을 구해 주신 거야?"

"제드가 입맞춤을 해서 널 살린 거야?"

"제드가 입맞춤을 했어?"

"정말 죽었다가 살아난 거야?"

"욱. 제드의 입이 네 입을 덮은 상태에서 깨어난 거야? 우욱."

"난 거의 죽을 뻔했어." 린디 언니가 짙은 속눈썹 밑으로 모든 아이들을 내려다보며 말했다. "제드가 날 구했어. 제드가 응급 처치 방법을 몰랐다면 난 분명 죽었을 거야."

린디 언니가 머리에 두른 스카프 아래로 삐져나온 머리카락을 빙글빙글 꼬면서 말했다.

그러자 트리그가 제자리 뛰기를 시작했다. 당황한 기분이 들면 이렇게 하라고 아빠가 알려 주셨다.

제드 오빠는 뭔가 말하려는 듯 입을 벌렸지만 곧 아무 말 없이 다물었다.

"진정해, 트리그." 제드 오빠가 이렇게 말하는 모습이 내 눈에 띄었다.

우리는 트리그의 팔을 한쪽씩 잡고 운동장 반대편으로 데려 갔다. 우리는 뜨겁게 달아오른 도로 포장재 위에 주저앉았다. 나는 틈 사이로 자란 별꽃을 뽑았다.

"린디가 무사해서 다행이지, 그렇지 않아?" 트리그가 말했다. 여전히 다리를 떨고 있었다.

"맞아." 제드 오빠가 손등으로 코를 쓱 문질렀다.

"그렇지." 내가 말했다.

"응급 처치 방법을 기억해 낸 사람은 나였잖아, 그렇지? 그랬잖아, 형? 그랬잖아, 매기 누나?"

"맞아, 너였어."

"당연히 너였지."

나는 별꽃을 더 뽑았다. 이 운동장에 자라는 별꽃을 전부 뽑으려면 시간이 얼마나 걸릴까? 하루? 일주일?

제드 오빠가 땅을 손으로 슥 쓸었다. 그리고 돌멩이 하나를 주워 들었다.

"어제 쉬는 시간에 베스 굿먼이 뭐라고 말했는지 알아?" 트리그가 말했다. "뭐라고 했는지 들었어, 매기 누나? 들었어, 형?" 트리그가 윗입술을 뜯어 먹으며 말했다. "베스의 말에 따르면 앤더슨 촌장님이 지난밤에 암막 치는 걸 잊었대. 그래서 촌장님의 어머니가 근처를 지나다가 촌장님네 집 문을 두드려 암막을 치라고 일러 주었대. 촌장님의 어머니는 촌장님이 계속해서 깜빡하면 우리 모두가 한밤중에 산산조각이 날 것이고 그건 촌장님 잘못이라고 했다는 거야. 촌장님이 또다시 깜빡할 거라 생각해? 우리 모두 산산조각이 날까? 그게 무슨 뜻일까, 제드 형, 매기 누나?"

"조바심치지 마, 트리그." 제드 오빠가 바스러진 포장재 위를 따라 돌멩이를 튕기며 말했다. "내 생각에 촌장님은 다시는 잊지 않을 거야." 오빠가 두 번째 돌멩이를 튕겼다.

트리그는 부서진 포장재 덩어리를 하나 줍더니 휙 튕겼다. 하지만 그 덩어리는 제드 오빠가 한 것처럼 멀리 가지는 않았다. 둘은 엎드려서 돌 튕기기 시합을 했다.

나는 남쪽을 내다보았다. 공동묘지 너머로, 경계 너머로. 나무와 언덕, 덤불이 뜨거운 태양 아래서 끓어오르는 듯했다. 저기

어딘가에 헛간이 숨겨져 있다. 우나와 몸이 아픈 그 애의 아빠
가 머무는 헛간이다.

물론 그 아이가 거짓말을 하지 않는다면 말이다. 그 아이는
거짓말을 할 수도 있다. 하지만 내 생각에 우나가 거짓말을 한
것 같지는 않다.

학교가 끝나기까지 네 시간 반이 남았다. 네 시간 반만 지나
면 우나를 다시 만날 수 있다.

"우리 집에 왔어요! 집에 왔어요!"

트리그는 어떤 행동을 하든 시끄럽다. 나는 위층으로 올라가
내 방 서랍에서 먹을 것이 든 가방을 꺼낸 다음, 내가 집에 왔다
는 사실을 아빠가 모르는 사이에 공동묘지에 갈 것이다. 하지만
지금은 그럴 수 있는 가능성이 줄어들었다.

"너희들이 돌아오다니 아주 기쁘구나." 아빠가 부엌문으로 머
리를 내밀고 말했다. "빨래 말고도 할 일이 많거든. 파티가 있든,
그렇지 않든 오늘 밤 끝마쳐야 해, 매기."

나는 한숨을 쉬었다. 오늘은 목요일 오후다. 빨래하는 날이었
다. 완전히 잊고 있었다. 공동묘지로 떠나기까지 이제 최소한 한
시간 반은 걸릴 것 같다.

"트리그, 매기 누나와 같이 빨래하겠니? 이번에는 누나에게
전부 떠넘기지 말렴."

나와 트리그는 교복을 갈아입고 더러워진 빨랫감을 손수레에 던져 넣었다. 그래도 볕이 좋아 빨래가 마르기에는 문제가 없을 듯했다.

13

경계에 대한 노래

"안녕, 매기. 목요일 저녁에 공동묘지에서 누군가를 만나다니 흔치 않은 일이구나."

웨더럴 씨였다. 여기서 뭘 하고 있는 걸까?

웨더럴 씨가 한 손에는 지팡이를 짚고 한 손에는 가위를 든 채 내 쪽으로 걸어왔다. 튼튼한 다리, 약한 다리, 튼튼한 다리, 약한 다리를 번갈아 가며.

"음, 안녕하세요, 웨더럴 씨." 내가 곁눈질로 산사나무 울타리를 바라보며 인사했다. 우나가 저기 있을까? 웨더럴 씨가 우나를 봤을까? "저, 저는 여기 가끔 와요. 음…… 나비를 보려고요."

"나비라고?" 웨더럴 씨가 눈썹을 치켜떴다. "그럼 나비 들판에 가는 게 낫지 않니?"

물론이다. 내가 보려고 하는 것이 정말 나비라면 말이다.

"음." 웨더럴 씨가 말했다. "여기도 나비가 꽤 많단다. 오래된 교회 근처에 쐐기풀이 많거든. 우리 어머니 말씀에 따르면, 쐐기풀이 있는 곳에는 나비 유충이 있지."

나는 나무 뒤를 흘끗 바라보았다. 만약 여기 있으면 숨어 있어. 잘 숨어 있으라고.

"나는 무덤을 다듬고 있었단다." 웨더럴 씨가 가위를 든 채 말했다.

"무덤이요?"

나는 윌리엄 휘팅턴과 조지나 밀리센트 크루즈의 묘지를 보았다. 두 무덤은 언제나 그렇듯 풀이 무성하게 웃자라 있었다.

"우리 가족 무덤 말이야. 교회 뒤에 있단다."

웨더럴가의 묘지는 항상 깔끔하게 정돈되어 있었다.

"아, 그렇군요."

"음, 나는 이제 가 봐야겠구나. 나비 잘 관찰하렴. 지금도 저기 한 마리 있구나."

배추흰나비 한 마리가 길게 자란 풀밭에서 날아올랐다.

"안녕, 매기."

"안녕히 가세요, 웨더럴 씨."

나는 나무 뒤쪽으로 뛰어가 옆에 미끄러져 앉은 다음 마구 뛰는 심장을 가라앉혔다.

"이봐!" 큰 속삭임이 들렸다. 우나였다.

"그 아저씨 갔어?" 우나가 산사나무 울타리에서 기어 나왔다.

우나는 그날 저녁 내내 활짝 미소를 짓고 있었다. 이 틈새가 보였는데 이가 보랏빛으로 잔뜩 물들어 있었다. 블랙베리를 먹은 듯했다.

"늦어서 미안해, 우나. 도저히 빠져나올 수 없었어. 집에 붙잡혀서 빨래를……."

"괜찮아! 괜찮아! 그동안 무슨 일이 있었는지 모를 거야! 오늘은 최고로 기분 좋은 날이야. 아빠가 항생제를 복용하고 몸이 나으셨거든. 하루 만에 말이야. 네가 우리 아빠의 목숨을 구했어, 매기. 네가 우리 아빠를 구했다고!"

우나는 보랏빛으로 물든 손가락으로 나를 붙잡더니 빙글빙글 돌렸다. 먹을 것을 담은 가방이 같이 빙글빙글 돌았다.

"쉿!" 내가 웃으며 말했다. "쉿! 사람들에게 들키겠어!"

"그리고 내가 뭘 찾아냈는지 알아?" 우나가 물었다.

"블랙베리 덤불?"

우나가 내 몸을 빙글빙글 돌리던 움직임을 멈추었다. "어떻게 알았어?"

나는 우나의 보랏빛 손을 붙잡고는 손바닥을 위로 뒤집었다. "네 손에 잔뜩 묻어 있잖아."

우나는 내 말이 자기가 들은 것 가운데 가장 재미있다는 듯이 웃었다. 콧김을 뿜는 동시에 킬킬댔다. 그 웃음소리를 듣는 것만으로도 나 역시 웃음이 터졌다.

"아, 매기. 우리가 머무는 곳에 와서 아빠를 한번 만나 보는 게 좋을 것 같아. 아빠가 모든 것을 설명해 주실 거야. 아빠의 몸 상태가 이제 괜찮아졌으니 네 선택에 달려 있어. 나랑 같이 가서 우리 아빠를 만나 보자."

우나는 산사나무 울타리 쪽으로 내 몸을 잡아당겼다.

나는 뒤로 물러섰다. "그렇게는 할 수 없어." 내가 말했다.

"그렇게 오래 걸리지 않을 거야. 여기서 그렇게 멀지 않고……."

"아니, 그것 때문이 아니야. 경계 너머잖아. 나는 경계를 넘을 수 없어."

"경계라고?"

"울타리 말이야."

우리 둘은 산사나무 울타리를 바라봤다.

"저 울타리를 넘을 수 없다는 거지?" 우나가 말했다.

"물론이지. 아무도 그럴 수 없어."

"나는 그동안 마을에 갈 때 경계를 넘지 않았는데. 경-계 말이야." 우나가 마치 새로운 단어를 배웠다는 듯이 천천히 말했다. "어차피 여기 아무도 없잖아. 그렇지 않아? 누가 알겠어?"

그래도 신경이 쓰인다. 아무리 아무도 나를 보지 않는다 해도, 그래서 들키지 않는다 해도 경계를 넘었다는 사실이 머릿속에 남아 잊히지 않을 것 같았다. 항생제를 훔치는 것도 나쁜 짓이지만, 경계를 넘는 건 그보다 훨씬 더 나쁜 짓이다.

"누가 알아채면 어때?" 우나가 물었다. "사람을 죽인 것도 아니잖아, 그렇지 않아?"

우나가 내 팔을 잡아당겼다.

하지만 나는 뒤로 물러섰다. "프레더릭 패리스가 전에 립 크로스 경계를 넘었다가 잡혀서 갇혔어."

"갇혔다고?"

"린디 언니의 말에 따르면 그래. 사람들에게 붙잡혀서 아주 오랫동안 어딘가에 갇혔고, 거기서 나온 뒤에는 말을 하지 못한대. 한 마디도 말이야. 지금은 책만 읽고 있어. 가끔 낙농장 일을 돕기도 하지만 말이야. 절대로 한 마디도 하지 않아."

"단지 마을을 벗어났다는 이유만으로 가뒀다는 거야?"

"경계를 벗어났기 때문이지. 그건 위험하니까. 페니스 윅 마을 전체를 위험에 빠뜨릴 거야. 경계 바깥에는 방랑자들이 있어. 아, 내 말은, 음…… 경계 밖에는 위험한 사람들이 있다는 거야."

입을 다물자, 매기, 입 조심하자.

우나가 보랏빛으로 물든 미소를 지었다. "네 말은 나처럼 위험한 사람들이 있다는 거지?"

"아니, 내 말은, 그러니까……."

"이상하지 않아? 너희들은 마을 바깥의 사람들이 위험하다고 생각하는데 우리는 마을 안쪽 사람들이 위험하다고 생각하는 거 말이야.”

들고 보니 조금 이상한 것 같았다. 가방 손잡이가 내 손가락의 부드러운 부분을 짓눌렀다. 나는 가방을 어깨에 걸었다.

우나가 산사나무 울타리를 보고 얼굴을 찡그렸다. “우리 아빠는 너희 마을에 너무 가까이 가지 말라고 내게 말했어. 아빠는 거기에 알려지지 않은 존재가 있다고 하셨지. 하지만 경계에 대해서는 말하지 않으셨어. 그러면 너는 어떻게 그 울타리가 경계라고 생각하는 거야? 내게는 그저 오래된 울타리일 뿐인데.”

그저 오래된 울타리라고? 농담하는 건가?

“내 말은 너는 어떻게 경계인 울타리와 보통의 울타리를 구분할 수 있어?”

“그건 노래에 나와 있잖아.” 내가 대답했다.

“노래라고?”

“너도 알 거야. 경계에 대한 노래지.”

“경계에 대한 노래?”

“경계에 대한 노래를 몰라?”

우나가 잘 모르겠다는 눈으로 나를 쳐다보았다.

“농담하는 거야?” 내가 말했다. “그건 누구나 맨 처음으로 배우는 노래잖아. 데비 초드리는 네 발로 기기 전에 이미 그 노래를 부를 줄 알았어. 네 발로 기는 데 시간이 오래 걸린 편이었지만.”

“음, 데비 초드리란 아이 참 대단하구나. 나는 농담하려는 게 아냐. 정말로 몰라. 나는 여기 출신이 아닌걸. 그 노래를 배운 적이 없어."

어쩌면 우나 말은 사실일 것이다. 이 마을에서 자라지 않았다면 배우지 않아 모를 수도 있다.

"그 노래를 불러서 나에게 알려줘, 매기. 부탁이야."

"부르라고? 나 혼자서?" 나는 전에 이곳 공동묘지에서 경계에 대한 노래를 부른 적이 있었다.

"응, 불러 줘. 듣고 싶어. 부탁이야."

우나는 진심이었다. 그 노래를 정말로 듣고 싶어 했다.

"음, 좋아. 그 노래는 말이지, 음……." 나는 숨을 들이마셨다. "안녕, 동료여, 오늘 아침 안녕한가……."

하지만 우나는 씩 미소를 짓더니 이내 킬킬대기 시작했다.

"멈추지 마! 난 그 노랫가락을 어디서 들어 봤어! '물푸레나무 숲'이라는 노래랑 음이 똑같아. 할아버지가 내게 불러 주시곤 했지." 우나가 말했다. "저기 있는 초록 계곡 아래로, 작은 개울이 흐른다." 우나가 가사를 붙여 노래를 불렀다. "그렇지? 똑같아! 그 노래 계속해 봐, 매기."

"알았어, 알았어. 다시 해 볼게." 내가 마른침을 삼켰다. "안녕, 동료여, 오늘 아침 안녕한가…… 잠깐, 노래에 맞는 춤도 출까?"

"춤도 있어? 물론 보고 싶어!"

"알겠어, 알겠어. 그럼 네가 내 동료가 되어야 해, 여기 있어."

나는 먹을 것이 든 가방을 풀밭에 내려놓은 다음 우나의 어깨를 잡고 내 앞에 자리 잡게 했다. "여기에 사람들이 아주 많고, 우리가 안쪽과 바깥쪽에 두 개의 원을 그리며 서 있다고 상상해 봐. 그러면 금방 익힐 수 있어."

"정말?" 우나는 옆구리에 손을 대고 뻣뻣하게 서 있었는데 그 모습이 어색해 보였다. 나는 계속 킬킬대며 웃었다. 어떻게 이걸 모를 수 있을까?

"노래를 불러야지!"

"좋아, 좋아. 우리가 제일 먼저 해야 할 일은 인사를 하는 거야. '안녕, 동료여, 오늘 아침 안녕한가?' 그다음에 악수를 해. '우리는 모든 경계에 대해 노래할 것이다. 악수를 하고, 이동하자.'"

"좋아, 좋아." 우나가 두 손에 입김을 호호 분 다음 비볐다. 마치 잡기 힘든 것을 붙잡으려는 듯했다. "한 번만 더 하면 외울 수 있을 것 같아."

우리는 다시 한번 꾸벅 인사를 하고 악수를 했다. 그리고 춤을 추며 노래 전체를 불렀다.

"안녕, 동료여, 오늘 아침 안녕한가?

우리는 모든 경계에 대해 노래할 것이다. 악수를 하고, 이동하자.

늪의 가장자리는 곧장 강으로 통한다. 방앗간과 밀밭을 따라

줄지어 서라."

우리는 상상 속의 늪에 발을 넣고 밀이 바람에 흔들리듯 손가락을 흔들었다.

"콘커 골목을 지나고, 립 크로스를 내려가 산사나무 울타리를 따라 내려가 교회를 지나자."

우리는 폴짝 뛴 다음 교회 건물처럼 팔을 세모 모양으로 만들었다.

"사우스 뷰를 지나 디스데일로 향하는 울타리를 따라 초승달이 뜰 때까지 가면 모든 것이 좋아질 것이다."

우리는 이마에 손을 가져다 대서 사우스 뷰의 태양을 가리는 척했다. 그리고 공중에 초승달을 그렸다.

"나는 함께 경계를 걸었던 동료인 그대에게 감사하네. 하지만 이제 우리는 헤어질 시간이니 좋은 하루 되길."

우리는 악수를 하고는 옆으로 한 걸음 가서 새로운 동료를 만나는 시늉을 했다. 비록 여기에는 우리 둘 뿐이고 그 밖의 아무도 없었지만 말이다.

우리는 이 노래와 춤을 여러 번 반복했다. 우나는 태양을 가리는 손짓을 해야 할 때 교회 모양을 만들거나, 다리를 늪에 담가야 할 때 손가락을 흔들곤 했다.

나는 옆구리가 당길 정도로 심하게 웃었다. "그만! 그만! 너무 웃어서 배가 아파!"

"그럼 무릎을 들어 봐."

"뭐라고?"

"무릎을 들어. 이렇게 말이야. 그럼 옆구리가 당기던 게 가실 거야." 우나는 한쪽 다리로 선 채 다른 한쪽 다리의 무릎을 가슴께까지 들어 올렸다. "이건 검증된 치료법이야. 반드시 효과가 있지." 우나가 한쪽 다리로 깡충깡충 뛰며 말했다.

나는 한쪽 다리의 무릎을 들어 올렸지만 곧 넘어지고 말았다. 우나도 콧김을 내뿜으며 킬킬 웃더니 역시 땅에 넘어졌다.

우리는 잔디밭에 누워 하늘을 올려다봤다. 거미줄처럼 반짝이는 구름이 푸른 하늘에 걸려 있었다.

"방랑자로 사는 건 어때?" 내가 물었다.

"어떠냐고? 그냥 보통 사람과 같아. 나는 항상 이렇게 지내 왔지. 경계 같은 건 없어."

구름이 둥둥 떠갔다. 천천히, 천천히, 천천히.

"마을 안에서 사는 건 어때?" 우나가 물었다.

"괜찮아."

그건 경계가 있기 때문이다. 경계는 우리를 안전하게 지켜 준다. 그렇지 않은가? 경계 덕분에 사냥을 할 수 있어서 굶주리는 사람이 없다. 그리고 모두가 제대로 된 집에서 살 수 있다.

귀뚤, 귀뚤, 귀뚤. 귀뚜라미가 아직 있었다. 태양이 내 얼굴을 뜨겁게 달구었다.

"그냥 머리와 어깨를 쑥 들이밀면 돼." 우나가 말했다.

"머리와 어깨를 어디에 들이밀어?"

"산사나무 울타리 사이로."

"머리와 어깨만 들이밀면 된다는 거지?"

"그래. 그건 경계를 아예 넘는 것과는 다르지. 그렇지 않아?"

우나의 말이 옳았다. 그건 경계를 넘는 것과는 다르다. 전혀 다르다.

울타리는 더 이상 울타리로 보이지 않았다. 마치 거대한 벽돌 담 같았다.

"못 하겠어, 우나. 난 못 하겠어."

"아냐, 넌 할 수 있어. 쉬워서 아무것도 아냐. 그냥 경계 이쪽에 있는 거나 마찬가지야."

나는 페니스 윅 쪽을 뒤돌아봤다. 이렇게 먼 곳은 사람들의 눈길이 닿지 않는다. 게비 씨의 망치 소리가 쾅쾅 울려 퍼졌다.

우나가 가시가 돋은 나뭇가지 몇 개를 밀어냈다. 그 사이로 더 밝은색의 신선한 잔디가 보였다.

"이걸 봐, 쉬워." 우나가 그 사이로 머리를 쑥 내밀었다가 다시 잡아 뺐다. "네 차례야."

입이 바싹 말랐다. 나는 주먹을 꽉 쥐었다. 그리고 벽돌담 사이로 손과 머리, 목, 어깨를 차례로 밀어 넣었다. 산사나무 가지가 팔에 달라붙어 내가 빠져나가지 못하게 했다. 마치 피부에 발톱이 박히는 듯했다.

나는 그곳에 들어섰다. 경계의 반대편 말이다. 그렇다고 할 수 있었다. 공기에서 풀과 빨간 사과 냄새가 났다. 나는 숨을 들이마셨다. 공기는 목구멍을 타고 미끄러져 내려가 소용돌이치며 폐로 들어왔다. 나는 근처에 사과나무가 있는지 둘러봤지만 나무는 없었다.

"내 말이 맞지? 여기나 저기나 똑같아." 우나가 말했다.

나는 한 번 더 숨을 들이마셨다. 머리에 초록빛과 붉은빛, 밝은 빛과 신선함이 밀려 들어왔다. 나는 다시 페니스 윅 쪽으로 몸을 끌어당겼고 땅 위에 쓰러졌다. 가슴이 쿵쾅거렸다.

"아냐, 그렇지 않아." 내가 웃으며 말했다. "완전히 달라."

우나가 킬킬 웃으며 콧김을 뿜었다. 내 머리가 원래대로 안정을 찾기 시작했다.

"우나." 내가 우나 앞쪽의 잔디밭에 앉아 말을 걸었다. 산사나무 울타리 뒤로 해가 가라앉고 있었다.

"응?"

"네 엄마는 어디 계시니? 엄마도 헛간에 같이 계시는 거야?"

그러자 우나의 표정에서 웃음이 사라졌다. "아니. 엄마는 내가 어렸을 때 돌아가셨어."

돌아가셨다고?

"아, 그렇구나. 미안해, 말을 꺼내서……."

"괜찮아. 오래전 일이니까." 우나는 나를 똑바로 봤지만 시선은 초점이 제대로 맞지 않았다. 우나는 무언가 다른 것을, 아마도 다른 누군가를 떠올리며 바라보는 것 같았다. 눈앞의 나는 그대로 관통해서 보이지 않는 듯했다.

"엄마가 아프셨니?" 내가 물었다.

"아니. 엄마는 우리에게 호의적이지 않은 마을에 너무 가까이 가셨어."

"호의적이지 않은 마을이라니?"

"몇몇 마을은 우리에게 친절하게 대해 줘. 우리와 물물 거래를 하고, 가끔은 아빠에게 일거리를 주기도 했지. 하지만 음, 다른 마을들은 방랑자들을 전혀 반기지 않아. 지금도 마찬가지야."

우나의 눈은 초점이 풀려 있었다. "아빠의 말에 따르면, 당시 우리는 한동안 아무것도 먹지 못하고 굶주렸대. 그래서 우리가 자고 있는 틈을 타서 엄마가 먹을 것을 구하러 몰래 나가셨지. 아빠가 깨어 있었다면 절대 밖에 나가지 못하게 했을 테니까 말이야."

"그래서 무슨 일이 있었던 거야?"

우나가 어깨를 으쓱했다. "그 뒤로 엄마는 돌아오지 않으셨어. 그게 다야."

"아, 정말 미안해. 정말 몰랐어……."

"사과하지 마. 네 잘못이 아니니까." 우나의 턱이 단단하게 굳었다. "중요한 건 방랑자들은 조심해야 한다는 거야. 엄마는 충분히 조심하지 않으셨지."

나는 잔디를 쿡쿡 쑤셨다. "엄마에 대한 기억이 많이 있니?"

우나가 다시 한번 어깨를 으쓱했다. "엄마 얼굴은 기억나지 않아. 목소리가 어땠는지도 말이야. 그저 어렴풋한 그림자처럼, 떠오를 것 같으면서도 생각나지 않아서 실망하게 돼. 한 번은 엄마가 여우들이 가까이 오지 못하게 쫓아 주셨는데, 그 기억은 남아 있어. 어쩌면 할아버지에게 들은 내용일지도 모르지만 말이야. 어쨌든, 난 괜찮아." 우나가 살짝 미소를 지었다. "나와 아빠, 우리 가족은 괜찮아. 특히 지금은 네가 우리를 도와주고 있잖아."

나도 미소를 지어 보였다.

"매기." 우나가 내 손을 잡고 몸을 일으켜 주었다. "내일 우리가 지내는 곳에 올래? 와 줬으면 좋겠어."

내일은 9월 5일이다. 제드 오빠의 생일이라 파티를 하려면 아직 할 일이 산더미같이 남아 있다. 엄마가 나를 밖에 내보내 줄 리가 없다.

"내일은 갈 수 없어. 하지만 토요일은 괜찮아. 일요일도. 네 생일이잖아."

"내 생일이구나! 깜박 잊을 뻔했어. 첫 번째 정식 생일이야."

"케이크를 가져갈게." 내가 약속했다.

9월 5일,
금요일

14

웨더럴 씨의 제안

내 다리에 침대 시트가 둘둘 감겨 있었다. 나는 감긴 시트를 원래대로 펴고 저쪽으로 밀어 놓았다.

피부가 축축하게 땀으로 젖어 있었다. 나는 눈을 깜박였다. 그리고 문득 뭔가를 깨닫고 눈을 제대로 떴다.

오늘은 9월 5일, 제드 오빠의 생일이다.

"매기! 트리그!" 엄마가 계단참에서 소리쳤다. "오늘은 너희 둘 다 학교에 가지 말거라. 파티를 하려면 너희 도움이 필요해."

이런. 하루 종일 제드 오빠의 생일 파티를 준비해야 한다. 그저 오빠가 첫째라는 이유만으로.

그건 훌륭하고, 옳은, 적절한 일이다. 제드 오빠는 첫째다. 특별하고 용감한 존재다. 나는 파티를 위해 하루 종일 준비해야 한다.

하지만 만약 오늘 내가 하고 싶은 걸 할 수 있다면 어떨까?

만약 내 결정에 달려 있다면, 어떻게 할까?

나는 우나를 만나러 갈 것이다. 하루 종일 그 애와 있으면서 귀 움직이는 법을 배우고, 얘기하고, 생일 축하 노래를 불러 줄 것이다. 그리고 내 머리와 어깨를 산사나무 울타리 사이로 내밀 것이다. 어쩌면 몸 전체를 내밀 수 있을지도 모른다. 나는 더 밝은색의 신선한 잔디밭에 누워 하늘을 올려다볼 것이다.

하지만 그래서는 안 된다. 그건 바보 같은 짓이다. 물론 나는 그렇게 하지 않을 것이다. 방랑자들은 더럽고, 위험하며, 속임수를 잘 쓰는 존재다. 내가 우나와 시간을 보낸 건 그 애를 잡기 위해서였다.

아니면 나비 들판으로 갈 수도 있다. 텅 빈 종이 한 장을 갖고 말이다. 빳빳한 새 종이가 좋을 것이다. 그리고 색연필도. 그게 내가 하고 싶은 일이다. 화장한 부인들과 공작새, 배추흰나비를 그리고, 운이 좋다면 멋쟁이나비도 그리는 것이다.

하지만 우나가 온다면 더욱 재미있을 텐데. 우리는 함께 그림을 그릴 수 있을 것이다.

"매기!" 엄마가 다시 외쳤다. "일어났니? 오늘 할 일이 많아."

나는 침대에서 일어났다. 그리고 암막을 거뒀다. 나는 작은 거울 앞으로 가서 귀 움직이기 연습을 했다. 보통 해야 하는 일상적인 일들을 해내는 속도가 조금씩 느려졌다.

5시가 되었다. 하루 종일 서 있었더니 발이 아팠다. 달걀을 섞고 밀가루를 반죽하고 민트를 부수고 페이스트리 반죽을 꾹꾹 누르느라 손도 아팠다. 의자와 식탁을 옮기고 엄청난 접시 더미를 나르느라 등도 아팠다. 꺾어 온 해란초와 초롱꽃을 다듬은 다음, 식탁 위 꽃병에 장식하느라 코가 간지러웠다.

하지만 걱정하지 마, 매기. 언젠가 모두가 너를 보살피며 달걀을 섞고 물건을 옮기고 꽃을 꽂느라 코가 간지러울 날이 올 거야. 매기는 방랑자를 잡은 영웅이니까.

나는 진짜 같은 제드 오빠의 초상 앞에 앉았다. 진짜 제드 오빠는 이제 학교에서 집으로 돌아와 우리가 준비한 온갖 음식을 덮은 마른 행주를 슬쩍 뒤집어 보고 있었다.

"이건…… 골디 파이잖아! 내가 제일 좋아하는 음식이야. 조금만 맛봐도 될까?" 오빠는 대답을 듣지도 않고 가장 큰 조각을 떠서 시럽과 가루를 입 주변에 묻히며 먹어 치웠다.

나는 옆으로 슬쩍 빠져 무거워진 머리를 의자 팔에 기댔다.

"오늘은 학교에서 최고로 멋진 날을 보냈어. 매기." 오빠가 입안 가득 파이를 넣은 채 말했다. "우리 첫째 가운데 두 명이 내일 캠프에 가기 때문에 거의 공부를 하지 않았지. 우리가 했던 건 그저……."

하지만 난 스르륵 눈이 감겼다. 제드 오빠의 목소리가 귓가에서 느릿느릿 늘어졌다. 나는 붉은빛으로 깊게 소용돌이치는 잠

속으로 빠져 들었다.

똑 똑 똑.

나는 퍼뜩 눈을 떴다.

"첫 번째 손님이 오신 듯하구나." 아빠가 부엌에서 외쳤다. "매기, 어서 나가서 문을 열어드리렴. 걸쇠 잠그는 걸 잊지 말고."

엘시 할머니와 웨더럴 씨였다. 맨 처음 도착하지 않았으면 하는 손님이었는데 이렇게 와 버렸다. 엘시 할머니를 보기만 해도 훔친 트렐리실린 병이 생각났다.

"안녕하세요, 웨더럴 씨, 웨더럴 부인. 들어오시겠어요?"

"잘 지냈니, 매기? 너무 일찍 와서 미안하구나." 웨더럴 씨가 엘시 할머니를 집 안으로 안내했다. "어머니는 앉을 곳이 필요하시단다."

나는 현관을 활짝 열었다. 훔친 약병의 단단하고 차가운 느낌이 손가락 끝에 다시 느껴지는 듯했다. 그리고 바지 주머니에 약병의 모양이 느껴졌다.

"이리로 들어오세요." 나는 두 사람을 거실로 안내했다. "마실 것 드릴까요? 저희 아빠가 만드신 수제 맥주로 하시겠어요, 아니면 라즈베리 에이드로 하시겠어요?"

내가 음료를 가지러 가는 동안 몇몇 사람들이 더 도착했다. 짐머만 선생님과 가족, 파커 가족, 스탠베리 가족이었다.

나는 웨더럴 씨와 엘시 할머니에게 드릴 라즈베리 에이드 두 잔을 날랐다. 두 사람을 똑바로 쳐다볼 수 없었던 나는 눈을 내리깔았다. 엘시 할머니의 무릎이 의자 가장자리에 둥글게 걸쳐 있었다. 할머니의 무릎에는 햇볕에 그을려 생긴 커다란 갈색 반점이 있었다.

웨더럴 씨는 지팡이를 한쪽에 기대 세우고 음료를 받았다. 한쪽 손은 맨손이고 다른 쪽 손은 장갑을 낀 채였다.

"훌륭하구나." 웨더럴 씨가 말했다. "맛이 좋아."

"다행이네요, 음. 그럼 저는 이만 가 봐야……."

"잠깐만 기다리렴." 웨더럴 씨가 엘시 할머니에게 잔을 건넸다. 할머니는 마치 뜨거운 찻잔을 쥐듯 음료 잔을 양손으로 감쌌다.

"너에게 물어볼 게 하나 있단다, 매기." 웨더럴 씨가 말했다.

올 게 왔다. 나는 알 수 있었다. 두 사람은 항생제를 훔친 범인이 나라는 사실을 알고 있는 게 분명했다. 목구멍에 작은 갈색 약병과 모양과 크기가 같은 덩어리가 걸린 듯했다. 나는 그 덩어리를 애써 삼켰다.

"네가 학교를 졸업하면 무슨 일을 하고 싶은지 알고 싶구나."

학교를 졸업하면 무슨 일을 하고 싶으냐고? 그게 대체 무슨 상관인가?

웨더럴 씨는 음료를 홀짝 마셨다.

"저, 저는, 음, 잘 모르겠어요." 내가 대답했다. "아직 꽤 많이 남아서요. 아마 밭에서 일을 하겠죠."

"그게 네가 원하는 일이니?"

원하는 일? 희한한 질문이었다.

"사람들 대부분이 그런 일을 하잖아요. 그렇지 않나요?" 내가 말했다. "첫째가 아니라면 말이에요."

웨더럴 씨가 음료를 다시 한번 홀짝댔다.

나는 바싹 마른 입술을 핥았다.

"네 아빠처럼 간호사가 되고 싶지는 않니?"

나는 주위를 슥 둘러봤다. 아빠는 가까이에 없는 듯했다.

"그런 일은 정말로 하고 싶지 않아요." 내가 말했다. "아픈 사람들을 계속 돌봐야 하잖아요. 저희 아빠에게 제가 이런 말을 했다고 얘기하지는 말아 주세요."

웨더럴 씨는 앞으로 몸을 수그렸다. "이건 우리 사이의 비밀이다." 웨더럴 씨가 속삭였다. "그러니까 나와 너, 우리 어머니 사이의 비밀이야."

엘시 할머니의 눈은 감긴 채였다. 잠이 드신 걸까? 음료 잔이 할머니 손에 기울어진 채 들려 있었다.

"나는 제안을 하나 하고 싶단다." 웨더럴 씨가 말했다. "내키지 않는다면 거절해도 좋아. 내 제자로 들어올 생각 있니?"

웨더럴 씨의 제자라고? 초상화 화가의 제자라니 난생처음 들는다. 대장장이인 게비 씨나 무두질 공장에서 제자를 들였다는 소식은 들었지만, 초상화 화가의 제자라니? 잘못 들은 게 분명했다.

"뭐라고 하셨죠, 다시 말씀해 주시겠어요?"

"내 제자 말이야. 네가 초상화 화가가 될 수 있게 도와줄게. 네가 학교를 다니는 동안에도 기본적인 그림을 배울 수 있어."

"하지만 저는……."

"네가 그린 그림을 봤단다, 매기." 웨더럴 씨가 잔을 바닥에 내려놓으며 말했다. 그리고 장갑 낀 손의 뒷부분을 문질렀다. "짐머만 선생님께 부탁해서 학교에서 그림을 잘 그리는 아이들의 작품을 전부 보여 달라고 했지. 나도 미리 조사를 했단다."

"하지만 저는 미술 과목에서 1등이 아닌 걸요, 웨더럴 씨. 수지 드비어가 저보다 훨씬 잘 그려요."

"나는 잘하는 아이들의 그림을 전부 살폈어. 수지 드비어의 것도 말이야." 웨더럴 씨는 손을 무릎 위에 올렸다. "그 결과 너를 선택한 거란다. 내 제안을 한번 생각해 보겠니?"

"음, 그럼요. 하지만 진심이신가요?"

"나는 진심이란다, 매기. 너도 알겠지만 단순히 그리기나 색칠, 명암 넣기를 잘해서 너를 선택한 것은 아니야. 그런 기술은 언제든 배울 수 있지. 중요한 건 잘 보는 것, 그러니까 눈썰미란다. 매기 크루즈, 너는 관찰에 뛰어나. 사물을 주의 깊게 보지.

너는 음…….” 웨더럴 씨가 말을 고르듯 천장을 올려다보았다. “특별하단다. 맞아. 바로 그 단어를 말하고 싶었어.”

“매기? 매기!” 아빠가 부엌에서 나를 불렀다. “케이크 만드는 걸 좀 도와주렴.”

특별하다. 웨더럴 씨는 나를 특별하다고 생각한다. 손이 땀에 젖어 축축해졌다. 나는 손을 바지에 문질러 닦았다.

“감사합니다, 웨더럴 씨. 고민할 필요도 없어요. 저는 기꺼이 제자가 되고 싶어요. 정말로 그렇게 하고 싶어요.”

“좋아, 잘됐구나.” 웨더럴 씨가 왼쪽과 오른쪽이 비대칭적인 미소를 짓고는 의자에 등을 대고 물러나 앉았다. “내 생각에 우리는 손발이 척척 맞을 것 같구나.”

“저는 이제 가서 아빠를 도와야 해요.” 내가 말했다.

웨더럴 씨의 제자. 나는 웨더럴 씨의 제자가 될 것이다. 그림을 그려서 먹고살 것이다. 밭을 쟁기질하거나 소 떼에게 고래고래 소리를 지를 필요가 없다.

매기 크루즈, 나는 초상화 화가가 될 것이다. 어쩌면 앞으로 페니스 윅에서 사는 것은 그렇게 나쁘지 않을지도 모른다.

“아, 그리고…… 매기.” 웨더럴 씨가 등 뒤에서 나를 불렀다.

“네?”

“음료 가져다줘서 고맙다. 맛이 좋구나.”

15

◇

전쟁에 나간다는 건

벽은 집에 꽉꽉 들어찬 수많은 사람들로 신음하는 듯했다. 그리고 식탁은 산더미같이 쌓인 음식으로 삐걱댔다. 내 몸에 땀이 번들대다가 주륵 흘렀고 냄새가 났다. 사람들이 떠드는 소리 사이로 리커드 자매의 기쁘면서도 슬픈 바이올린 가락이 요리조리 빠져나가, 천장까지 둥그렇게 퍼졌다.

모든 사람이 여기 모여 있었다. 온 마을 사람들이 거의 빠짐없이 모였다. 집 안에는 제대로 숨 쉴 만한 공기가 사라졌고, 많은 사람들이 내뱉은 숨이 커다란 구름을 이룬 듯했다. 내가 신선한 산소를 들이마시려고 애쓸수록 그 구름은 폐 속에 가득 들어왔다.

"매기, 이것 좀 저기다 두겠니?"

"매기, 이것 좀 가져다줘."

"매기, 그건 어디에 있니?"

"매기, 그게 필요해."

하지만 괜찮다. 모든 것이 괜찮아질 것이다.

내가 해야 하는 일은 이 파티를 잘 치르고 내일 제드 오빠를 잘 보낸 다음, 집 밖으로 나가 우나를 다시 만나는 것이다. 경계 너머에서 머무르는 우나 말이다. 거의 붉은색이 없어진 장화가 서로 부딪치는 소리가 날 것이다. 그리고 나무와 신선한 잔디 내음을 들이마실 것이다.

그리고 그런 다음에는, 학교를 졸업하고 웨더럴 씨의 제자가 될 것이다. 그러면 초상화 화가가 될 수 있다.

하지만 잠깐, 내가 만약 초상화 화가가 될 수 있다면 굳이 방랑자를 잡을 필요가 있을까? 지금 이대로 살 수도 있지 않을까? 우나를 비밀 친구로 둔 채 말이다.

나는 거실에서 나온 빈 접시를 양팔에 잔뜩 들고 비틀비틀 부엌으로 건너갔다. 신발 아래로 끈적끈적해진 바닥이 느껴졌다. 아마 파티가 끝나면 한바탕 청소를 해야 할 것이다.

엄마와 아빠가 뒷문 옆에 서 계셨다. 손님들의 머리와 어깨 사이로 부모님의 모습이 간신히 보였다. 아빠는 엄마의 목에 얼굴을 묻은 채였고 엄마는 두 팔을 둘러 아빠를 껴안았다.

대단하군. 두 분은 껴안은 채 저기 가만히 서 있기만 하고 일은 나, 둘째인 매기만 한다.

나는 여러 물건으로 어지럽혀진 공간을 이리저리 지나 조리

대까지 간신히 나아가 접시를 내려놓았다. 그리고 다시 한번 한 숨을 내쉬었다.

"앗!"

트리그가 나에게 부딪히면서 내 다리에 라즈베리 에이드를 잔뜩 쏟았다.

"트리그!"

"미안해, 매기 누나. 하지만 내 잘못이 아니야. 누군가 나를 밀었다고. 어쩔 수 없었어, 미안해." 트리그가 잔을 쳐다보며 볼을 부풀렸다. "에이드가 온통 바닥에 쏟아졌네."

나는 트리그가 든 잔을 가로챘다. "어휴, 정말."

우리는 음료가 든 항아리까지 사람들을 헤치고 나아갔고, 나는 트리그에게 라즈베리 에이드를 한 잔 더 따라 줬다. 트리그는 음료를 벌컥벌컥 마셨다.

"밖에 나갈까, 트리그? 집 안에서는 답답해서 숨을 제대로 못 쉬겠어."

우리는 사람들 사이를 밀치고 나아가 복도를 거쳐 현관까지 갔다. 바깥 공기 역시 탁하고 무거웠지만 집 안보다는 나았다. 사람들이 거리를 거닐고 있었다. 몸집이 조그만 아이들 여럿이 우리 다리 사이로 지나갔다.

"제드 오빠를 찾자." 내가 말했다.

우리는 옆집 정원에서 오빠를 찾았다. 우리 집과 옆집 사이의

담을 따라 린디 언니가 제드 오빠와 함께 살금살금 걷고 있었다. 언니는 아빠가 만든 비트 케이크 조각을 반쯤 먹은 채 한 손에 들고 있었고, 머리에는 스카프를 두르지 않았다. 린디 언니의 머리카락이 반짝이는 용수철처럼 어깨에서 통통 튀었고, 검정색 눈동자는 보랏빛과 노란빛을 내며 빛났다.

"제드 오빠! 린디 언니!"

나는 트리그와 함께 담장을 기어올랐고 담장 한가운데에 우리 발이 달랑달랑 매달렸다.

제드 오빠는 린디 언니를 향해 인상을 찌푸렸다. "내 말은, 월요일에 그런 일이 있었으면서 정말 거기 또 올라가겠다는 거야?" 오빠가 말했다. "또 떨어지면 어떻게 해?"

"난 내가 하고 싶은 건 다 할 거야, 제드 크루즈." 린디 언니가 균형을 잡고 살금살금 걸으며 말했다. "잊어버렸는지 모르지만, 나도 너와 마찬가지로 첫째야. 그리고 우리들은 원하는 건 뭐든 할 수 있어."

"그건 물론이지. 내가 걱정하는 건 다만……."

"음, 걱정하지 마. 지금은 아무 생각하지 말고 이리 와서 나에게 키스해 줘." 린디 언니가 산들바람에 흔들리는 풀처럼 조금 몸을 살랑거리며 말했다. "음? 뭘 망설이는 거야? 어서." 언니는 담장 아래로 풀쩍 내려왔고 케이크를 담 위에 올려놓았다.

제드 오빠는 나를 쳐다보았다. 나는 입술을 깨물었다.

"우리는 이미 오래전에 키스를 했어야 해. 너무 오랜 시간을 낭비했다고." 린디 언니가 제드 오빠에게 한 걸음 더 다가섰다.

"비트 케이크는 어땠어요, 린디 누나?" 트리그가 폴짝폴짝 뛰어가 린디 언니와 제드 오빠 사이에 끼어들었다. "아빠가 이번 케이크는 맛이 최고라고 하시던데. 그거 이제 안 먹을 거예요? 그러면 내가 먹어도 될까요?"

"방해하지 말고 비켜, 트리그. 지금 네 형과 키스하려고 하잖아." 언니가 트리그를 옆으로 떠밀었다.

"그 애를 밀지 마요!" 생각보다 목소리가 크게 나왔다.

"뭐라고?" 린디 언니는 나만큼이나 놀란 듯했다.

"트리그를 밀지 마요. 언니는 첫째기 때문에 뭐든 할 수 있다고 생각하겠지만, 그렇지 않아요. 밀지 마요."

"네 둘째 여동생에게 좀 조용히 하라고 해 줘, 제드. 소심한 원래 성격으로 돌아라가고 말이야."

"그러지 마, 린디." 제드 오빠가 린디 언니 쪽으로 손을 뻗었지만 언니는 몸을 뒤틀어 피했다.

"그러지 말라고? 내가 말했잖아, 제드. 난 원하는 건 무엇이든 할 수 있어. 그리고 말하고 싶은 건 무엇이든 말할 수 있어."

"아니에요." 내가 담장에서 뛰어내리며 말했다. "언니는 그럴 수 없어요. 언니는 첫째인 것만 빼고는 우리와 다를 바가 없어요. 물론 단지 제일 먼저 태어났다는 이유로 다른 사람들은 언니를 특별하다고 여기겠죠. 하지만 난 그렇지 않아요. 이제 더이상 그렇지 않죠. 나도 언니처럼 특별해질 거예요. 나는 웨더럴 씨의 제자가 되기로 했어요. 그분이 나에게 제자가 되어 달라고 부탁했거든요."

린디 언니가 내 앞에 얼굴을 들이밀었다. "너는 지금 네가 하는 말이 무슨 뜻인지도 몰라, 이 둘째야. 네가 얼마나 쉽게 살아왔는지도 모르고 말이야."

쉽다고? 내가 쉽게 살아왔다고? 나는 벌떡 일어섰다. 내 키보다 높이 일어선 것 같았다.

"쉽다고요?" 내가 되물었다. "언니 같은 첫째들은 모든 걸 갖죠. 첫째들을 위해 큰 파티가 열리고, 가장 좋은 옷을 입고, 자기들이 하지 않았던 일에 대해서 칭찬을 들어요. 매일 조회 시간마다 첫째들의 이름을 외치기도 하죠."

"그럼 나랑 바꿀 수 있어? 네가 첫째가 되는 거야. 대답하기 전에 곰곰이 잘 생각해 봐, 이 둘째야. 너는 열네 살이 되자마자 네가 지금껏 알던 모든 사람들로부터 떨어져 캠프에 가야 해. 전쟁터에 나가기 위해 훈련을 받아야 하고. 전쟁터는 다른 사람을 먼저 죽이지 않으면 네가 죽는 곳이야. 너는 이런 첫째들과 자리를 바꿀 수 있겠어?"

전쟁. 린디 언니가 말하는 건 조용한 전쟁이다. 전쟁에 대해서는 깊이 생각해 보지 않았다. 내가 첫째라면 전쟁에 나가야 할 것이다.

"그리고 난 촌장님이 우리에게 하는 말도 믿지 않아." 린디 언니가 말했다. 언니가 코를 내 얼굴에 가까이 가져다 대는 바람에 언니의 축축한 숨결이 내 얼굴에 닿았다. "그리고 우리 부모님이나 삼촌, 이모들이 하는 말도 믿지 않지. 나는 전쟁터에 나갔다가 집에 돌아왔다는 사람의 이야기를 단 한 번도 듣지 못했어. 너는 들어 봤어?"

전쟁터에 나갔다가 집에 돌아온 사람이 있던가? 음, 그건…… 그건…… 잘 모르겠다. 아무 생각이 나지 않고 말문이 막혔다.

"그래도 둘째인 네 자리를 첫째들과 바꾸고 싶어? 정말 그럴 수 있어?"

눈 가장자리로 흘깃 살피니 트리그는 담장 쪽으로 돌아가 제자리 뛰기를 하고 있었다. 제드 오빠는 다시 린디 언니의 손을 잡으려고 했다. 린디 언니는 오빠를 떠밀었지만 오빠의 힘이 더 셌다. 제드 오빠는 양팔을 린디 언니의 몸에 두르고 자기 쪽으로 끌어당겼다.

"괜찮을 거야, 린디." 오빠가 말했다. "계속 함께 있으면 돼. 내가 네 곁에 있을게."

그러자 내 바로 앞에 있던 린디 언니는 표정이 일그러지더니 울음을 터뜨렸다.

"저리 가, 매기." 오빠가 말했다.

"하지만 나는……."

"그냥 아무 말도 하지 말고 저리 가."

제드 오빠는 린디 언니를 벽 한쪽으로 끌어당겼고 두 사람은 벽을 등에 대고 주르륵 미끄러져 땅에 쭈그리고 앉아 서로를 꼭 껴안았다. 언니는 오빠의 어깨에 얼굴을 묻고 흐느꼈다. 트리그는 두 사람을 바라보았다.

"얍! 얍! 얍! 얍!"

파커 형제가 저글링 묘기를 준비하는 소리가 들렸다. 그래도 린디 언니는 계속 흐느꼈다. 제드 오빠는 계속 언니를 껴안고 있었다. 트리그는 두 사람을 계속 바라보았다.

"저글링 구경하러 가자, 트리그." 내가 트리그의 팔을 끌어당기며 말했다. 하지만 트리그는 제자리에 못 박힌 듯 꼼짝도 하지 않았다.

"어서." 내가 트리그를 홱 잡아끌었다. "저기로 가자."

트리그와 나는 앞쪽에 자리를 잡았다. 파커 형제가 그곳에서 사람들의 박수와 환호를 끌어내는 중이었다. 트리그는 호응했지만 나는 박수가 나오지 않았다. 입에서도 소리가 나지 않았다. 머릿속에서는 린디 언니와 제드 오빠가 벽에 등을 대고 쭈그리고 앉아 흐느끼며 서로를 껴안던 모습만 생생하게 남아 있었다.

'네가 지금껏 알던 모든 사람들로부터 떨어져야 해.'

로비 파커가 뒤쪽으로 사라졌다가 도끼 두 개와 쇠스랑, 삽을 갖고 다시 나타났다. 우리 집 헛간에서 가져온 게 분명했다. 로비는 삽과 도끼를 형제에게 던졌다. 두 사람은 능숙한 솜씨로 물건을 던진 다음 받았고 길가에 거리를 좀 두고 떨어져 섰다. 구경하던 사람들은 다들 한 걸음씩 물러섰다. 우리는 다들 파커 형제가 저글링하던 모습을 전에 본 적이 있었다. 실력은 나쁘지 않았지만, 자기들이 생각하는 만큼 훌륭한 실력은 아니었다.

어두워지는 하늘에 정원용 도구들이 올라갔다 떨어졌다. 집들 사이로 해가 떨어져 저물었다.

'전쟁터는 다른 사람을 먼저 죽이지 않으면 네가 죽는 곳이야.'

쇠스랑과 도끼, 삽이 공중에서 빙글 돌았다가 파커 형제의 손 안으로 떨어졌다.

'그래도 둘째인 네 자리를 첫째들과 바꾸고 싶어? 정말 그럴 수 있어?'

구경하던 사람들은 환호하며 소리를 지르다가 음료를 쏟고 음식을 떨어뜨렸다.

'네가 얼마나 쉽게 살아왔는지도 모르고 말이야.'

그때 그리프 파커가 자만했는지 저글링을 하면서 힐러리 선데이에게 윙크하다가 도구 하나를 놓쳤다. 구경꾼들은 겁먹은 비둘기처럼 흩어졌다. 하지만 꼼짝도 하지 않는 사람이 한 명 있었는데 앤더슨 촌장님이었다. 쇠스랑이 바로 앞의 땅에 꽂혔지만 촌장님은 조금도 물러서지 않았다. 촌장님은 손을 엉덩이에 올린 채 전혀 움직이지 않았다.

그리프는 놀라서 몸이 굳었고 로비가 쇠스랑 쪽으로 갔다. 그리고 쇠스랑의 손잡이를 단단히 잡은 다음 잔디밭에서 뽑아냈다. 로비는 촌장님에게 뭔가 말하고는 도끼와 삽을 주워 모으러 갔다.

불만에 찬 구경꾼들이 투덜거렸다.

"제드! 제드! 제드!" 닐이 박수를 치며 오빠의 이름을 외쳤다.

라일이 그 행동을 따라했다. "제드! 제드! 제드!"

그리고 모든 사람이 따라했다. "제드! 제드! 제드!"

라일과 그리프는 담장 뒤에 제드 오빠가 있다는 사실을 알아챘다. 두 사람은 오빠를 끌어내 일으켰다.

오빠는 끌려가지 않으려고 버텼다. "저리 가요!" 오빠의 외침이 들렸다. 하지만 적어도 오늘은 아무도 제드 오빠의 말을 듣지 않을 것 같았다.

"제드! 제드! 제드!"

로비와 닐이 린디 언니를 발견하고는 역시 끌어냈다.

사람들은 제드 오빠와 린디 언니를 공중에 높이 들어 올렸다. 둘은 마치 신에게 바치는 제물 같았다.

"린디! 린디! 린디!"

"매기 누나." 사람들의 외침 사이로 트리그가 나를 부르는 소리가 들렸다.

"응?"

"린디! 린디! 린디!"

"아까 제드 형과 린디 누나가 왜 그랬던 거야?" 트리그가 물었다. "정말 이상했어. 그렇지 않아? 린디 누나가 왜 나를 떠밀었을까? 그리고 누나에게 왜 그런 말을 했을까?"

"제드! 제드! 제드!"

"그냥 흥분해서 그런 것 같아." 내가 거짓말을 했다.

나는 첫째들이 캠프에 가는 것을 무서워할 것이라고는 상상도 하지 못했다. 하지만 아까 제드 오빠와 린디 언니는 겁에 질려 있었다. 그들은 정말로 두려운 듯했다.

9월 6일,
토요일

16

떠나는 제드 오빠

"여기." 제드 오빠가 손목에 찼던 할아버지의 시계를 풀어서 내게 내밀었다. "캠프에 가져갈 수 없으니 네가 가져."

나는 시계를 귓가에 댔다. 째깍, 째깍, 째깍. 변함없이 일정한 소리가 났다.

"잘 보관하고 있을게." 내가 말했다. "오빠가 돌아올 때까지 말이야."

제드 오빠가 반쯤 미소를 지었다. "트리그, 너는 나머지 내 물건 가운데 아무 거나 가져." 오빠가 자기 침실 방문을 밀어서 열었다. "갖고 싶은 건 뭐든지 말이야."

캠프에는 자기 물건을 많이 가져갈 수 없었다. 그저 옷 몇 벌과 야영용 램프가 허락된 전부였다.

하지만 트리그는 안에 들어가지 않았다. 그리고 몸을 까닥이더니 제자리 뛰기를 시작했다.

"잘 보관해." 제드 오빠가 트리그의 팔을 때리는 척하면서 말했다. "내가 집에 돌아올 때까지 말이야." 오빠는 전혀 웃지 않았다. 약간의 미소도 띠지 않았다.

오빠는 돌아오지 못할지도 모른다. 집에 잠시 들르지도 못할 것이다. 아무것도 하지 못할 것이다. 엄마의 언니인 릴 이모처럼 집에 돌아오지 못할 것이다.

나는 트리그처럼 몸을 까닥거리기 시작했다. 여기서 나가야 한다. 나갈 것이다.

나는 아래층으로 달려갔다. 그리고 뒷문을 지나 정원으로 들어갔다. 어느 때보다도 공기가 탁했다. 내 티셔츠의 목 부분이 벌써 땀으로 흠뻑 젖었다. 엘시 할머니의 날씨 예보가 맞았으면 좋겠다. 할머니는 날씨가 완전히 바뀐다고 했다. 비가 와야 한다. 이런 식으로 일이 진행될 수는 없다.

나는 할아버지의 시계를 손목에 차고 가장 작은 둘레로 조정했다. 그래도 헐거웠지만 시계가 땅에 떨어질 정도는 아니었다. 나는 유리로 된 시계 앞쪽을 매만졌다.

"매기?" 엄마가 문 옆에 서 있었다.

엄마는 그동안 계속 내게 거짓말을 했다. 제드 오빠가 집에 돌아올 수 있을 것이라 생각하게 했다.

"매기, 알고 있었니?"

"저 좀 혼자 내버려 두세요."

"오, 매기. 네가 지금 어떤 기분일지 알……."

"캠프에 대해 저에게 거짓말하셨잖아요."

엄마가 얼굴을 찌푸렸다. "거짓말을 했다고?"

"제드 오빠는 집에 돌아오지 못하는 거죠? 앞으로 영원히 말이에요."

엄마의 얼굴이 일그러졌다. "매기……."

"릴 이모에 대해서도 거짓말을 하셨어요."

"우리는 그럴 수밖에 없었단다, 매기. 그건 우리가 지켜야 할 칙령의 일부인걸. 우리는 조용한 전쟁을 치러야 해. 첫째를 신경 쓰고 잘 돌봐야 하지. 그래야 그 아이들이……."

"아빠도 마찬가지였어요. 두 분 다 저에게 거짓말을 했어요."

"무슨 일이에요?" 트리그였다. 트리그는 엄마의 팔에 매달려 품에 파고들었다. "매기 누나가 뭐라고 했어요, 엄마? 뭐라고 했어, 누나?"

엄마는 나를 똑바로 쳐다보았다. 엄마의 눈에 눈물이 그렁거렸다.

트리그에게 말하면 안 된다. 트리그에게 말하면 안 돼.

"아무것도 아니야." 나는 낡아빠진 손목시계 끈을 문질렀다. 손가락 끝에 닿는 시계 끈은 부드러웠다. "아무 말도 안 했어."

나는 두 사람을 밀치며 집 안으로 다시 들어갔다.

"우리는 너희를 안전하게 지키려고 했을 뿐이란다, 매기." 엄마가 트리그를 끌어안으며 말했다. "너와 트리그를 말이야."

나는 쾅쾅 소리를 내며 계단을 올라가 침대에 뛰어들어 엎어졌다.

제드 오빠가 싸워 주는 덕분에 내가 안전하게 지낼 수 있다. 오빠는 집에 돌아오지 않을 것이다. 그리고 방랑자들은 여전히 자기 첫째들을 지키면서 밖을 돌아다닌다.

그리고 나는 뭘 하고 있었던가? 둘째인 나는? 방랑자 여자아이와 함께 경계 근처에서 빈둥거렸다. 노래를 부르면서, 귀를 움직이면서, 먹을 것을 훔치면서 말이다.

나는 할아버지의 손목시계를 뺨에 댔다. 매끄럽고 차가웠다. 내가 이 시계를 계속 지니고 있는 한, 나는 제드 오빠를 잊지 않을 것이다.

촌장님은 자기 집 앞에서 전축을 틀었다. 누군가 캠프에 가는 날이면 항상 그렇게 했다. 라일 파커가 계속 전축을 손수레에 실어 날랐다. 그리고 전축이 멈추면 태엽을 다시 감았다. 그러면 전축은 털털거리며 작동을 시작했고, 광장에 날카로운 쇳소리의 음악을 내보냈다. 나와 트리그는 귀를 막았다. 엄마와 아빠가 우리의 어깨를 꽉 잡았다. 나는 두 분의 손길을 털어 냈다. 마을 사람들은 더위에 지치고 지난밤에 퍼마신 수제 맥주에 덜 깬 채 우리 가족 주위를 조용히 둘러쌌다.

제드 오빠와 린디 언니가 촌장님과 함께 모습을 드러냈다. 두 사람은 한 손에 야영용 램프를, 다른 한 손에는 작은 가방을 들고 있었다. 촌장님은 두 사람 사이에 섰다. 그리고 라일을 향해 고개를 끄덕여 보였다. 라일은 전축 밑에서 낡은 양말을 꺼내 소리가 나오는 부분을 틀어막아 음악 소리를 죽였다.

"우리가 젊고 용감한 첫째들에게 뭐라고 말해 주어야 할까요?" 촌장님의 목소리가 광장 전체로 울려 퍼졌다. "어쩌면 여러분은 무슨 말을 해야 할지 모를 겁니다. 하지만 저는 첫째들의 부모와 담임 선생님에게 다음과 같이 말해 왔습니다."

먼저 촌장님은 제드 오빠가 집들이 둥글게 늘어선 거리의 난간에 머리가 끼는 바람에 파커 아저씨가 비누를 칠해 빼 주었던 일을 말했다. 그리고 린디 언니가 아빠의 무릎에 앉은 채 트랙터에 타서 아빠가 밀밭을 가는 동안 조종하는 시늉을 했던 일도 이야기했다.

제드 오빠는 야영용 램프를 자기 다리에 부딪혔다. 린디 언니는 자기 램프를 움직이지 않게 든 채 얼굴에 흔들리지 않는 미소를 띠고 있었다. 입술은 꼭 다물고 광대를 높이 올렸고 발은 가지런히 모았다.

나는 더 이상 그 장소에 머물기 싫었다. 두 사람이 촌장님의 지프차에 타고 사라지는 모습을 보기가 싫었다.

아빠는 내 어깨를 다시 꾹 움켜쥐었다. 바로 옆에 선 엄마는 트리그를 꽉 붙잡았다. 나는 몸을 뒤틀어 아빠의 손을 어깨에서 털어 냈다.

"이 두 첫째는 우리 캠프의 귀중한 자산이 될 겁니다." 앤더슨 촌장님의 머리카락 가운데 몇 가닥이 낡은 끈처럼 꽁지머리에서 삐져나와 있었다. "이제 두 사람이 영광의 길을 떠나기 전에, 우리 다 함께 아침 구호를 외칠까요?"

마을 사람들 모두가 자랑스러운 표정으로 꼿꼿이 섰다. 그리고 목소리를 높여 구호를 외쳤다.

"첫째는 영웅이다.

첫째는 특별하다.

첫째는 용감하다.

첫째를 캠프에 보내지 않는 사람은 부끄러운 줄 알아라.

그들의 친족도 마찬가지다.

무엇보다 방랑자들은 부끄러운 줄 알아라.

조용한 전쟁을 평화롭게 마무리하자.

진심으로, 그리고 영원히."

첫째들은 정말로 영웅이다. 그리고 특별하며, 용감하다.

나는 그 내용이 진짜로 느껴졌고 그런 구호를 외치게 되어 좋았다. 어느 때보다도 훌륭하고 진실한 내용이라고 생각했다. 내가 그들의 초상을 그리게 된다면 정말 영광스러울 것이다.

촌장님이 닐 파커에게 입 모양으로 뭐라고 말을 건넸다. 닐은 집 옆쪽으로 재빨리 자리를 옮겼다.

이 일이 끝나면 나는 곧장 공동묘지에 갈 것이다. 그리고 우나를 찾을 것이다.

'방랑자들은 부끄러운 줄 알아라.'

나는 그 애를 붙잡겠다는 내 계획을 실천할 것이다. 그게 옳은 일이다. 나는 가장자리가 매끄럽게 구부러진 할아버지의 손목시계를 매만졌다.

부릉부릉. 촌장님의 지프차에 시동이 걸렸다. 지프차는 모퉁이를 돌아 사람들의 시야에 들어왔다. 운전석에는 닐이 타고 있었다.

제드 오빠가 린디 언니를 향해 손을 뻗었다. 린디 언니는 오빠의 손을 잡았고, 두 사람은 함께 지프차에 올랐다.

내 몸이 앞쪽으로 휘청거렸다. 아빠가 나를 끌어당겼다.

제드 오빠, 가지 마. 가지 마.

라일이 전축을 틀어막았던 양말을 뺐고 힘차게 태엽을 감았다. 날카로운 쇳소리의 음악이 나왔다. 트리그는 귀를 막았다.

지프차 뒤쪽 창문에서 이쪽을 바라보는 린디 언니의 얼굴은 여전히 단정했고 태연했으며 눈에는 멍이 들어 있었다.

초드리 부인이 울음을 터뜨렸다. 그러자 사람들이 초드리 부인을 둘러싸며 울음소리가 들리지 않게 했다.

아빠가 내 어깨를 더 세게 움켜잡았다. 음악이 광장의 가장자리를 휘감으며 울려 퍼졌다.

닐이 지프차에서 내려 촌장님이 타도록 문을 열어 주었다. 촌장님은 우리를 향해 엄숙하게 손을 들어 보인 뒤 지프차에 올라탔다. 그러자 닐은 작별의 의미로 지프차의 지붕을 몇 차례 내리쳤다. 쾅쾅.

부릉부릉. 차 꽁무니에서 검은 연기가 뿜어져 나왔다. 차에 타고 이동하는 동안에도 제드 오빠는 린디 언니를 팔로 감쌀 것이다. 분명 그럴 것이다.

사람들이 잠시 웅성대더니 이리저리 움직이다가 곧 흩어졌다.

초드리 부인이 흐느꼈다. 엄마는 트리그의 손을 잡고 있었다.

"우리 첫째들은 영웅이란다." 엄마가 말했다. "이제 집에 가자."

나는 꿈틀거려 아빠의 손에서 벗어났다.

"나는 집에 가지 않을 거예요."

17

방랑자들이 미워

나는 달렸다.

더 빨리, 더 빨리, 더 빨리.

오빠가 떠났고 다시는 돌아오지 않을 것이다.

나는 개구리 골목을 따라 달렸다.

그리고 이동 주택을 지났다.

바보 같은 제드 오빠. 오빠의 용감함과 특별함, 첫째로서 했던 행동이 나를 화나게 했다.

나는 산등성이를 넘었다.

그리고 들판을 가로질렀다.

더 빨리, 더 빨리.

나는 오빠를 무척이나 그리워할 테고, 가슴이 두 갈래로 찢어져 고통스러워할 것이다.

나는 공동묘지로 달렸다.

더 빨리, 더 빨리.

오빠가 가 버렸다.

다시는 돌아오지 못할 것이다.

나는 우나가 사는 곳을 알아내야 한다. 증거를 찾아야 한다.

나는 뭔가 행동을 해야 했다. 뭐라도.

나는 방랑자들이 밉다.

'방랑자들은 부끄러운 줄 알아라.'

나는 우나가 밉다.

'부끄러운 줄 알아라, 우나.'

나는 나무 아래 윌리엄 휘팅턴의 묘지 위에 쓰러졌다. 머리에서 땀이 나 귀 뒤쪽으로 흘렀다.

나는 할아버지의 손목시계를 단단히 묶으려 애썼다. 동그란 시계 앞면에 눈물이 떨어졌다.

게비 씨의 망치 소리가 들리지 않았다.

무덤 속의 조상들은 여전히 조용했다.

귀뚜라미만이 계속 울고 있었다.

나는 기다렸다.

그리고 또 기다렸다.

나는 윌리엄 휘팅턴의 무덤 아래에 누워 가슴이 들썩일 만큼 크게 소리 내어 흐느꼈다. 햇볕이 끈질기게 나뭇잎 사이로 새어 나왔다.

나는 2시간하고도 8분 46초를 기다렸다. 할아버지의 손목시계는 거짓말을 하지 않는다. 짐마차 끄는 말처럼 꾸준하게 움직인다.

"이봐, 매기! 매기!" 우나가 산사나무 울타리에 올라탄 채 말했다.

나는 눈물이 말랐다. 그리고 가슴도 더 이상 들썩이지 않았다. 그저 차분했다.

평소대로 행동하자, 매기. 평소대로.

"너 괜찮아?" 우나가 물었다. "울었어? 너 울고 있었구나. 무슨 일이야, 매기? 왜 그래?"

"아무것도 아니야." 내가 대답했다. "난 괜찮아."

"아냐, 괜찮지 않아 보여. 딱 봐도 알겠는걸. 무슨 일이야?"

"아무것도 아니야." 하지만 눈물이 다시 그렁그렁 맺혔다. "넌 이해하지 못할 거야."

"정말? 그래도 내게 한번 말해 봐." 더럽고, 속임수를 잘 쓰는 방랑자인 우나가 내 옆에 다가와 앉았다.

"우리 오빠가 떠나 버렸어. 그게 다야." 눈물이 눈의 안쪽 가장자리에서 나와 코 옆으로 주르륵 흘렀다. "너는 오빠가 없으니까 이해하지 못할 거야."

나는 우나에게서 서서히 멀어졌고, 우리의 다리는 더 이상 맞닿지 않았다. 나는 우나를 쳐다보지 않으려고 길게 웃자란 잔디를 괜히 잡아 뽑았다.

"나도 오빠가 있었어. 그러니까 이해할 수 있어. 전부 이해하지는 못하더라도 말이야."

나는 잔디 뽑기를 멈추고 우나를 올려다보았다. "너도 오빠가 있었다고?"

"맞아. 우리 오빠는 캠프에 갔어. 너희 오빠도 거기 간 거 아니니? 아직도 캠프가 있는 거야? 나는 오빠가 떠났을 때 아기였기 때문에 오빠가 그렇게 그립지는 않아. 네가 오빠를 그리워하는 것만큼은 아니지."

우나에게도 오빠가 있었고 캠프로 떠났다고?

"뭐라고?" 내가 되물었다. "그게 무슨 말이야?"

"우리 오빠 이름은 펠릭스였어. 나보다 훨씬 나이가 많았지. 하지만 네 기분도 별로 좋지 않으니 내 얘기를 듣고 싶지 않을 거야, 매기."

거짓말이다. 거짓말을 하는 게 분명하다. 방랑자들은 집안의 첫째를 캠프에 보내지 않는다.

"이번에는 경계를 제대로 넘어 보자." 우나가 말했다. "이쪽으로 넘어와서 우리 아빠를 만나 봐. 그런다고 네 오빠가 다시 돌아오지는 않겠지만, 우리가 머무는 곳에는 물을 거르는 장치인 클리어캔과 물을 따뜻하게 데우는 불구덩이가 있어. 이번에는 진짜 구덩이를 제대로 팠기 때문에 연기가 거의 나지 않을 거야. 너에게 차 한잔을 대접할게. 우울할 때 차를 마시면 기분이 좋아지지. 특히 우리 할아버지가 가르쳐 준 방법대로 만든 차라면 말이야. 서둘러야 해, 매기. 네가 산사나무 울타리를 넘어 사라졌다는 걸 아무도 눈치 채지 못하는 사이에 다시 데려다 줄게."

펠릭스. 캠프. 거짓말.

너무 많이 울어서 머리가 무겁고 힘이 들었다. 하지만 가야 한다. 이 아이가 사는 곳을 알아내야 한다. 그래야 증거를 얻을 수 있다.

나는 티셔츠의 아랫자락을 끌어당겨 눈물을 닦았다. 그리고 다시 솟아오르는 울음을 참았다.

"그래, 좋아." 나는 미소를 띠며 말했다. "차 한잔 좋지."

18

우나의 아빠

산사나무 울타리가 내 몸을 긁는 동안 심장이 마구 고동쳤다.

그래도 나는 상관없었다.

앞으로 밀고 나아갈 뿐이었다.

나는 경계를 넘어가는 자, 매기 크루즈다.

나는 경계 반대편에 섰다. 밝은색의 신선한 잔디밭이었다. 아삭아삭한 빨간 사과 냄새가 났다. 무릎이 덜덜 떨렸다.

"나는, 음, 나는⋯⋯." 나는 말을 더듬었다.

마을 사람 가운데 경계를 벗어난 사람은 아무도 없었다. 촌장님을 제외하면 말이다. 그리고 물론 캠프로 떠난 첫째들 역시 제외해야 한다.

'페니스 윅 전체가 위험에 빠지죠.'

역시 이건 잘못된 행동이다.

"나는 집에 돌아가는 게 좋겠어." 내가 뒤로 물러서며 말했다.

방랑자를 잡는 데는 또 다른 방법이 있을 것이다.

"그러지 마!" 우나가 말했다. "지금 가장 지나기 힘든 곳을 거쳐 왔는데 아깝잖아. 이리 와, 이쪽이야."

우나는 숲 쪽으로 방향을 돌려 나를 돌아봤고 자기 팔꿈치를 옆구리로 올렸다.

자기랑 팔짱을 끼자는 건가? 친구처럼? 그동안 나와 팔짱을 끼고 싶어 하는 사람은 아무도 없었다. 한 명도.

"어서." 우나가 팔꿈치를 흔들었다. 나는 그 사이로 내 팔을 끼웠다.

우나의 살갗에는 흙이 묻어 있었고 햇볕을 받아 따뜻했다. 우나의 몸에서는 감지 않은 머리와 나무 냄새가 났다.

나는 등 뒤로 페니스 윅 쪽을 흘긋 바라보았다. 아무도 나를 보지 않았다. 아무도 모른다. 나는 밝은색의 신선한 잔디밭을 따라 우나와 나란히 걸었다.

어쩌면 우나는 다른 방랑자들과는 다를지도 모른다. 내 말은 우나가 웨더럴 씨 가족을 죽이지는 않았다는 것이다. 그러기에 우나는 너무 어리다. 그리고 기회가 있더라도 그렇게 하지는 않았을 것이다. 그런 짓을 하지는 않았을 것이다.

어쩌면 우나는 위험한 속임수를 쓰지 않을지도 모른다. 조금 더럽기는 하지만 그건 그렇게 나쁜 게 아니다. 그렇지 않은가? 그리고 우나가 엄마와 할아버지, 오빠를 잃었다면 그건 슬픈 일이다. 정말로 슬픈 일이다.

"네 오빠가 정말로 캠프에 갔니?" 내가 물었다.

"맞아." 우나가 대답했다. "내가 거짓말했다고 생각하는 거니? 나는 너에게 한 번도 거짓말한 적이 없어, 매기. 우리는 가장 친한 친구잖아. 그렇지 않아?"

가장 친한 친구. 나는 지금껏 가장 친한 친구를 가져 본 적이 없었다.

우나는 씩 미소를 지었고 이 틈새가 보였다. 길게 웃자란 풀이 다리에 쓸렸다. 우나는 내 팔을 자기 팔에 꼭 붙였다.

가장 친한 친구. 나는 할아버지의 손목시계 앞쪽을 매만졌다.

숲은 처음에 몇 그루의 나무만 듬성듬성 있었지만 곧 나무가 빽빽해졌고, 우리는 그 사이를 지날 수 없어 팔짱을 풀어야 했다. 우나는 장화를 신고도 울창한 나뭇가지와 양치류, 이끼 사이를 암사슴처럼 뛰어다녔다. 나는 뒤처져서 휘청대며 우나의 발자국을 따라 걸으려 애썼다. 제대로 된 길이 없었다.

"어떻게 길을 그렇게 잘 기억하니?" 내가 물었다.

"그건 쉬워. 표시를 따라가면 되거든. 여기 봐, 나무에 표시가 있어." 우나는 한 나무줄기 위의 분필 표시를 가리켰다. 세 개의 대각선이 있었다. 우나가 가르쳐 주지 않았다면 나는 결코 알아차리지 못했을 것이다.

"이건 이 방향으로 계속 가라는 뜻이야. 보이지? 이렇게 말이야." 우나는 대각선 표시 아래에 손을 대고 손바닥을 아래로 한 채 위로 기울였다. "집이 이쪽 방향이라는 뜻이지."

"네가 직접 이 표시를 한 거야?"

"응. 이것들은 내가 한 거야."

우리는 나무 사이와 더 울창해지는 덤불을 계속 지나쳤다. 머리 위에서는 울새가 높은 음으로 지저귀었고, 땅에는 검은딸기나무 덤불이 내 종아리를 할퀴었다. 나뭇가지 아래는 더 서늘한 게 분명했다.

우나는 분필 표시를 따라 지나갈 때마다 나에게 손으로 가리켜 보여 주었다. "저기 봐. 다른 방랑자들이 남긴 표시야."

그것 역시 세 개의 선으로 된 표시였지만 맨 밑의 선이 구불구불했다.

"저건 근처에서 물을 얻을 수 있다는 뜻이야. 그리고 이건……." 우나는 선 밑에 직사각형이 그려진 표시를 보여 주었다. "이건 쉼터를 뜻하지. 머무를 곳이 있다는 뜻이야."

"이 표시는 이곳에 항상 있니?"

"그건 아니야. 두세 번 비가 오고 나면 분필 표시는 지워져."

나는 검은딸기나무와 고사리를 통과해 지나가느라 몸을 휘청거렸다.

"저기를 봐. 우리가 머무는 곳이야." 우나가 나무 사이를 가리켰다.

그곳에는 작은 헛간 하나가 공터에 둘러싸여 있었다. 헛간에는 두 개의 벽밖에 없었다. 다른 모서리는 탁 트인 채 기둥으로 지붕을 떠받치고 있었다.

"아빠! 아빠!" 우나가 기둥 하나를 빙 돌아 달려들어 갔다. "아빠가 만나야 할 사람을 데려왔어요. 매기예요. 우리에게 먹을 것과 항생제를 준 아이요."

나는 헛간 바깥에 서서 잠시 기다렸다. 여기저기 나무 그루터기가 놓여 있었는데, 식탁이나 작업대 역할을 하는 듯했다. 그 위에는 여러 물건이 놓여 있었다. 가죽 주머니, 나무 숟가락, 컵과 우묵한 그릇 몇 개, 책 몇 권이었다. 어떤 그루터기에는 햇볕을 머금은 야영용 램프 세 개가 놓여 있었다.

헛간 안쪽에는 벽을 따라 초록색, 파란색, 노란색 자루들이 걸려 있었다. 한쪽 모퉁이에는 담요 더미가 쌓여 있었다.

우나는 플라스틱 물병 하나를 집어 들었다. "우리는 클리어캔을 채우러 갈게요, 아빠."

나는 우나가 누구와 말하고 있는 것인지 알 수 없었다. 헛간 안에는 아무도 없는 것 같았다.

"이리 와, 매기." 우나가 말했다.

"으음?" 담요 더미가 움직이더니 지저분한 누군가가 끙끙 신음하며 나타났다. 우나의 아빠인 오팔 씨였다.

"개울에 갈 작정이었어요." 우나가 말했다. "클리어캔을 채우려고요.”

“무슨 일이니?”오팔 씨의 머리에는 녹이 슨 색깔의 머리카락
이 마구 엉켜 있었다. 만약 우리 엄마가 그 모습을 봤다면 ‘머리
좀 잘라 주세요’라고 말하기도 전에 가위를 마구 휘둘러 머리카
락을 잘라 버렸을 것이다.

“매기랑 같이 왔어요. 제 친구예요. 전에 매기에 대해 말한 적
있잖아요. 우리에게 먹을 것과 약을 가져다준 아이에요.”

오팔 씨가 벌떡 일어섰다. 그리고 엉킨 머리카락 사이에서 안
경을 하나 꺼내 걸쳤다. 그러고는 나를 바라보았다.

“우나, 여기 아무도 데려오지 말라고 했잖니.”

“그냥 차 한잔 마시러 왔을 뿐이에요. 매기의 오빠가 막 떠났
대요. 제 생각에 그건…….”

“여기서 나가!”오팔 씨가 담요를 끌어당겨 뒤집어쓰고 나를
향해 휘청대며 다가왔다.

나는 나무 그루터기에 발을 헛디뎠다.

“아빠, 그러지 마요! 다리 조심하셔야죠!”

오팔 씨는 그 말을 듣고 움찔하더니 허벅지를 붙잡으며 다시
주저앉았다. 하지만 여전히 내게서 눈길을 떼지 않았다.

여기 오지 말걸 그랬다. 저 사람은 진짜 방랑자다. 더럽고 위
험하다. 앤더슨 촌장님의 말씀이 옳았다. 물론 촌장님의 말씀은
늘 옳다.

"오팔 씨, 죄송해요. 저는……."

"여기는 외부에 알려지지 않아야 해, 우나. 내 말을 제대로 귀 담아 듣긴 했니? 우리에게 호의적이지 않은 사람들도 있다고." 오팔 씨가 반쯤 일어서고 반쯤 웅크린 어정쩡한 자세로 말했다. 그러다가 오팔 씨는 다리를 붙잡으며 인상을 찌푸렸다.

"하지만 이 애는 괜찮아요, 아빠. 매기는 내 친구예요. 우리를 도와줬잖아요."

하지만 오팔 씨는 자기 옆의 바닥을 더듬더니 포크 하나를 집 어 들어 나에게 가리키며 말했다. "여기서 나가!"

여기 오지 말걸 그랬다.

나는 영웅이 아니다.

나는 첫째가 아니다.

나는 용감하지 않다.

입이 바싹 말랐다.

우나의 아빠인 오팔 씨는 웨더럴 씨의 가족을 죽였을 수도 있 다. 정말로 그랬을 법했다.

나는 페니스 윅 전체를 위험에 빠뜨렸다. 엄마와 아빠, 트리 그를 비롯한 모두를 말이다.

"너는 그들을 믿어서는 안 돼, 우나." 오팔 씨가 한 손으로는 담요를 몸에 고정시켜 두르고 다른 한 손으로는 포크를 꽉 잡은 채 내 쪽으로 껑충 뛰었다. 하지만 역시 고통에 끙끙대며 신음했다.

침착하자, 매기. 저 사람보다 네가 더 빠르니 도망칠 수 있어.

"저는 누군가를 믿어야 했어요, 아빠. 아빠가 무척 편찮으셨고 우리는 먹을 게 아무것도 없었잖아요. 그때 매기가 우리 목숨을 구했어요. 우리 두 사람의 목숨을 구했다고요."

"으악!" 오팔 씨가 담요를 밟고 바닥에 넘어졌다. 그러고는 눈을 질끈 감은 채 다리를 움켜쥐었다. "대체 무슨 짓을 한 거니, 우나? 저 애를 여기 데려오지 말았어야지."

나는 가까운 나무 그루터기를 더듬다가 뭔가를 집었다. 가죽에 싸인 어떤 물건이었다.

이걸 증거로 가져가자. 나는 그 물건을 바지춤에 밀어 넣은 다음 티셔츠 자락으로 덮었다.

"하지만 아빠, 이 애는 내 친구예요. 우리에 대해서 아무에게도 말하지 않을 거라고요. 나는 알아요. 그렇지, 매기?"

우나의 눈에 눈물이 맺혔다. 진짜 눈물이었다.

나는 몇 걸음 물러섰다. 그리고 조금 더 물러섰다.

"말하지 않을 거지, 매기?"

나는 돌아서서 달렸다.

19

우리 가족 넷

나는 계단을 마구 올라가 내 침대 위에 엎어졌다.

"매기?" 아빠가 나를 불렀다. "돌아온 거니? 다들 걱정하고 있었단다."

"전 괜찮아요." 내가 소리쳐 대답했다. "전 괜찮아요."

나는 괜찮지 않았다. 전혀. 갈비뼈 부근이 들썩거렸다. 위, 아래, 위, 아래, 위, 아래.

나는 바지춤에서 가죽으로 된 물건을 꺼내 손에 올려놓았다. 칼집이었다. 칼집의 한쪽 끝은 접혀서 끈으로 묶여 있었다.

나는 끈을 풀고 접힌 곳을 폈다. 그리고 안에 든 칼을 꺼냈다. 사용한 흔적이 남아 있었다. 움푹 들어가거나 둔탁해진 부분이 있고 더러웠지만 그래도 날카로웠다.

나무 손잡이에는 뭔가 새겨져 있었다. 나는 손잡이를 빛 아래에 기울여 보았다. 멋진 더듬이와 넓은 날개, 소용돌이무늬. 나비였다. 나는 손가락으로 나비를 더듬었다. 나비 조각이 내 손가락 아래 감겨들었다.

이제 증거가 생겼다. 나는 이것을 앤더슨 촌장님에게 가져갈 작정이었다. 촌장님이 캠프에서 돌아오자마자 바로 말이다. 촌장님은 어떻게 대처해야 할지 아실 것이다.

"매기?"

나는 칼을 베개 밑에 밀어 넣었다. 그리고 더듬거려 칼집을 찾았다.

"내려오렴, 애야. 먹을 게 좀 있단다." 아빠가 문을 살짝 열고 말했다. "남은 파티 음식이 있어. 우리 가족끼리 먹자꾸나. 내 말은, 우리 넷 말이다."

"네." 내가 대답했다. "알겠어요."

우리 가족 넷. 더 이상 다섯이 아니다.

우나의 아빠는 아이들 가운데 아무도 캠프에 보내지 않았던 게 분명하다. 그저 우나에게 거짓말을 했을 것이다. 우나는 자기 아빠의 말을 믿었지만, 사실은 오빠가 없었을 것이다.

'그들은 속임수를 잘 쓴다.'

이제 나는 실제로 그들을 만났다. 경계를 넘었다. 더럽고 위험한 방랑자들과 직접 만났다. 어쩌면 우나의 아빠가 나를 따라올 수도 있을 것이다. 어쩌면 최악의 경우 그 사람이 엄마나 아빠, 트리그를 따라다닐 수도 있다. 멍청하고 바보 같은 둘째 매기.

앤더슨 촌장님이라면 이제 어떻게 해야 할지 아실 것이다. 그분은 우리를 안전하게 지켜 주실 것이다.

우리는 부엌 식탁에 앉았다. 나와 트리그, 엄마, 아빠가 앉았다. 제드 오빠가 빠진 자리에 커다란 틈이 남았다.

"안 먹니?" 아빠가 물었다.

나는 차갑게 식은 고기와 토마토 페이스트리, 골디 파이를 바라보았다. 텅 빈 위장이 목구멍까지 밀고 올라오는 듯했다. "배고프지 않아요, 아빠."

"저도 배고프지 않아요." 트리그가 말했다.

"나도 배고프지 않아요." 엄마가 말했다.

저녁 여섯 시가 되었다. 나는 칼집에 칼을 넣고, 다시 바지에 쑤셔 넣은 채 집에서 나왔다. 한 걸음 내디딜 때마다 칼집이 배를 쿡쿡 찔렀다.

"안녕, 매기." 자기 집으로 향하던 게비 씨가 인사했다.

나는 인사에 답하지 않았다. 땅만 계속 쳐다보면서 걸어갔다. 한 발자국씩 앞으로 내디뎠다. 한 발자국 걸을 때마다 나는 죄책감에 휩싸였다. 마을 전체가 위험에 처했다. 게비 씨 역시 마찬가지다.

저녁이라 좀 시원해질 줄 알았더니 아까보다 더 덥기만 했다. 웨더럴 씨의 고양이가 개구리 골목의 끄트머리 그늘에서 몸을 뻗었다. 개구리 한 마리가 더위를 피해 폴짝 뛰어 지나갔다. 비둘기들도 햇볕을 피해 늘어져 있었다. 내가 광장을 지나가는 동안 비둘기들은 뒤뚱뒤뚱 나를 피했고 한 마리만이 앤드루 솔즈베리 석상의 발께로 날아가려 애썼다.

촌장님의 집이 내 앞에 우뚝 솟아 있었다. 나는 현관문을 두드렸다. 하지만 아무도 응답하지 않았다. 나는 계단에 주저앉아 기다렸다.

큼지막한 먹구름이 낮게 떠서 해를 가렸다. 담요같이 후덥지근한 공기가 나를 감쌌다. 양쪽 무릎에 땀이 나서 서로 미끄러졌고 몸을 감싼 티셔츠도 축축했다.

엘시 할머니의 말이 맞았다. 또 한 번의 폭풍우가 오고 있었고, 그것도 곧 닥칠 예정이었다. 모든 것이 바뀔 것이다.

20

고발

주변은 점점 어두워졌고 앤더슨 촌장님의 지프차가 크게 흔들리며 광장에 들어왔다. 거센 바람이 불어닥쳐 석상을 휘갈겼고 나뭇잎이 흩날렸다. 이번 달 들어 처음으로 팔에 추위가 느껴졌다.

지프차 지붕 위 짐칸에 상자들이 쌓여 들어오고 있었다. 하지만 뒷좌석에는 이제 더 이상 제드 오빠가 없었다. 린디 언니도 없었다. 두 사람은 떠나 버렸다. 완전히 떠났다.

촌장님은 나를 흘깃 쳐다보더니 안쪽 집 옆으로 발길을 돌렸다. 나는 촌장님의 뒤를 따랐다.

촌장님은 밖에 나와 문을 쾅 닫았다가 다시 열었다. 촌장님은 초록색 체크무늬 셔츠 차림이었는데 아까 입었던 옷과는 달랐다. 머리카락이 바람에 날려 얼굴에 나부꼈다. 촌장님은 입에 들어간 몇 가닥의 머리카락을 빼냈다. "무슨 일이니, 매기?"

닐이 집 뒤쪽에서 나왔다. "잘 다녀오셨어요, 앤더슨 촌장님? 오늘 시내까지 다녀오신 건가요?" 닐은 상자를 나를 수 있게 지프차 지붕 짐칸의 끈을 풀었다.

"아니요." 촌장님이 나를 쳐다보며 말했다. "오늘은 캠프만 다녀왔죠. 다음 주에 시내에 갈 거랍니다. 매기, 너 괜찮니? 네 오빠는 잘 도착했단다. 그게 네가 궁금한 거라면 말이다."

"어…… 잘됐네요. 그런데 저는 음……."

"좀 크게 말해 주겠니? 나는 아직 오늘 할 일이 남았단다." 촌장님이 팔을 문지르며 하늘을 올려다보았다. "바람이 차구나." 촌장님은 지프차에 몸을 기댔고 닐에게 상자 몇 개를 가리켰다.

그 말이 맞다. 크게 말해, 매기. 당당히 크게 말해.

"음, 제가 방랑자들을 발견했어요, 앤더슨 촌장님. 그런데 저 때문에 마을 전체가 위험에 빠지지 않았는지 걱정돼요."

촌장님이 나를 쳐다보았다. "지금 조그만 둘째 여자아이인 네가 방랑자들을 발견했다는 거니?"

닐과 촌장님은 서로를 쳐다보며 키득키득 웃었다. 닐은 짐칸에서 상자 하나를 꺼내 집 뒤편으로 옮겼다.

앤더슨 촌장님은 턱을 치켜들었다. "그 방랑자들을 어디서 발견했니? 경계를 넘었던 건 아니겠지, 크루즈 양?"

"아니, 아니에요! 저는 그들을, 음…… 공동묘지에서 만났어요. 여자아이 하나가 있었죠. 그 애의 이름은 우나였고 또……."

184

"매기." 촌장님이 말했다. "난 둘째인 게 어떤 기분인지 안단다. 나도 둘째였거든. 난 항상 사람들의 관심을 끌려고 이야기를 지어내곤 했지."

앤더슨 촌장님이 둘째였다고? 그 말을 듣고 보니 그런 것 같았다.

"그러니 지어낸 이야기라면 이쯤 해서 그만두지 않겠니?" 촌장님이 지프차 뒤쪽으로 상자 하나를 내리며 말했다. "이런 날씨라면 언제든 비가 와도 이상하지 않지. 그러니 이 상자를 집 안에 들여놓아야 해."

촌장님은 상자에서 무언가를 꺼냈다. 바나나였다. 진짜 바나나. 대여섯 개가 한데 붙어 있는 모습이 마치 짐승의 발톱 같았다. 촌장님은 킁킁 냄새를 맡더니 바나나를 다시 제자리에 두었다.

"저는 이야기를 지어내지 않았어요, 앤더슨 촌장님. 정말이에요. 방랑자인 우나라는 아이가 먹을 것을 찾아 이리로 넘어왔다고요. 그리고 제가 지금 걱정하는 이유는……."

"상자를 나르는 데 방해가 되는구나, 매기." 촌장님이 닐이 지나갈 수 있도록 나를 한쪽으로 밀었다.

번쩍.

번개였다. 엘시 할머니가 말한 폭풍우다. 번개는 아주 짧은 시간 동안 촌장님의 얼굴을 비췄다. 촌장님의 노르스름한 이와 거미 같은 피부가 보였다.

"뭔가 조치를 취하셔야 해요." 내가 말했다. "저는 그 애의 아빠도 만났어요. 그 사람은 더럽고, 위험하고, 속임수를 잘 썼어요. 제 생각에 지금 마을은 위험에 빠진 것 같아요."

하늘에서 천둥이 우르릉 울렸다. 바람이 불어 앤더슨 촌장님의 머리카락이 또 앞쪽으로 흩날렸다. 촌장님은 다시 머리카락을 눈 옆으로 치웠다. "매기. 나는 정말 시간이 없……."

"제가 방랑자들을 만났다는 증거가 있어요." 내가 말했다. "보세요."

나는 바지춤에서 칼집을 꺼냈다. 그리고 그 안에서 칼을 뽑아 들었다.

번쩍.

"손잡이에 나비가 새겨져 있어요." 내가 칼을 들어 올렸다. "이건 페니스 윅에서 만든 물건이 아니에요. 우나의 아빠 거예요. 그 사람은 진짜 방랑자예요."

촌장님이 칼을 바라보았다. 두 번째 천둥이 머리 위로 빠르게 지나갔다. 굵은 빗방울이 칼날에 후두둑 떨어졌다. 나는 빗물을 닦아 냈다.

"그거 어디서 났니?" 촌장님이 물었다.

다시 빗방울이 떨어졌다. 나는 다시 빗물을 닦아 냈다.

"제가 방랑자의 물건을 가져왔어요. 그 사람 이름은 오팔 씨인데, 우리 마을에 건너와서 집에 불이라도 지르면 어떻게 할지 걱정돼요."

빗방울이 한 방울, 한 방울, 한 방울 계속 떨어졌다. 금속 칼날이 빗물에 젖었다.

촌장님은 칼을 받아들었다. 내가 그랬던 것처럼 촌장님이 손으로 나비 장식을 쓰다듬었다. 비는 점점 거세게 내렸고, 우리 머리 위로, 손가락 위로, 칼날 위로 빗물이 떨어졌다.

촌장님은 칼에 눈길을 주다 뒤집어 보았다.

"이곳 페니스 윅에서는 이런 물건을 본 적이 없어." 촌장님이 말했다.

"바로 그래서 이 물건이 페니스 윅 것이 아니라는 거예요. 아까 말씀드렸듯이 제가 방랑자의 것을 가져왔어요."

비가 마구 쏟아졌다. 촌장님은 닐의 눈에 띄지 않도록 살짝 앞으로 나섰다. 닐은 비 오는 것에 전혀 신경 쓰지 않고 상자를 나르느라 정신이 없었다.

"그 방랑자들이 어디 있는지 나에게 알려 줄 수 있겠니?" 촌장님이 물었다.

"네!" 드디어 촌장님이 내 말을 믿어 주셨다. "당연하죠, 그렇게 할 수 있어요." 빗물이 내 눈에 들어갔다. "하지만 아까 말씀드렸던 그 여자아이, 우나는 다른 방랑자들과는 달라요. 그 애는 착해요. 우나는 내버려 둬도 괜찮을 거예요. 문제는 더럽고, 위험하고, 속임수를 잘 쓰는 그 애의 아빠예요. 그러니 정말로 조심해야……."

"조용히 하렴, 크루즈 양." 촌장님이 내 얼굴 앞에 손가락 하나를 세웠다. "내 말을 잘 들어."

"하지만……."

"내, 말을, 들어." 촌장님이 내 눈을 똑바로 쳐다봤고 우리 둘 사이로 비가 장대같이 퍼부었다. "내가 하라는 대로 해. 그 둘이 어디 있는지 내게 알려 주면, 네가 우리의 적과 어울렸다는 사실을 아무에게도 말하지 않고 비밀로 하마. 알겠지?"

숨이 탁 막혀 왔다.

"알겠니, 크루즈 양?"

"네, 알겠어요. 알겠습니다, 앤더슨 촌장님."

촌장님은 칼을 칼집에 넣고 바지 뒷주머니에 쑤셔 박았다. 머리카락이 빗물에 젖어 목에 달라붙어 있었다. "이제 심부름을 하나 해 줘야겠어. 파커 형제들을 전부 불러 모으렴. 찾는 대로 세 명 전부 말이야. 촌장님이 도움을 요청한다고 전해."

번개 불빛이 다시 번뜩였다. 나는 광장을 가로질러 달렸다. 물웅덩이에 발이 풍덩 빠졌고 빗물이 계속 내 몸을 때렸다.

"로비! 그리프! 라일!"

세 번째 천둥이 우르릉거리며 내 뒤를 쫓아왔다.

21

숲 수색

비가 그쳤다. 공동묘지는 축축하게 젖고 여기저기 물이 떨어졌다.

그리프가 산사나무 울타리의 가장 성긴 부분을 살펴보았다. 그러고는 길고 낮게 휘파람을 불었다. "여기 사이로 그들이 지나갔다고? 흠, 나는 절대 못할 것 같은데."

라일은 주머니에 손을 넣은 채로 울타리를 발로 찼고, 그러느라 빗물이 그리프와 로비에게 튀었다.

"으악! 조심해!"

"왜 괜히 요란을 떨어? 이미 빗물에 잔뜩 젖었잖아. 조금 더 젖는다 해도 달라질 건 없어."

"그러니까 우리더러 여기를 지나가 보라는 거죠, 앤더슨 촌장님?" 로비가 윗입술을 문지르며 말했다.

"바로 그거예요. 어느 쪽이라고 했지, 매기?"

나는 비에 젖었지만 가시가 돋친 나뭇가지들을 잡아당겼다. 그러고는 나무들이 있는 방향을 가리켰다.

"저 너머에요." 내가 말했다. "숲속이에요."

"그리고 어떤 표시가 있다고 했었지?"

"아, 분필 표시가 있어요. 우나의 말에 따르면 비가 와도 당장 씻겨 없어지지는 않는다고 했어요. 세 개의 선이 이런 식으로⋯⋯." 나는 손바닥을 펼치고 손가락으로 선을 그렸다. "이런 표시가 있으면 이 방향으로 가라는 뜻이에요. 구불구불한 선이 있으면 근처에 물이 있다는 뜻이죠. 그리고 맨 아래에 직사각형이 있으면 쉼터가 있다는 뜻이에요."

"알아들었죠, 여러분? 그럼 이제 분필 표시를 찾아봅시다." 촌장님이 이 앞쪽으로 혀를 굴리며 말했다. "수고했어, 매기. 이제 넌 집에 가도 좋아."

나는 엄지손가락 끝을 물어뜯었다. 우나는 지금 헛간에서 뭘 하고 있을까? 클리어캔에 물을 채우고 있을까? 불을 지피고 있을까? 분명 파커 형제가 갑자기 들이닥칠 것이라고는 생각도 하지 못할 것이다.

"내 말 들었니, 매기? 넌 이제 집에 가도 돼."

"하지만 우나는 그대로 두실 거죠?" 내가 물었다. "그 애는 나쁜 짓을 하나도 하지 않았어요. 그 애는 착한 방랑자예요. 위험한 사람은 그 애의 아빠예요."

그러자 그리프가 킬킬 비웃었다. "착한 방랑자래." 그리프가 라일을 팔로 쿡쿡 찌르며 말했다.

"집에 돌아가렴." 촌장님이 말했다. "나머지 일은 우리에게 맡기렴. 자, 여러분, 울타리를 통과합시다."

나는 몇 걸음 뒤로 물러섰다. 비가 온 뒤라 공기가 상쾌했다. 숨 쉬기가 보다 수월해졌다. 하지만 내 생각만큼 기분이 좋지는 않았다.

촌장님과 파커 형제는 울타리를 뚫고 지나갔다. 그러느라 울타리의 성긴 부분이 더 듬성듬성해졌고, 한참 뒤인 이곳에서도 건너편이 보일 정도였다. 촌장님과 파커 형제는 밝은색의 신선한 잔디를 밟으며 숲을 향해 나아갔다.

나는 할아버지의 손목시계를 손가락으로 쓸었다. 난 올바른 행동을 했다. 완전히 올바른 행동이었다. 촌장님은 페니스 윅을 지키는 중이다. 우나만 빼면 방랑자들은 나쁜 존재들이다. 그리고 촌장님과 파커 형제는 우나는 건드리지 않을 것이다.

손목시계 옆쪽에는 조그만 태엽이 있었다. 태엽 가장자리는 작은 톱니들로 둘러싸여 있었다. 나는 그 위를 손톱으로 긁었다.

제드 오빠는 지금 뭘 할까? 오늘이 오빠가 캠프에서 보내는 첫날밤이었다. 오빠가 린디 언니와 계속 함께 있으면 좋을 텐데.

나는 윌리엄 휘팅턴의 무덤과 조지나 밀리센트 크루즈의 무덤 사이에 있는, 린디 언니가 떨어졌던 나무 아래를 지나갔다.

무덤에 묻힌 조상들은 조용했다. 아무 말도 하지 않았고, 속삭이지도 않았다.

어쩌면 분필 표시가 그렇게 오래가지 않을지도 모른다. 이 정도의 거센 비가 몰아치면 다 지워질지도 모른다.

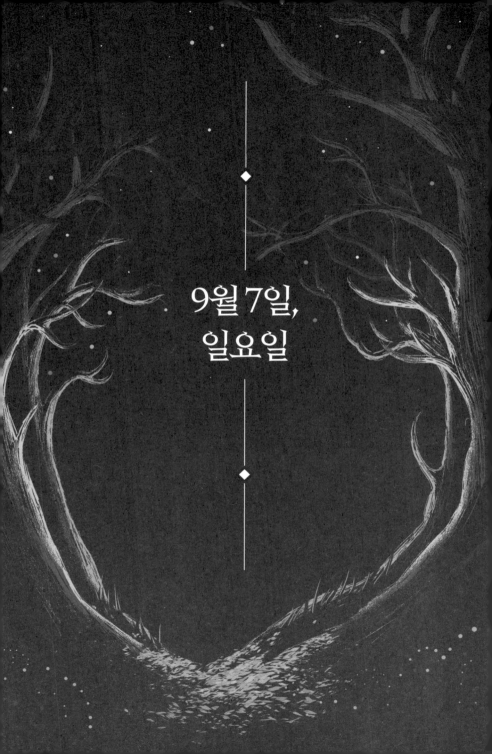

22

◇

비에 젖은 생일 케이크

일요일이다. 오늘은 우나가 스스로 정한 자기 생일이다.

나는 장막을 걷었다. 흐린 회색 하늘이 보였다. 이런 하늘은 오랜만이다. 가는 빗방울이 창문을 때렸다. 팔에 오스스 소름이 돋았다. 이제 가을이다.

나는 오늘 공동묘지에 가겠다고 우나에게 말했다. 그리고 생일에 하는 일들을 같이 하고 케이크도 가져가겠다고 약속했다.

나는 거울 앞에 섰다. 그리고 귀를 움직이려 애썼다. 하지만 어림도 없었다.

가슴이 좀 아팠다. 사람들에게 아빠의 존재를 알린 사람이 나라는 사실을 우나가 알게 될 것이다. 그래도 우나가 나를 다시 만나려 할까?

나는 전에 입던 반바지를 집어 들었다. 하지만 오늘 입기에는 너무 추울 듯했다. 그래서 나는 대신 긴 바지와 점퍼를 꺼냈다.

나는 윌리엄 휘팅턴의 무덤 위에 앉았다. 옆으로 맨 가방에는 아빠가 만든 커다란 딱총나무 꽃 드리즐 케이크 한 조각이 들어 있었다. 우나를 위한 생일 케이크였다. 바나나도 하나 있었다. 촌장님이 오늘 아침 일찍 내가 자고 있을 때 몇 개를 우리 집에 가져다주셨다. 엄마는 나에게 바나나 껍질 벗기는 법을 가르쳐 주셨다.

나뭇가지 사이로 바람이 들이닥쳤고 잎이 흔들렸다. 옛 조상들이 속삭이는 듯했다. 나에 대해 이야기하는 걸까?

보슬비가 계속 내렸다. 비는 내 코트에 스며들었고 점퍼 안까지 들어왔다. 결국 가방도 흠뻑 젖었고, 그 안에 있던 케이크는 곤죽이 되고 말았다.

나는 9월의 차가운 공기에 몸을 떨었다. 우나는 나타나지 않았다.

9월 8일,
월요일

23

불행한 영웅

"좋은 아침이에요, 짐머만 선생님.

좋은 아침이에요, 템플 선생님.

좋은 아침이에요, 콘테 선생님.

좋은 아침이에요, 웹스터 씨.

좋은 아침이에요, 모두들."

"이상하지 않아? 학교에 왔는데 제드 형과 린디 누나가 없다니 말이야." 트리그가 내 귀에 너무 바싹 대고 말하는 바람에 입술이 내 귀를 축축하게 적실 정도였다. 으윽. 나는 트리그를 밀어냈다.

"자, 다들 머리를 숙이렴. 아침 구호를 외치자." 짐머만 선생님이 양손의 손가락을 깍지 끼고는 머리를 앞으로 숙였다.

나는 눈을 꼭 감았다. 그리고 구호의 단어들에 집중했다.

"첫째는 영웅이다.

첫째는 특별하다.

첫째는 용감하다.

첫째를 캠프에 보내지 않는 사람은 부끄러운 줄 알아라.

그들의 친족도 마찬가지다.

무엇보다 방랑자들은 부끄러운 줄 알아라.

조용한 전쟁을 평화롭게 마무리하자.

진심으로, 그리고 영원히."

"오늘 아침에는 무척 특별한 사실을 알려 주려고 해요." 짐머만 선생님이 미소를 짓느라 광대뼈가 올라갔다. "앤더슨 촌장님으로부터 우리 학교 학생 가운데 한 명이 마을 사람들에게 모범이 될 만한 훌륭한 일을 했다고 전해 들었어요."

나는 선생님을 올려다봤다.

"이 4반 학생 가운데 한 명이 마을 경계 가까이에 방랑자가 있다는 증거를 솜씨 좋게 찾아내 촌장님께 보고했다고 해요. 그 결과 그 학생은 이 마을과 우리 가족들을 지켰어요. 곧 다가올 가능성이 높은 위험으로부터 말이에요."

나다. 짐머만 선생님은 나에 대해 말하고 있다. 학생들 전부가 선생님을 올려다보며 귀를 기울였다. 아무도 장난치지 않고 아무도 하품을 하지 않았다.

"앤더슨 촌장님은 그 위험에 대해 살피기 위해 사람들을 보냈어요. 그 결과 열네 살짜리 방랑자 여자아이 하나를 그 주거지에서 데려왔어요. 그 아이의 아버지도 발견되어 처리되었죠."

열네 살이라고? 우나를 말하는 건가?

"그 방랑자 여자아이는 지금 촌장님 집에서 보살핌을 받고 있고, 가능한 한 빨리 캠프에 보내질 예정이에요."

캠프? 우나가 캠프에 간다고?

"그러니 이렇게 할 수 있도록 도움을 준 우리 가운데 한 학생에게 다들 감사해야 해요. 사실 그 학생은 둘째지만 말이에요. 그리고 그 방랑자 여자아이는 그들의 나라와 우리 마을을 다시 한번 안전하게 지킬 영광스런 기회를 갖게 되겠죠." 짐머만 선생님이 다시 미소를 지었다. "그 4반 학생은 우리 마을뿐 아니라 나라 전체에 도움이 되었어요. 그 학생은 무척 특별하죠. 특별한 둘째예요."

제발 내 이름을 말하지 말아 주세요. 제발 내 이름만은.

"그 학생이 일어서면 우리 모두 박수를 쳐 줍시다."

아, 제발 안 돼.

"매기 크루즈? 남동생 옆에 숨어 있는 거 다 보인단다. 어서 일어나렴."

트리그가 입을 딱 벌리고 나를 쳐다보았다.

"일어나, 매기! 일어나!"

다른 아이들이 나를 떠밀었다.

"일어나, 일어나!"

머리가 핑글핑글 돌았다. 나는 웹스터 씨가 매끄럽게 닦아 놓은 나무 바닥에 손을 꾹 누르고 비틀거리며 일어섰다.

모두가 나에게 박수를 쳐 주었다. 수많은 얼굴들이 나를 올려다보며 둘째인 매기를 향해 환호한다. 정확히 내가 꿈꾸던 장면이었다.

나는 특별하다.

나는 영웅이다.

하지만 외롭고 불행한 영웅이다.

난생 처음 만든 가장 친한 친구를 잃었다.

나는 얼굴을 두 손에 파묻었다.

학교 수업이 끝나고 나는 집으로 달려와 옷을 갈아입었다. 트리그를 기다릴 새도 없었다. 그리고 나는 곧장 촌장님 집으로 향했다.

똑똑. 똑똑. 똑똑.

하지만 아무도 나오지 않았다.

똑똑. 똑똑. 똑똑.

우나가 안에 있을 것이다. 짐머만 선생님이 그렇게 말했다. 나는 우나에게 할 말이 있다.

똑똑. 똑똑. 똑똑.

하지만 아무도 대답하지 않았다.

나는 촌장님 집 창문을 올려다보면서 광장 쪽으로 발길을 돌렸다. 저기 맨 위 창문에서 그림자가 움직인 것 같은데?

이 마을에서 가장 높은 곳에 있는 창문이었다.

"우나? 우나야!" 내가 소리쳤다. "우나!"

아무도 없었다. 나는 광장 한가운데까지 걸었다. 그리고 비둘기 똥으로 더럽혀진 앤드루 솔즈베리 석상의 발 옆에 앉았다.

만약 우나가 열네 살이라면 캠프에 가야 하는 게 맞다. 당연히 그래야 한다. 오빠가 있었다는 건 그 애 아빠의 거짓말일 것이다. 우나는 첫째이고 첫째는 캠프에 가야 한다.

그게 맞는 일이다. 훌륭한 일이고 영광스러운 일이다. 하지만 나는 그 애를 만나고 싶었다. 캠프에 떠나기 전 마지막으로 한 번만 더 우나를 보고 싶었다.

그리고 우나의 아빠 오팔 씨는 어떻게 되었을까? '처리되었다'는 건 무슨 뜻일까?

뱃속이 얼어붙는 듯했다. 처리되었다는 게 대체 무슨 뜻일까? 촌장님 일행이 오팔 씨를 해쳤을까? 아마 해치지는 않았을 것이다. 그러지는 않았을 것이다.

하지만 만약 그랬다면? 우나는 결코 나를 용서하지 않겠지. 절대. 아무리 자기 아버지가 거짓말을 했고, 더럽고, 위험하며, 속임수를 잘 쓴다 해도 말이다.

나는 일어섰다. 그리고 광장을 벗어나 개구리 골목을 지나,

엘시 할머니가 채소를 가꾸는 텃밭을 곧장 지나쳤다.

"날씨 예보가 알고 싶니, 애야? 자연은 거짓말하지 않는단다."

나는 그저 계속 걸었다.

헛간은 엉망진창이었다. 자루는 벽에서 뜯겨졌고, 컵과 그릇은 땅에 떨어져 깨졌다. 옷과 담요는 나무 사이에 흩뿌려져 있었다. 그리고 찢어진 종이가 고사리 위를 덮은 채 펄럭거렸다. 야영용 램프는 옆이 부서졌고 클리어캔은 마치 누군가 위를 짓밟은 듯이 찌그러졌다.

모든 것이 부서지고 망가졌다. 파커 형제가 그런 걸까?

나는 옷가지 하나를 집어 들었다. 여자아이의 상의였다. 우나 것임에 틀림없었다. 나는 옷을 조심스레 개어서 나무 그루터기 위에 올려놓았다. 그런 다음 떨어진 종이를 주워 모았다. 책에서 찢어진 종이였다. 책장은 여기저기에 무척 많이 널려 있어 내가 다 주울 수는 없었다.

나는 담요 하나를 들어 올렸다. 그러자 그 안에 든 물건 몇 가지가 땅에 떨어졌다. 오팔 씨의 안경과 작은 갈색 약병이었다. 트렐리실린이다. 아직 몇 알이 남아 있었다. 나는 약병을 주머니에 넣었다. 안경은 한쪽 다리가 부러져 두 동강이 나 있었다. 오팔 씨는 어디 있을까? 안경 없이 앞이 제대로 보일까? 나는 안경을 고쳐 보려 했지만 접히는 부분이 뚝 부러졌기 때문에 고칠 수 없었다.

　어쩌면 그건 중요한 문제가 아닐지 모른다. 어쩌면 오팔 씨는 더 이상 안경이 필요하지 않을지도 모른다. 만약 그 사람이⋯⋯.

　"으어어어."

　나는 그대로 얼어붙었다.

　"으어어어."

　누가 여기 있는 건가? 헛간 뒤편에? 나는 바닥을 얼른 눈으로 훑었다. 나 자신을 보호할 무기가 필요했다.

　"으어어어."

　나는 바닥에 떨어져 있던 냄비를 붙들었다. 그리고 떨리는 손으로 냄비를 높이 치켜들었다. 그리고 헛간 벽 가장자리를 따라 조금씩 움직였다. 아무도 없었다.

　"으어어어."

　나무다. 나무 쪽에서 나는 소리다. 나는 냄비를 높이 든 채 앞으로 살금살금 다가갔다.

　무언가가 축축한 고사리 속에서 움직였다. 나는 한 걸음 더 다가갔다. 사람의 얼굴이 보였다. 두드려 맞아 멍들고 피를 흘린 얼굴이었다.

　"누구야? 거기 누구 있어?" 그 사람이 작은 목소리로 말했다.

　"저예요, 오팔 씨. 매기예요."

24

---◇---

오팔 씨의 진실

오팔 씨를 다른 데로 옮겨야 할까? 아니면 여기 내버려 둬야 할까? 트리그가 여기 있으면 좋았을 텐데. 트리그는 이런 상황에서 어떻게 해야 할지 안다. 응급처치 방법을 잘 아는 편이다.

"물, 물을 좀……." 오팔 씨가 거친 목소리로 말했다.

물. 물을 가져다드려야지.

나는 헛간으로 다시 달려갔다. 찌그러진 클리어캔 바닥에 약간의 물이 남아 있었다. 그리고 바닥에서 컵 하나를 찾아 그 안에 물을 따랐다. 나는 컵을 오팔 씨의 입에 대고 물을 마시게 도왔다.

물을 마시니 오팔 씨는 정신을 되찾았다. 그리고 내 손목을 세게 붙들었다. 그러느라 컵이 손에서 떨어졌다. 쏟아진 물이 땅에 스며들었다.

"우나는?" 오팔 씨가 말했다. "우나는 어디 있어?"

"우나는 마을에 있어요. 촌장님 집에요."

"아직 살아 있어?"

"네, 그럼요. 살아 있어요."

오팔 씨는 바닥에 다시 쓰러졌다. 나는 오팔 씨가 세게 붙잡았던 손목을 문질렀다. 오팔 씨가 자기 머리 위쪽을 손으로 이리저리 더듬었다.

"안경 찾으시는 거예요? 저기 헛간에 있더라고요. 잠깐만 기다리세요."

나는 안경을 가지고 왔다. 그리고 오팔 씨에게 두 동강이 난 안경을 내밀었다.

"제가 이걸 고치려 했지만……."

"이 나쁜 녀석아." 오팔 씨가 피가 흐르는 얼굴에 안경을 걸쳤다. "이 못되고 나쁜 녀석아. 네가 그놈들에게 우리에 대해 말한 거지?"

오팔 씨는 일어나려 했지만 다시 넘어졌다. 안경이 굴러 떨어졌다.

나는 안경을 주워들었다. 어떻게 해야 할까? 오팔 씨를 이대로 나무 아래에 둘 수는 없다.

"오팔 씨." 내가 말했다. "밖은 축축해요. 안으로 들어가야 할 것 같아요."

오팔 씨는 내 도움을 받아들였다. 우리는 헛간으로 향했다.

내가 오팔 씨를 반쯤 부축했고 오팔 씨가 반쯤 기어갔다.

나는 오팔 씨가 헛간 뒤쪽 벽에 기대게 했다. 오팔 씨는 숨을 헐떡이면서 쌕쌕거렸다. 그리고 기침하면서 고통에 끙끙 신음했다. 나는 벽에서 떨어진 자루를 찾다가 마른 담요 한 장을 발견해 오팔 씨의 몸을 감쌌다.

"여기요." 내가 트렐리실린을 내밀었다. "이 약을 드셔야 해요."

나는 알약 하나와 클리어캔에 마지막으로 남았던 약간의 물을 컵에 담아 오팔 씨에게 건넸다.

오팔 씨는 약을 삼켰다. 그리고 다시 벽에 머리를 기댔다.

"내가 그 애를 더 잘 가르쳤어야 했는데." 오팔 씨가 중얼거렸다. "믿음직하지 않은 사람들을 믿지 않도록 말이야."

나다. 오팔 씨는 나에 대해 말하고 있었다.

"오팔 씨, 저는 앤더슨 촌장님께 우나는 해치지 말고 내버려 두라고 부탁했어요. 그 애는 좋은 사람이라고 말했죠. 저는 그 애가 다른 방랑자들과는 다르다고 말했어요. 대신에 다른 방랑자를……."

그만, 매기. 입 다물어.

"대신 나를 잡으라고 했니?" 오팔 씨가 기침했다. 그의 표정이 일그러졌다.

"당신은 방랑자잖아요." 내가 말했다. "방랑자들은 이기적이게도 자기 첫째들을 멀리 보내지 않죠. 당신들은 위험해요. 속임수를 잘 쓰고요."

"너에 대해 말하는 거니, 매기? 아니면 앤더슨 촌장에 대해 말하는 거니?"

"제 오빠는 캠프로 떠났어요."

"캠프라고?"

"저는 오빠가 정말 자랑스러워요." 내가 말했다. "오빠는 우리와 당신을 지켜 주고 있어요. 하지만 저 역시 당신만큼이나 우나가 캠프에 가지 않기를 바라요. 그 애는 제가 처음으로 사귄 가장 친한 친구거든요. 그래도 제 오빠가 캠프에 간 게 옳은 일이듯 우나도 캠프에 가야겠죠. 우리는 다들 첫째를 캠프에 보내야 하니까요. 아무리……."

"뭐라고? 무슨 말이니, 우나가 캠프에 간다고?"

"촌장님이 우나를 데려가셨잖아요. 그리고……." 나는 숨을 들이마시고 하고 싶은 말을 이어 갔다. "당신은 우나를 이미 캠프에 보냈어야 했어요. 부끄러운 줄 아세요."

"하지만 더 이상 캠프는 없는데." 오팔 씨가 눈을 가늘게 뜨고 말했다. "더 이상은 말이다."

"'첫째를 캠프에 보내지 않는 사람은 부끄러운 줄 알아라.'라는 말이 있죠."

"어휴, 그런 멍청한 말을 앵무새처럼 따라하지 말렴." 오팔 씨의 목소리가 헛간 벽을 따라 퍼져 숲속으로 흩어졌다. "캠프는 이미 오래전에 없어졌어. 너희 촌장은 내 딸을 대체 어디로 데려간 거냐?"

거짓말이다. 위험하다.

오팔 씨가 자기 주변의 바닥을 더듬었다. "내 안경은 어디 갔니? 내 안경에 대체 무슨 짓을 한 거야?"

나는 안경을 건넸다.

오팔 씨는 안경을 받아 들고는 나를 똑바로 쳐다보았다. "자, 이제 내 말 잘 들으렴. 네 오빠가 어디론가 가 버린 건 무척 슬픈 일이구나. 하지만 그렇다고 내 딸을 데려가면 안 되지. 내 딸을 데려가선 안 돼."

"각각은 이 끔찍한 전쟁에서 나라와 영광을 위해 싸울 것이다……."

"내가 말했잖니, 캠프는 없다고!" 오팔 씨의 목소리가 좀 더 커졌다.

"당신은 거짓말쟁이예요!" 나는 귀를 틀어막은 채 오팔 씨만큼 큰 소리를 내려고 애썼다.

"이봐, 얘야, 얘야. 내가 미안하다. 괜찮니?" 오팔 씨의 목소리가 조금 부드러워졌고, 손을 앞으로 내밀어 나를 진정시키려 했다. "하지만 캠프는……." 오팔 씨가 어떻게든 안경을 고쳐 보려고 하며 말했다. "내 말은…… 나는 이미 내 첫째 자식을 캠프에 보냈단다."

"저는 당신 말을 믿지 않아요."

"우나의 오빠가 이미 오래전에 캠프에 갔어. 우나는 첫째가 아니야. 그러니 설령 아직 캠프가 있다 해도 우나는 거기 없을 거야."

"우나는 오빠가 없어요. 당신이 우나에게 거짓말을 했고, 지금도 나에게 거짓말하고 있어요."

오팔 씨는 안경 고치는 것을 포기한 채 벽에 기대앉았다. "너는 정말 멍청한 아이구나." 오팔 씨는 부러진 안경을 한쪽씩 손에 든 채 팔을 배 위에 올리고 가만히 숨을 쉬었다. 오팔 씨가 거칠고 고통스러운 숨을 뱉을 때마다 안경이 배 위에서 오르락내리락했다. "넌 정말 어리석고 멍청한 아이야."

"당신은 거짓말을 하고 있어요." 내가 아까보다 좀 작은 소리로 말했다.

더러운 존재.

위험한 존재.

속임수를 잘 쓰는 존재.

오팔 씨가 숨을 한 번 깊이 들이마시더니 벽에 똑바로 기대앉았다. "너도 쓸모 있는 일을 하나 해 보렴." 오팔 씨가 말했다. "저기 자루에 테이프가 들어 있단다. 초록색 말이야. 보이니?"

나는 초록색 자루를 찾았고 그 안에서 테이프를 꺼냈다.

"그 테이프를 안경다리에 감으렴. 간단한 일이지."

나는 안경을 집어 들어 다리를 테이프로 이어 붙였다. 안경 한쪽에는 테이프를 지저분하게 감은 뭉치가 남았지만 이제 더 이상 손으로 받치지 않아도 안경을 쓸 수 있게 되었다.

"자, 이제 저 책이다." 오팔 씨는 아직 여기저기 흩어져 있는, 축축하게 젖어서 둥글게 말린 책장들을 가리키며 말했다. "표지를 찾아와."

"표지라고요?"

"매기, 시간이 없어. 지금 당장 해야 해. 너 우나의 친구라고 했지? 이제 나는 그 애가 캠프든 어디든 가지 않았다는 걸 증명할 거야. 네가 정말 우나의 친구면 내 말을 들어야 한다. 어서 표지를 찾아와."

나는 반쯤 비어 있는 자루 안을 뒤지고, 부서진 컵 사이를 살피며 찢어진 천을 들췄다.

그러다 결국 표지를 찾았다. 똑바로 누운 빳빳한 책 표지는 앞면이 축축하게 젖은 채였다. 표지에는 '새로운 시인들'이라는 제목이 적혀 있었다. 하지만 책은 새 것이 아니라 낡은 것이었다. 나는 표지를 바지에 쓰윽 닦았다.

"좋아, 잘 했어. 이제 칼이 필요해." 오팔 씨가 말했다. 그러고는 헛간 바닥에 몸을 질질 끌며 칼을 찾았다.

하지만 칼을 찾을 수 있을 리 없었다.

"손잡이에 나비가 새겨진 칼 말인가요?"

"뭐라고?"

"지금 찾는 칼이요. 손잡이에 나비가 새겨져 있어요?"

"그렇단다. 본 적 있니?"

"제가 가져갔어요. 어제 여기 왔을 때요. 지금은 촌장님이 갖고 있어요. 죄송해요."

오팔 씨는 코를 훌쩍이더니 얼굴 옆쪽을 긁었다. 그리고 몸을 움찔했다.

"너 정말 우리를 곤란하게 만들었구나, 매기. 제대로 말이야. 저기 네가 아까 찾았던 초록색 자루 보이지? 그 안쪽 주머니에 주머니칼이 하나 있을 거다. 네가 그 칼도 너희 촌장에게 가져다주지 않았다면 말이야."

자루 안쪽에는 주머니칼이 있었다. 나는 칼을 오팔 씨에게 건넸고 오팔 씨가 뚜껑을 열었다. 그러고는 책 표지를 자기 무릎 위에 덮었다.

테이프가 표지 안쪽 가장자리를 감고 있었다. 아까 안경을 고치는 데 썼던 것과 같은 테이프였다. 오팔 씨는 세 면에 칼자국을 낸 다음 한쪽 모서리를 잡아 뜯었다. 그렇게 종이 한 겹을 벗겨 내고 그 안에서 뭔가를 조심조심 꺼냈다.

그것은 사진이었다. 남자아이 한 명이 반짝이는 사진 표면에서 씩 웃고 있었다. 앞니 두 개 사이가 넓게 벌어져 있었다. 머리

카락 색은 굽기 직전의 파운드케이크 반죽과 똑같이 노르스름
했다.

오팔 씨는 진흙과 피가 묻은 손가락으로 사진의 가장자리를
들었다.

"펠릭스란다." 오팔 씨가 눈물에 젖은 표정을 한 채 말했다.
"내 아들 펠릭스야. 캠프에 갔지. 제대로 된 캠프 말이다. 13년
전이었어."

25

믿을 수 없는 이야기

"이해가 안 돼요." 그건 거짓말이다. 그렇지 않은가? 우나에게 오빠가 있다니?

하지만 화면 속의 얼굴은 이 사이 틈새를 보이며 씩 웃고 있었다. 우나와 매우 닮은 얼굴이었다.

"어려운 문제가 아냐." 오팔 씨가 얼굴을 문지르며 말했다. "나는 아들이 한 명 있었고 그 애는 캠프에 갔어. 펠릭스가 떠나기 몇 달 전에 우나가 태어났지. 우나는 오빠 얼굴도 기억하지 못해서 잘 몰라."

"하지만 방랑자들은 첫째들을 캠프에 보내지 않아요. 앤더슨 촌장님이 그렇게 말씀하셨는걸요."

"너는 촌장이 말하는 건 무조건 다 믿는구나, 매기. 네 스스로 생각을 좀 해 보렴." 오팔 씨가 더러운 손가락으로 자기 머리를 힘주어 두드렸다. "방랑자들 가운데 일부는 첫째를 캠프에 보냈고, 일부는 그렇게 하지 않았어."

"보냈다고요? 그게 무슨 말이에요?" 내가 되물었다.

"중요한 건 이게 전부 자유를 지키기 위해서라는 거야. 자유롭게 무언가를 선택하기 위해서지. 거드름만 피우는 촌장이 너에게 해도 되는 일과 하면 안 되는 일을 전부 정해 주는 게 아니고 말이다. 무슨 말인지 알겠니?"

모르겠다. 전혀 알 수가 없다.

"하지만 아까 '보냈다'는 게 무슨 뜻인가요?"

"응?" 오팔 씨가 사진을 뚫어져라 쳐다보았다.

"방랑자들 가운데 일부는 첫째를 캠프에 보냈다고 말씀하셨잖아요. 그러면 지금은 보내지 않는다는 건가요? 앤더슨 촌장님의 말씀이 사실이네요?"

오팔 씨가 안경을 머리 위로 올리고는 눈을 문질렀다. "그 앤더슨 촌장이라는 사람이 너에게 무슨 말을 했던 거니? 네 오빠가 조용한 전쟁에서 영광스럽게 싸우기 위해 떠났다고 말했니? 나머지 사람들을 고향에서 안전하게 지키려고?"

"당연하죠. 오빠는 영웅이에요. 우리 첫째들은 다 그렇죠."

오팔 씨가 안경을 코에 다시 걸쳤다. 테이프로 감았던 부분이 한쪽으로 기울어졌다.

"그래, 그들은 영웅이지. 그건 인정해. 몇 년 전까지만 해도 네가 지금 말했던 내용이 사실이었어. 조용한 전쟁에서 싸우며 우리 모두를 안전하게 지켜 줬지."

"첫째들에 대한 칙령에 나와요." 내가 말했다.

"맞아. 앤드루 솔즈베리의 옛 칙령이지. 첫째들을 전부 전쟁에 보내야 한다는 것 말이다. 나라가 가장 도움이 필요할 때 나라를 구하기 위해서. 솔즈베리의 석상은 마을마다 있지. 형제 가운데 운 나쁘게 첫째로 태어나지만 않으면 우리 모두는 평화롭게 행복을 누릴 수 있어. 그들을 위한 병원이나 우편 제도를 갖추거나 집으로 다시 데려올 필요도 없어. 그저 캠프에 보내기만 하면 끝이야. 그대로 사라지지."

"하지만 그건 훌륭하고 용감해요." 내가 말했다. "그리고 올바른 행동이고요."

"그럴지도 모르지. 잠시 동안은 말이다." 오팔 씨가 사진을 책 표지 위에 내려놓았다. "클리어캔을 가져다주겠니? 고칠 수 있을지 살펴보게 말이다."

"잠시 동안이라니 그게 무슨 뜻이에요?"

오팔 씨가 한숨을 쉬더니 혼잣말로 중얼거렸다. "이 마을 가까이 오는 게 아니었는데."

"오팔 씨, 제대로 말씀해 주세요. 그게 무슨 말이에요?" 내가 클리어캔을 건네며 물었다.

오팔 씨는 클리어캔의 양옆을 꾹 눌렀다. "내가 말했잖니, 매기. 이제 캠프는 없다고. 전쟁은 끝났어. 오래전에 말이야."

전쟁이 끝났다고? 그게 대체 무슨 말인가?

오팔 씨는 클리어캔을 약간 돌려 다시 꾹 눌렀다. "하지만 너희 촌장님의 속셈이 무엇인지 조금 짐작할 수는 있단다. 전에 우연히 들렀던 다른 마을도 비슷했거든. 너희 마을처럼 반쯤은 사람이 살지 않고 다른 마을에서 멀리 떨어진 곳이었지. 거기서 부패한 관리들 몇몇이 첫째들에 대한 칙령을 계속 고집했어. 그 칙령대로 하면 자기들이 얻을 게 많으니까 그랬겠지? 나머지 이웃 마을들은 자기 문제를 해결하고 먹고살기 바빠서 다른 마을에 전쟁이 끝났다고 제대로 일러 주지도 못했지."

펑. 클리어캔이 소리를 내며 순식간에 원래 모양으로 되돌아왔다.

거짓말이다. 속임수를 잘 쓰는 방랑자가 또 다른 더러운 거짓말을 하고 있다.

"그건 사실일 리 없어요." 내가 말했다. "우리는 매일 아침 조회마다 평화를 위한 구호를 외친다고요. 전쟁이 끝났다면 그런 일을 왜 하겠어요? 그리고 우리는 매일 밤 창문에 암막을 쳐요. 전쟁 때문이죠. 그리고 전쟁이 끝났다면 왜 첫째들을 데려가는 거죠?"

오팔 씨가 클리어캔을 내게 건넸다. "이 안에 물을 채워 오겠니? 저기에 개울이 있단다." 오팔 씨가 나무 사이를 가리켰다.

"당신은 새빨간 거짓말을 하고 있어요." 내가 말했다.

그러자 오팔 씨가 나를 똑바로 쳐다봤다. "이제 내 말 잘 들으렴, 매기. 너희 촌장님에 대해 잘 생각해 봐. 어디 갈 때마다 뭔가를 가져오지 않니? 마을을 위한 물건이라고 하겠지. 자기 자신이나 친구, 심지어 너에게 좋은 물건을 가져다줄지도 몰라."

가스통.

선글라스.

바나나.

"가끔은요." 내가 말했다.

"너무 뻔해. 만약 그 사람이 첫째들을 계속 데려간다면 애들을 물건과 바꿀 수 있어. 큰 도시에 나가거나 중개상을 통해서 그렇게 하겠지. 그러면 첫째들은 일꾼으로 팔릴 거야. 아마 외국으로 말이야. 그 대가로 촌장은 자기가 다른 방법으로는 결코 얻을 수 없는 물건들을 손에 넣을 수 있어. 마을에 필요한 가스나 석유, 수입품, 새 옷가지를 가져올 수 있으니 열네 살 아이들을 팔아넘겨도 괜찮다고 생각할 거야."

"당신 말을 믿을 수 없어요. 그건 거짓말이에요. 앤더슨 촌장님은 그런 짓을 할 분이 아니에요. 그분은 우리를 보살펴 주신다고요. 당신은 더럽고, 속임수를 잘 쓰는 방랑자예요. 웨더럴 씨의 집에 불을 지른 것도 당신이 한 짓이죠?"

그러자 오팔 씨는 내 손목을 잡았다. "네가 무슨 말을 하는지 모르겠구나. 나는 웨더럴이라는 사람이 누구인지도 몰라. 하지만 그건 아무래도 괜찮아. 너는 전쟁에 대해 네가 믿고 싶은 대로 믿을 자유가 있고, 나에 대해서도 역시 그렇지. 난 신경 쓰지 않아." 그러고는 내 손목을 더 꽉 잡으며 말했다. "하지만 애야, 내가 바라는 건, 그동안 내가 바라 왔던 건 이 미친 사람들로부터 멀리 떨어져 내 가족을 안전하게 지키는 거였어. 나에게 가족이라고는 이제 우나뿐이란다. 우나는 내 전부야. 그리고 설령 전쟁이 아직 끝나지 않았다 해도 그 애는 첫째가 아니야. 이게 바로 그 증거지." 오팔 씨가 손가락으로 사진을 가리키며 말했다. "이건 공식적으로 첫째들을 찍은 사진이야. 여기 가장자리를 봐. 이게 내 아들이 캠프에 갔다는 증거야."

사진 가장자리에 조그만 글씨가 있었다.

"하지만 글씨를 읽을 수 없는걸요." 내가 말했다. "어떤 글자인지 전혀 모르겠어요."

"이건 내 아들 펠릭스가 캠프에 갔다는 증거야. 이 사진을 마을 사람들에게 보여 주면, 모든 걸 잘못 알고 있던 사람들이 진실을 알게 될 거고 우나는 풀려나게 될 거야. 우나는 내게 남은 유일한 가족이란다. 내가 직접 가고 싶지만 보다시피 다리를 다쳐서 10미터 이상은 움직이지 못해. 그러니 이렇게 너에게 부탁하마, 매기. 네가 그 애를 붙잡히게 했으니 네가 다시 해결해야 하지 않겠니." 오팔 씨가 말했다.

"이걸 가져가렴." 오팔 씨가 내게 사진을 건넸다. "네가 정말로 우나의 친구라면, 이 사진을 가져가서 그 애를 다시 데리고 와 주렴. 제발 부탁이다, 매기."

오팔 씨가 내 손목을 세게 쥐어짜듯 잡는 바람에 나는 휘청거렸다. 그러자 오팔 씨가 손목을 놔 주었다. "미안하다. 일부러 그러려던 게 아니었는데……."

나는 다시 똑바로 섰다. "괜찮아요. 일단 이걸 가져가서 물을 채워 올게요."

나는 클리어캔을 가지고 나무 사이로 갔고 곧 잔물결을 이루며 흐르는 개울을 발견했다. 나는 그 안에 캔을 풍덩 집어넣어 물을 채웠다. 손가락 사이로 깨끗하고 차가운 물이 흘렀다.

전쟁이 끝났다는 오팔 씨의 말은 뻔뻔한 거짓말이다. 앤더슨 촌장님이 우리 마을 첫째들을 팔아넘겼을 리가 없다. 하지만 어쩌면 우나에게 오빠가 있을지도 모른다. 그리고 만약 그게 사실이라면, 우나가 첫째가 아니라면 그 애는 캠프로 보내져서는 안 된다.

나는 다시 돌아와 오팔 씨 옆에 캔을 놓았다. 그러고는 사진을 집어 들어 '새로운 시인들' 표지 밑에 끼워 넣었다. 이렇게 하면 사진을 안전하게 운반할 수 있을 것이다.

오팔 씨가 몸을 덜덜 떨었다. 얼굴이 눈물과 흙, 피와 수염으로 엉망진창이었다.

"우나가 여기 불을 때는 구덩이가 있다고 했어요." 내가 말했다. "가기 전에 따뜻하게 불을 지펴 드릴까요?"

"아니다, 내가 혼자서 하마. 너는 어서 서두르렴. 너무 늦지 않게 마을에 가야 하니 말이다."

26

◇

웨더럴 씨의 비밀

똑똑.

나는 딱따구리 모양의 문고리로 웨더럴 씨네 집의 문을 두드렸다.

똑똑.

똑똑.

제발, 급해요.

문이 열렸다. 샴 고양이가 쏜살같이 밖으로 나왔다.

"매기구나." 웨더럴 씨가 왼쪽과 오른쪽 표정이 다른 얼굴로 미소를 지었다. "이렇게 얼굴을 다시 보게 되어 반갑구나. 그런데 괜찮니? 표정이 안 좋구나."

"웨더럴 씨, 도움이 필요해요. 도움을 청할 사람이 아무도 없어요." 나는 등 뒤를 슬쩍 돌아보며 말했다.

"뭔가를 두려워하고 있구나, 그렇지 매기?"

그랬다. 나는 무서웠다. 멍청한 둘째 매기. 모든 걸 무서워한다.

웨더럴 씨는 문을 조금 더 활짝 열고 한쪽으로 몸을 비켜 주었다.

"들어와서 이야기를 좀 더 나눠 보자."

"어머니? 매기가 왔어요. 차를 좀 주시겠어요?"

나는 웨더럴 씨를 따라 뒷방으로 들어갔다.

"엉망진창이라 미안하구나." 웨더럴 씨가 말했다. "항상 이렇게 두지는 않으려고 하는데 뜻대로 안 되네. 정리하지 않은 상태지만 불편하지 않았으면 해."

"괜찮아요, 웨더럴 씨. 저는 상관없어요."

나는 방을 가로질러 나아가 책 더미를 안락의자 뒤편으로 밀고 의자에 걸터앉았다. 웨더럴 씨는 커피 탁자에서 머그잔 몇 개를 들어 벽난로 위 선반 가장자리에 밀어 넣은 다음 그 자리에 앉았다.

"그래서, 내 짐작에 너는 방랑자에 대해 말하려고 여기 온 것 같구나." 웨더럴 씨가 말했다. "지난주에 너는 그들을 도왔지. 먹을 것을 가져다주고 심지어는 경계 바깥으로 나갔던 것 같구나. 산사나무 울타리 너머로 말이다. 그렇지?"

내가 트리그였다면 그 말을 듣고 놀라 O자로 입을 떡 벌렸을 것이다.

웨더럴 씨는 장갑을 낀 손을 긁었다. "장갑을 좀 벗어도 되겠니? 장갑 아래가 너무 가려워서 말이야."

"괜찮아요."

웨더럴 씨는 장갑을 벗고 손등을 후후 불었다. 드러난 피부는 팽팽하게 당겨지고 주름이 졌고 약해 보였다.

"그런데 어떻게 아셨어요?" 내가 물었다.

웨더럴 씨는 손가락을 구부려 주먹을 쥔 다음 활짝 폈다. "어머니가 일주일 전쯤 네가 경계 근처에 있는 걸 보셨어. 그리고 나 역시 너를 봤단다. 목요일 저녁이었는데 기억나니? 사실 어머니는 저번에 당신께서 너에게 주신 스콘을 네가 방랑자들에게 가져다주리라는 것도 눈치 채고 계셨어."

"차 가져왔단다." 엘시 할머니가 몸을 비틀거리는 바람에 캐모마일 차가 조금 출렁거렸다.

나는 지금껏 엘시 할머니가 나에게 어떤 일이 벌어졌는지 전혀 모른다고 생각했었다.

"주전자에 마침 물을 끓이고 있었지." 할머니가 말했다.

"아, 잘됐네요." 웨더럴 씨가 미소를 지었다. "딱 필요한 때에 말이죠. 고마워요, 어머니."

내가 머그잔의 위쪽을 감싸 잡자 엘시 할머니는 손잡이에서 울퉁불퉁한 손가락을 빼냈다. 그러고는 부엌으로 다시 들어갔다.

"어머니는 네가 생각하는 것보다 많은 걸 아신단다. 너도 눈썰미가 좋지만 우리 어머니도 만만치 않지."

"하지만 왜 아무 말도 하지 않으셨어요? 왜 촌장님에게 말하지 않으셨어요? 아저씨는 방랑자들이 밉잖아요. 아저씨의 가족들을 죽였으니까 말이에요."

엘시 할머니가 두 번째 찻잔을 들고 다시 나타났다. 할머니는 그 잔을 웨더럴 씨에게 건넨 다음 지팡이에 기댄 채 나를 바라보았다.

"아, 그 사건 말이지." 웨더럴 씨가 한숨을 쉬었다. "너에게 설명을 조금 해야겠구나. 우리 집에 불을 지른 건 방랑자들이 아니었단다, 매기."

"아니었다고요? 하지만……."

"그건 누군가가 퍼뜨린 소문이었어. 모든 사람들이 믿기 좋은 그런 소문이었지." 웨더럴 씨가 차를 후루룩 마셨다.

나는 안락의자의 팔에 머그잔을 조심조심 올려놓았다. "그럼 실제로 무슨 일이 있었던 거죠?"

웨더럴 씨가 엘시 할머니에게 슬픈 표정이 섞인 미소를 보냈다. "그건 일종의 사고였어. 내가 설명하마. 너도 알겠지만 내게는 두 딸이 있었지. 첫째 벨라는 너희 오빠 제드와는 달랐어. 너나 린디 초드리, 베스 굿먼과도 달랐지. 그 애는 태어날 때 산소를 충분히 마시지 못했어. 그 애는 여기저기 쏘다니고 학교에도 갔지. 상냥하고 사랑스러운 마음씨를 가졌지만 다른 열네 살 아이들만큼의 지능을 갖지 못했어. 그래서 다른 사람의 보살핌이 필요했지."

엘시 할머니가 지팡이를 한 손에서 다른 손으로 옮겨 쥐었다. 웨더럴 씨가 차를 한 모금 더 마셨다.

"캠프는요? 그래도 캠프에 가야 했나요?" 내가 물었다.

"음, 바로 그게 문제였지. 나는 그 애를 보낼 수가 없었어. 도저히 보낼 수 없었지."

엘시 할머니가 숨을 깊이 들이마시며 몸을 떨었다. "잠깐 뭘 좀 살펴보고 와야겠다." 할머니는 그렇게 말하고는 비틀거리며 방을 나갔다.

웨더럴 씨는 엘시 할머니가 완전히 나갈 때까지 말을 잇지 않고 기다렸다.

"어머니는 이 일을 이야기하는 걸 좋아하지 않으신단다." 웨더럴 씨가 말했다. "너도 알겠지만 마음이 아프기 때문이지."

나는 차를 한 모금 마셨다. 오늘은 그렇게 맛이 나쁘지 않았다. 차를 내주다니 할머니는 친절한 분이셨다.

"나와 아내, 두 딸 이렇게 넷과 어머니는 몰래 이 마을을 떠날 작정이었단다." 웨더럴 씨가 머그잔을 손으로 감싼 채 말했다. 마치 제드 오빠의 파티 날 엘시 할머니가 라즈베리 에이드 잔을 들었을 때와 똑같은 모습이었다.

"마을을 떠나려 했었다고요? 경계를 넘어서요?"

"우리는 방랑자들 몇몇을 만날 계획이었지. 그리고 그들이 우리를 도와줄 수 있을지 알아보려 했어."

"방랑자들요? 하지만 방랑자들은……."

"몇 년 전에 페니스 윅에 살던 어떤 사람이 그렇게 했다는 이야기가 있었어. 물론 나와는 상황이 달랐지만. 그 사람들은 아이가 하나 딸린 부부였어. 아이가 캠프에 가야 할 때가 되자 부부는 견딜 수가 없어진 거야. 그래서 스스로 방랑자가 되어서 같은 생각을 지닌 사람들과 함께할 작정이었어. 앤드루 솔즈베리의 칙령을 거부하는 무리와 함께하기로 한 거야. 소문이 사실이라면 그들은 성공했어. 방랑자들은 나쁜 사람들이 아니었지. 더럽지도, 위험하지도, 속임수를 잘 쓰지도 않았어."

"하지만 아저씨는 가지 않으셨잖아요. 할머니와 함께 아직 여기 계시잖아요."

"맞아." 웨더럴 씨가 머그잔을 옆에 내려놓으며 말했다. "너도 알겠지만 어머니는 낯선 것을 두려워하셔서. 그때도 추운 겨울이나 거친 사람들에 대해 두려워하셨지. 우리는 그래도 예정대로 떠나려 했어. 하지만 어머니는 우리에게 위험을 경고하면서 떠나기를 거부하셨지. 우리는 스스로의 결정을 의심했고 딸들이 잘 지낼지 두려워지기 시작했어. 결국 우리는 떠나지 않았단다. 대신에 나는 우리 넷이 멀리 떠난 것처럼 숨기려 했지. 벨라가 캠프로 떠나야 했던 날 밤에 말이야. 나는 일단 집 안의 문을 전부 잠갔어. 벨라와 여동생 미아, 내 아내인 크리스티와 나는 문에 빗장을 치고 창문에 판자를 박았어. 그러고는 사우스 뷰 경계 바로 아래쪽의 다른 집에 머물렀지. 크리스티는 언제나 마을 쪽을 건너다보곤 했어." 웨더럴 씨가 창문 밖으로 식물이 제멋대로 자라난 정원을 바라보며 말했다. "아내는 앤더슨 촌장님의 여동생이었단다. 알고 있었니?"

내가 고개를 끄덕였다.

"하지만 촌장님과는 전혀 닮지 않았지." 웨더럴 씨가 창문 밖을 바라보았다. 나는 차를 한 잔 더 마셨다.

"어쨌든 말이다." 웨더럴 씨가 말했다. "나는 먹을 것과 물을 쟁여 둔 다음에 여기서 절대 나오지 말고 아무도 안에 들이지 말라고 했지. 실제로 그게 가능할 거라 생각했다니 바보 같았어. 그러자 마을 사람 전부가 모여들어서 첫째에 대한 칙령을 실행하려 했지."

"'칙령을 지키는 사람들을 지원하고 지키지 않는 사람들을 벌 줄 것이다'라고 했으니까요." 내가 말했다.

"맞아."

"그 사람들이 아저씨에게 벌을 주려고 했나요?"

웨더럴 씨가 이마를 문질렀다. "내 생각에 그러려던 것 같지는 않아. 단지 벨라를 붙잡아서 캠프에 보내려 했지. 마을 첫째들은 다 캠프에 가야 한다고 생각했으니까."

"그럼 처음에 불이 어떻게 난 건가요?"

"벨라가 서랍에서 오래된 성냥 몇 개를 찾아냈지. 아주 사소한 일이었어. 집 안이 어두웠고, 야영용 램프를 찾아냈지만 다시 켜지는 못했지. 벨라는 이런 상황에서 우리를 도우려고 했던 거야. 하지만 그만 성냥에서 불이 번졌고 집을 빠르게 태웠어. 생각보다 무척 빨리. 나는 아내와 딸들을 구하려고 애썼단다, 매기." 웨더럴 씨의 목소리가 떨렸다. "난 무척 애썼어."

"주변에 방랑자들은 없었어요?"

웨더럴 씨는 고개를 흔들었다.

"그렇다면 아저씨는 왜 불을 낸 게 방랑자들이 아니라고 모두에게 말하지 않았어요? 그들이 한 행동이 아니라면, 방랑자들을 탓하는 건 불공평하잖아요."

"아, 나는 그렇게 말했단다. 나는 반복해서 말하고 또 말했어. 전부 내 잘못이라고 말이야. 하지만 그때 누군가 소문을 퍼뜨리기 시작했어." 웨더럴 씨가 주머니에서 손수건을 꺼내더니 축축하게 젖은 눈가를 지그시 눌렀다. "내 생각에 소문을 퍼뜨린 장본인은 앤더슨 촌장님인 것 같아."

"촌장님이요?"

"촌장님은 자기 여동생의 죽음에 책임을 지게 할 누군가가 필요했지. 그리고 동시에 사람들이 마을을 떠나지 않게 막아야 할 필요도 있었어. 방랑자들에게 책임을 돌리면 두 가지 목적을 전부 이룰 수 있었지. 비록 사실이 아니었지만 말이야. 하지만 나도 확실히는 모르겠다. 어쩌면 내가 틀렸을 수도 있어. 아마 틀렸을 거야. 하지만 어쨌든 일단 그 소문이 퍼지기 시작하자 사람들은 아무도 내 말을 믿지 않으려 했어."

"왜 그랬죠?"

"화재 사건에 대해 죄책감을 느끼는 건 나뿐만이 아니었거든. 그날 밤 우리가 지내던 집 밖에서 구경만 하고 나를 도와주지 않았던 모든 사람들이 죄책감을 느꼈어. 한 명도 돕지 않았지. 그래서 그들은 자기들이 한 가족을 불태워 죽였다는 사실을 인정하는 대신, 다들 방랑자들에게 책임이 있다고 믿어 버렸어. 사람이 정말로 뭔가를 믿고자 하면, 그 믿음을 바꿀 수 있는 건 거의 없지."

"사람들이 돕지 않았다고요? 아저씨의 가족을 구하는 데 전혀 도움을 주지 않았다고요?"

웨더럴 씨는 대답이 없었다.

나는 믿을 수 없었다. 페니스 윅 사람들, 아마 내가 아는 사람들이었을 것이다.

웨더럴 씨는 흉터가 있는 손을 문질렀다.

"그럼 왜 아직도 여기 사시는 거예요, 웨더럴 씨? 어떻게 그 사람들과 같은 마을에 살 수 있어요?"

웨더럴 씨는 찻잔을 들어 한 모금 마셨다.

"나는 몸의 절반에 화상을 입어 떠나기가 쉽지 않았단다. 모셔야 할 늙은 어머니가 계시다면 더욱 더 어렵지. 그리고 내 아내와 딸들도 여기 있으니까. 난 아내와 딸의 무덤을 떠날 수가 없었지."

그 무덤들. 잘 손질된 무덤의 모습이 떠올랐다.

"하지만 그때 아저씨를 돕지 않았던 사람들이 누구였어요? 그들이 미울 것 같아요. 분명……."

웨더럴 씨는 고개를 가로저었다.

"그 사람들이 누구인지는 중요하지 않아. 그 사람들도 나처럼 두려웠을 테니까. 전쟁이 두려웠겠지. 첫째 아이들을 캠프에 보내는 것도 두려웠을 테고. 그리고 그때 마침 내가 첫째 아이를 보내지 않으려 했잖니."

"하지만 그 아이는 캠프에 갈 수 없는 애였잖아요. 그럴 수 없었죠."

"우리는 사람들로부터 숨지 말았어야 했어. 나는 더 용기를 내고 용감해져야 했지. 벨라를 위해 올바른 일을 해야 했어. 방랑자들을 만나 그들과 함께 떠났어야 했어."

나는 손가락을 이마에 꾹 눌렀다. 눈이 쿡쿡 쑤셨다.

"미안하구나, 매기." 웨더럴 씨가 머그잔을 식탁 위에 내려놓았다. "우리가 얘기해야 할 더 급한 문제가 있었지. 네가 방랑자들을 만나고 산사나무 울타리를 넘어갔던 일 말이다. 어떻게 하면 내가 도움이 될 수 있을까?"

나는 트리그의 점퍼 이야기부터 전부 말했다. 내가 어떻게 해서 우나를 만났는지, 어떻게 그 애를 돕게 되었는지도 얘기했다. 심지어 내가 엘시 할머니의 항생제를 훔친 것도 솔직히 털어놓았다.

"그래서 그들이 거기에 가게 되었구나." 웨더럴 씨가 말했다.

나는 내가 오팔 씨를 만났으며 그 사람이 웨더럴 씨의 가족을 죽인 방랑자들 가운데 하나라고 생각했다고 말했다. 지금은 그게 사실이 아니라는 걸 알았지만.

나는 웨더럴 씨에게 방랑자를 잡아 영웅이 되고 싶었다고 말했다. 그리고 이제 더 이상 무엇이 옳으며 무엇이 그른지, 누가 좋은 사람이고 누가 나쁜 사람인지 알 수 없게 되었다고도 이야기했다.

그리고 나는 앤더슨 촌장님이 우나를 캠프에 보냈으며, 오팔 씨는 자기가 이미 첫째 아이를 캠프에 보냈다고 한 이야기도 전했다. 사실 이 오팔 씨의 이야기가 진짜인지 가짜인지 알 수가 없어서 지금 웨더럴 씨를 찾아오게 된 것이기도 했다.

나는 책 표지를 다시 뜯어서 사진을 꺼냈다. 사진 속에는 머리카락이 노르스름한 펠릭스가 이 틈새가 보이는 미소를 지으며 나를 쳐다보고 있었다. 우나의 오빠였다.

"음, 일단 얘기를 그만 멈추고 한숨 돌리는 게 좋겠구나." 웨더럴 씨가 말했다. "내가 사진을 한번 봐도 될까?" 웨더럴 씨는 사진을 뒤집었다. 뒷면에는 아무것도 없었다.

"가장자리에 뭐라고 적혀 있어요." 내가 말했다. "오팔 씨는 그 글이 펠릭스가 캠프에 갔다는 증거래요. 하지만 글씨가 너무 작아서 읽을 수가 없어요."

웨더럴 씨는 다시 앞면이 위에 오게 뒤집어 가장자리를 살폈다. "아하, 여기 있구나." 웨더럴 씨가 멈칫거리며 손가락으로 글씨를 가리켰다. 그러고는 사진을 내려놓고, 지팡이를 짚고는 방의 반대편으로 갔다. 서랍을 뒤지던 웨더럴 씨는 무언가를 꺼냈다. 천에 싸인 어떤 물건이었다.

웨더럴 씨는 다시 의자에 앉아 무릎에 사진을 올려놓고는 물건을 감싼 천을 풀었다. 그러자 완벽하게 동그란 안경 하나가 나왔다. 안경테는 나무로 되어 있었고 한쪽에 손잡이 하나가 삐져나와 있었다. 웨더럴 씨는 엄지손가락으로 위쪽을, 나머지 손가락으로 아래쪽을 잡은 채 천으로 안경을 닦았다. 할아버지가 안경을 닦는 모습과 똑같았다.

웨더럴 씨는 안경을 들어 올렸다. 나는 자세히 보려고 인상을 찌푸렸다.

"이건 확대경이란다. 한번 보렴." 웨더럴 씨는 확대경을 사진 위로 들어 올렸다.

그러자 그 속에서 펠릭스의 왼쪽 눈이 커다랗게 보였다. 확대경을 여기저기 옮기니 펠릭스의 얼굴도 따라서 커졌다가 작아졌다.

"우아." 내가 감탄했다.

"흠." 웨더럴 씨가 글씨가 있는 가장자리에 확대경을 멈췄다. "네가 이걸 읽어 보면 오팔 씨의 말이 사실이라는 걸 알게 될 거야. 이건 공식적인 첫째의 사진이란다. 예전에는 이런 사진이 많았지만 지금은 초상화를 그리는 것으로 바뀌었지. 사진 찍는 장비를 구하기가 힘들거든. 어쨌든 이 남자아이는 캠프에 간 게 확실해."

확대경 안에서는 글자가 크게 보였다.

'펠릭스 R. 오팔. 영광을 찾아 떠나는 첫째.

M. M, 롬바르도.'

"보이지? 사진작가가 사진의 제목을 적고 서명을 했어. 내가 첫째들의 초상화에 그렇게 하는 것처럼 말이다."

나는 조심스레 확대경을 한쪽으로 치우고 사진에서 글씨를 직접 읽어 봤다.

"그런데 사진작가는 어떻게 글씨를 이렇게 작게 쓸 수 있었죠?"

"아, 원래는 훨씬 큰 사진에 서명을 했을 거야. 그런데 손님이 사진을 작게 현상해 달라고 요청했겠지. 적당한 장비만 있다면 그렇게 만드는 건 간단해. 물론 안정적인 전원 공급 장치도 있어야 하고."

"이게 무슨 뜻인지 아세요?" 나는 심장이 떨렸다. "오팔 씨가 사실을 말했다는 거예요. 그러면 우나도 캠프에 가지는 않았을 거예요."

"물론 그러지 않았을 거다."

웨더럴 씨는 나에게 사진을 건넸다. 나는 '새로운 시인들' 표지 속에 사진을 다시 넣고는 팔 사이에 단단하게 끼웠다.

나는 내 친구를 데려올 것이다. 그렇지만 만약 오팔 씨가 펠릭스에 대해 한 말이 사실이라면, 다른 말도 사실일까? 조용한 전쟁은 정말로 끝이 났을까?

"너 괜찮니, 매기?" 웨더럴 씨가 확대경을 다시 천으로 둘둘 싸며 말했다.

"다른 이야기들을 들었어요. 오팔 씨가 알려 준 다른 이야기들을요."

"음? 무슨 내용인데 그러니?"

아닐 것이다. 앤더슨 촌장님은 우리 마을의 첫째들을 팔아넘기지도, 전쟁에 대해 거짓말을 하지도 않았을 것이다. 그럴 리가 없다.

'새로운 시인들' 표지 안쪽에서 심장이 쿵쾅쿵쾅 뛰었다. 바보 같은 둘째 매기. 또 무서워하고 있어.

"아무것도 아니에요." 내가 말했다. "아무것도요. 그냥 제가 이제 이 사진을 촌장님에게 가져다드려야 한다는 것뿐이에요. 촌장님이 우나를 캠프에 보내기 전에요. 너무 늦지 않았으면 좋겠지만."

"조심하렴, 매기." 웨더럴 씨가 확대경을 서랍 안에 넣으며 말했다. "앤더슨 촌장님에게 네가 경계를 넘어갔다고는 말하지 않는 게 좋아."

"알겠어요." 내가 개미만한 목소리로 대답했다.

웨더럴 씨가 내 어깨에 오른손을 올렸다. 장갑을 끼지 않은 손이었고, 따뜻했다.

"두려운 마음이 들어도 괜찮아." 웨더럴 씨가 미소를 지으며 말했다. "용감한 사람들도 두려움을 느낀단다. 진정한 용감함이란 두려움을 느끼면서도 옳다고 생각하는 방향으로 계속 나아가는 거지."

두려움을 느끼면서도 옳다고 생각하는 방향으로 계속 나아가는 것. 제드 오빠와 린디 언니도 캠프에 갈 때 마찬가지였다.

27

빼앗긴 증거

앤더슨 촌장님이 현관문을 열었다. 머리카락이 어깨에 느슨하게 풀어진 채였다.

"매기 크루즈!" 촌장님이 팔을 활짝 벌리며 말했다. "우리의 영웅 아니냐. 뭔가 내가 도울 일이라도 있니?"

용감해지자, 매기. 두려움을 느껴도 괜찮아.

"방랑자 아이인 우나 때문에 왔어요." 내가 말했다. "그 애는 첫째가 아니에요."

"지금 그것 때문에 온 게냐?" 촌장님이 문가에 기대서 말했다. "맞아. 그 애에게는 오빠가 있지. 오빠는 그 애보다 훨씬 나이가 많았어. 그 애가 태어나기 전에 오빠가 캠프에 갔기 때문에, 우나는 캠프에 갈 필요가 없지."

앤더슨 촌장님은 허벅지 위에서 손가락을 톡톡 두드리기 시작했다. 천천히, 한 번에 손가락 한 개씩. 새끼손가락, 넷째손가락, 가운뎃손가락, 둘째손가락, 엄지손가락. 하나, 둘, 셋, 넷, 다섯. 마치 피아노를 연습하는 듯했다.

"증거를 가져왔어요." 내가 말했다.

"증거라고?"

하나, 둘, 셋, 넷, 다섯. 하나, 둘, 셋, 넷, 다섯.

"맞아요, 이걸 보세요." 내가 사진을 꺼냈다. 어쩌면 그렇게 어려운 문제가 아닐지도 몰랐다. "이 사람은 우나의 오빠인 펠릭스예요. 그리고 여기 가장자리에 사진작가의 서명이 있어요. 이건 공식적인 첫째의 사진이에요. 웨더럴 씨가 확대경으로 확실히 알려 주셨어요."

촌장님이 사진을 들여다봤다.

"웨더럴." 앤더슨 촌장님이 말했다. "내 여동생이 멍청하게도 그 정신 나간 바보랑 결혼했지. 그리고 결국에는 죽어 버리고 말았어." 촌장님은 팔목에서 머리끈을 뺀 다음 머리카락을 단단히 묶었다. "그 사람은 겁쟁이인 데다 몽상가였어. 물론 솜씨 좋은 초상화 화가지만, 그 사람의 얘기를 다 믿지 않는 게 좋아. 불이 난 이후로 더 이상해졌지."

정신 나간 바보라고? 웨더럴 씨가? 겁쟁이라고?

"하지만 앤더슨 촌장님, 그분은……."

"이건 아무것도 아니란다, 매기. 이 사진은 아무런 의미도 없어. 그런데 이 사진을 어디서 가져온 거니?"

"저기, 음…… 우나가 저에게 줬어요. 며칠 전에요. 하지만 이건 의미가 없는 게 아니에요. 증거라고요. 촌장님은 그렇게 하시면 안 돼요. 그러니까……."

"네가 뭔데 나에게 이래라저래라 하는 게냐?"

촌장님이 사진 위쪽을 집어 들어 내 손가락에서 빼냈다. "이 아이가 진짜 우나의 오빠인지 아닌지도 모르잖니."

"그렇지만 두 사람은 정말 똑같이 생겼는걸요. 오빠가 아니라고는 도저히 생각할 수 없어요."

촌장님은 사진을 내 손에 닿지 않는 곳에 멀리 치우고는 나를 노려보았다. "내가 보기엔 썩 닮은 것 같지 않구나."

그리고 촌장님은 펠릭스의 사진을 찢어 버렸다. 사진은 한가운데에서 두 조각으로 찢겼다.

"그만하세요!"

하지만 촌장님은 두 조각을 겹치더니 한꺼번에 다시 찢었다. "집에 가렴, 매기 크루즈. 며칠 동안은 영웅이 된 기분을 즐겨야지. 그리고 학교 공부나 열심히 하다가 졸업하면 그 정신 나간 웨더럴 늙은이의 제자가 되겠지. 그렇지 않으면 네 엄마와 밭에 나가 일을 해야 할 테고."

그렇게 말하면서 촌장님은 다시 사진 조각을 겹쳐서 찢었다. 사진은 이제 여덟 조각이 되었다. 오팔 씨의 사진이다. 오랜 세월 동안 조심스럽게 보관했던 아들의 사진이다. 촌장님은 찢어진 사진 조각을 돌려주지 않은 채 현관문을 쾅 닫고 들어갔다.

나는 놀라서 입을 손으로 틀어막았다. 나는 닫힌 현관문을 멍하니 쳐다보았다. 촌장님은 사진을 제대로 보지도 않았다. 그러고는 찢어 버렸다. 왜 그랬을까? 어째서 첫째가 아닌 아이를 캠프에 보내려 할까?

나는 발길을 돌렸다. 광장은 더 이상 반듯해 보이지 않았다. 가장자리가 내 쪽으로 기울어졌고 모서리가 짧아진 듯했다. 그리고 한가운데에는 앤드루 솔즈베리의 석상이 서서 나를 비웃고 있었다.

28

마주한 진실

나는 고개를 흔들고 눈을 문질렀다. 우나는 어디 있지? 나는 광장으로 뛰쳐나가 촌장님 집에서 가장 높은 창문을 올려다보았다. 예전에 보았던 것처럼 뭔가 움직였다.

우나다.

나는 사진을 돌려받아야 했다. 그리고 찢어진 조각을 이어 붙여야 한다. 만약 촌장님이 내 말을 들어 주지 않는다면, 다른 누군가에게 우나가 첫째가 아니라고 증명해야 한다. 그러려면 사진이 필요했다.

나는 몸을 수그린 채 촌장님 집 옆을 지났다. 그리고 살금살금 집 뒤쪽으로 돌아가 축축한 땅에 무릎을 꿇고 창문 너머를 유심히 지켜봤다. 안쪽 방에는 아무도 없었다. 책상 하나와 선반 몇 개뿐이었다.

창문이 살짝 열려 있어 나는 손가락을 집어넣고 안쪽의 손잡이까지 손을 뻗었다. 하지만 잘 닿지 않았다. 나는 손을 꼼지락 꼼지락 움직였지만 더 깊이 들어가지는 않았다. 그래도 나는 살 갖이 벗겨질 만큼 손을 세게 들이밀었다. 그러자 손가락 끝이 손잡이에 닿았다. 나는 그것을 밀었다.

딸깍.

나는 주변에 보는 사람이 없는지 확인하고 안으로 기어들어 갔다.

촌장님의 집은 웨더럴 씨의 집과는 정반대 분위기였다. 모든 것이 깔끔하게 정돈되어 있었고 반짝반짝 빛났다. 파커 형제의 어머니인 페니 파커 씨가 매일 와서 먼지를 털고 빗자루질을 하기 때문이었다. 파커 부인은 청소 실력이 뛰어난 게 분명했다.

책상 아래를 보니 쓰레기통 하나가 있었다. 촌장님이 찢어진 사진 조각을 저 쓰레기통에 넣지 않았을까?

나는 쓰레기통을 꺼내 살펴봤지만 텅 빈 채였다. 사실 그게 당연했다. 뭔가를 버리기 위해서 굳이 이 방에 들어오지는 않았을 테니 말이다. 아마 사진 조각은 이 집 어딘가 다른 쓰레기통에 들어 있을 것이다.

나는 문 옆에 귀를 대고 소리를 들었다. 발자국 소리가 났다. 나는 벽에 바싹 몸을 붙였다. 사실 멍청한 행동이었다. 누가 문을 열고 들어오면 나는 문에 깔릴 것이다. 다행히 발자국 소리는 지나갔다. 나는 숨을 내쉬었다.

저 선반 위에는 뭐가 있을까? 나는 한 발자국 더 가까이 다가갔다. 거기에는 조그만 나비 모형들이 있었다. 반짝반짝 윤이 났다. 각각 다른 종의 나비 모형이 줄을 맞춰 진열되어 있었다. 나는 왼쪽의 나비를 집어 들었다. 생각했던 것보다 무거웠다. 날개 끄트머리에 눈 모양 무늬가 있는 것으로 보아 공작나비 같았다. 모형이 전부 황금이라 색깔로 구분을 할 수 없어 무늬만 보고 종을 알아내야 했다. 나는 줄을 따라 하나하나 살펴보았다. 문지기나비, 쐐기풀나비, 숫돌나비, 뱀눈나비가 자리했다. 그리고 오른쪽 끝에는 멋쟁이나비가 있었다. 대각선 줄무늬와 날개의 끄트머리가 넓적한 모습을 보면 알 수 있었다.

나는 공작나비 모형을 제자리에 내려놓았다. 그리고 선반에 무엇이 있는지 죽 살폈다. 잠깐만. 저건 오팔 씨의 칼이잖아? 맨 아래 선반에 칼이 있었다. 바로 그 물건이었다. 나는 그것을 집어 들고 끈을 푼 다음 뚜껑을 열었다. 그리고 나비가 새겨진 손잡이를 손가락으로 쓰다듬었다.

황금 나비 모형은 그렇다 쳐도 이 칼은 촌장님 것이 아니었다. 나는 칼집의 끈을 묶고 바지춤에 쑤셔 넣었다. 그리고 셔츠 자락을 끌어당겨 덮었다. 오팔 씨에게 우나를 데려갈 때 이 물건도 같이 돌려줄 작정이었다.

칼이 여기 있다면, 사진도 여기 있을지 모른다. 어쩌면 촌장님이 찢은 조각을 버리지 않았을지도 모르지만 말이다.

나는 책상의 맨 위 서랍을 열었다. 거기에는 서류가 쌓여 있었다. 나는 그것을 꺼내 든 다음 의자에 앉았다. 빙글빙글 도는 의자였다. 린디 언니의 아빠도 이런 의자를 좋아했다. 나는 의자에 앉은 채 몇 바퀴 돌다가 멈췄다. 그런 다음 첫 장을 살폈다. 바나나와 어떤 단위에 대한 내용이 실려 있었다. 날짜는 9월 6일 토요일이었다.

두 번째 장에는 글자가 빼곡하게 쓰여 있었다. 세 번째 장도 마찬가지였다. 그리고 세 번째 장과 네 번째 장 사이에 사진 한 장이 있었다. 하지만 펠릭스의 사진은 아니었다. 긴 탁자 앞에 앉은 여러 사람을 찍은 사진이었다. 여섯 명의 사람들이 있었고 그들은 뭔가를 축하하는 듯했다. 마치 첫째들의 생일 축하 파티 같은 분위기였지만 음식은 더 훌륭했다. 마을에서 흔히 보지 못하는 귀한 음식들이 있었다. 바나나와 여러 과일도 있었다. 책에서만 봤던 파인애플도 있었다. 페니스 윅에는 파인애플은 물론이고 그것과 비슷하게 생긴 과일도 없다.

나는 사진 속 인물들을 살폈다. 사람들이 입은 옷은 린디 언니가 여름방학 일기장에 붙였던 스팽글처럼 반짝반짝 빛났다.

잠깐만. 여기 앤더슨 촌장님이 있다. 분명 촌장님이다. 앤더슨 촌장님은 카메라를 향해 연한 노란색 음료가 든 잔을 치켜 올리고 있었다. '건배!'라고 외치는 듯했다.

이것이 앤더슨 촌장님이 외부에 나가서 했던 일인가? 마을 첫째들을 캠프에 데려간 뒤 도시에 나가 이렇게 파티를 벌였던 걸까? 이렇게 좋은 음식을 먹고 술을 마시며, 반짝이는 옷을 입었던 건가?

모든 것이 값비싸 보였다. 음식과 옷 전부가 그랬다. 심지어 사진을 찍었다는 점도 놀라웠다. 웨더럴 씨가 사진 장비는 구하기 어렵다고 하지 않았던가. 그렇다면 이 사람들은 어떻게 여기 모이게 되었을까? 오팔 씨가 했던 말이 머리에 맴돌았다.

'부패한 관리들 몇몇이 첫째들에 대한 칙령을 계속 고집했어. 그 칙령대로 하면 자기들이 얻을 게 많으니까 그랬겠지?'

나는 사진을 빼서 뒷주머니에 넣었다. 그러고는 다음 장을 읽기 시작했다. 서류 왼쪽에 이렇게 적혀 있었다.

'8월 28일 목요일

1단위'

1단위라니 무슨 뜻일까? 사람을 세는 것일까? 첫째의 수를 말하는 걸까? 8월 28일은 뎁 메리노가 캠프에 간 날이었다. 그날은 엄마의 생신이었다. 우리는 집에 와서 고슴도치 모양 케이크를 만들었다.

그리고 서류 오른쪽에는 이렇게 적혀 있었다.

'가스 ×200(19킬로그램)'

가스통을 말하는 게 분명하다.

나는 뱃속이 꼬이는 듯했다. 앤더슨 촌장님은 정말 뎁 메리노를 그 파란색 가스통들과 맞바꿨던 걸까?

나는 첫 번째 장으로 돌아갔다.

'9월 6일 토요일

2단위'

제드 오빠와 린디 언니.

'바나나 8상자

멋쟁이나비 모형 1개, 금 18캐럿

잡다한 여러 옷감들'

아까 봤던 작은 황금 나비가 그 '모형'이다. 멋쟁이나비 모형이 앤더슨 촌장님의 수집 목록에 추가된 것이다. 촌장님은 린디언니와 우리 오빠를 바나나 여덟 상자와 생명도 없는 황금 나비, 그리고 여러 옷감들과 바꿔 버렸다.

오팔 씨는 거짓말을 하지 않았다. 전쟁은 끝났다. 우리 마을의 첫째들은 팔아넘겨지고 있다. 우리가 필요하지도 않은 수많은 물건들과 맞바꿔지는 중이다.

나는 의자에 등을 기댔다. 진실을 마주하게 되니 머리가 어지럽고 무거웠다. 의자가 천천히 돌기 시작했다.

그리고 내 등 뒤에는 앤더슨 촌장님이 있었다.

29

—◇—

더럽고 위험하며 속임수를 잘 쓰는 사람

나는 펄쩍 뛰어올라 창문 쪽으로 향했다. 라일 파커가 안을 들여다보았다. 라일의 얼굴이 유리창에 찌부러졌다.

"이런, 크루즈 양." 촌장님이 고개를 절레절레 흔들었다. "대체 뭘 하려고 여기 들어온 거니? 일이 잘되어 가나 보구나."

나는 서류를 흘긋 쳐다보았다. 어쩌면 촌장님은 내가 무엇을 읽었는지 봤을지도 모른다.

"저, 저는 그저…… 촌장님이 찢어 버린 사진을 찾고 싶었을 뿐이에요. 우나의 오빠 사진이요. 그게 전부에요. 그건 촌장님 게 아니잖아요. 우나와 그 애 아빠 거예요."

"사진이라고? 대체 무슨 말을 하는지 모르겠구나."

더럽고, 위험하며, 속임수를 잘 쓰는 존재.

촌장님은 책상에서 서류 더미를 들어 올렸다. 그리고 처음 몇 장을 살폈다.

"네가 아주 똑똑하다고 생각하는가 보구나, 크루즈 양? 건방지게 나를 판단하려 드는구나."

"그건 옳지 않아요." 내가 아주 작은 목소리로 대답했다.

"뭐라고? 크게 말하렴."

"옳지 않아요. 촌장님께서 하시는 일 말이에요. 첫째들을 팔아넘기는 것." 나는 좀 더 큰 목소리로 말했다. "전쟁은 끝났잖아요, 그렇죠? 당신은 우리에게 거짓말을 하고 있어요."

촌장님은 책상 서랍을 열고 그 안에 서류를 다시 집어넣었다.

"나는 네가 무슨 말을 하는지 전혀 모르겠구나. 이 마을 사람들 가운데 적어도 절반은 나 덕분에 목숨을 건졌어. 나는 나쁜 시기든 좋은 시기든 우리가 꼭 필요한 물건을 공급받을 수 있도록 체계를 만들어 놓은 거란다."

"꼭 필요한 물건이라고요? 바나나와 나비 모형이요?"

"나는 너를 안전하게 지켜 준단다, 크루즈 양. 너희 집 발전기가 멈추지 않도록 연료를 대 주고, 네가 따뜻하게 지내도록 옷감을 가져다주지."

"오빠를 팔아넘기느니 추위로 얼어 죽는 게 낫겠어요."

"너는 소중한 사람을 한 명 잃었을 뿐이지, 크루즈 양. 고작 한 명이야. 나는 몇 명을 잃었는지 아니? 누나, 여동생과 예쁜 내 딸, 그리고 어머니를 잃었어. 우리 어머니가 왜 돌아가셨는지 아니? 추위 때문이었어. 21세기에 얼어 죽는 사람이 있다는 건 말도 안 돼. 그리고 나는 앞으로 아무도 그렇게 죽는 사람이 없도록 할 거야. 적어도 우리 마을만큼은. 내가 지켜보는 앞에서는 안 돼."

"당신의 딸이 캠프에 간 건 오래전이었고 그때는 정말로 전쟁 중이었죠. 하지만 당신은 우리 오빠를 바나나와 맞바꿨어요. 바나나와 나비 모형이요. 그 물건들이 겨울에 우리를 따뜻하게 지켜 주나요?"

"그리고 옷감도 가져왔지. 나는 그 따뜻한 옷감을 마을 사람들에게 나눠 줄 작정이었어. 나는 약속을 지키는 사람이야. 나는 겨울마다 모든 사람들을 따뜻하게 해 줄 거야." 앤더슨 촌장님이 머리 옆을 손으로 누르며 말했다. "겨울마다 말이야."

따뜻한 옷감이라고? 내 주먹에 힘이 들어갔다. "당신이 어떻게 해서 그 물건들을 구해 왔는지 안다면, 마을 사람들이 그 옷감으로 만든 옷을 입거나 가스를 사용할 거라고 생각해요?"

앤더슨 촌장님이 한숨을 쉬었다. "아무도 모를 거야, 크루즈 양. 우리 집에 멋대로 들어오는 건 중대한 범죄 행위거든. 그리프!" 촌장님이 복도를 향해 외쳤다. 그리프 파커가 안으로 들어왔다.

"이 아이를 위층으로 데려가서 다른 여자아이랑 같이 가두도록 해."

"자, 이리 와." 그리프가 말했다. 그에게서 집에서 만든 수제맥

주 냄새가 났다.

그리프는 나를 4층까지 떠밀어 계단을 오르게 했다. 맨 위에 좁은 층계참이 있었다. 닫힌 문 앞의 바닥에 닐이 주저앉은 채 이를 쑤시고 있었다.

"감시해야 할 애가 하나 더 생겼어." 그리프가 말했다.

닐은 문을 열고 나를 방 안에 밀어 넣었다.

그곳은 벽 높이가 낮고 천장이 기울어진 길쭉한 다락방이었다. 바닥에는 닳아빠진 소파와 얇은 양탄자가 깔려 있었다. 천장에 난 채광창으로 햇볕이 들어왔다. 이 채광창을 빼고는 반대쪽의 조그만 창문이 유일한 창문이었다. 광장을 내려다보는 마을에서 가장 높은 곳에 자리한 창문이다. 나는 창문에서 누군가의 움직임을 봤다. 우나였을 것이다. 그 애는 지금 어디 있지?

나는 창문으로 밖을 내다보았다. 마을 남쪽 전체가 눈앞에 펼쳐졌다. 이동 주택과 주말 농장, 개구리 골목, 여러 지붕이 보였다. 나는 머리가 핑글핑글 돌아서 손으로 창틀을 짚었다. 나는 높은 곳이 무서웠다.

세탁소 바깥에 게비 부인이 보였다.

"게비 부인! 게비 부인!" 내가 창문 유리를 두드리며 외쳤다.

부인은 듣지 못했다. 하지만 창문을 연다면 어떨까? 생각을 하는 것만으로 뱃속이 꼬이는 듯했다. 두려운 건 당연한 거야, 매기. 두려워해도 괜찮아.

나는 창문을 잡고 위쪽으로 잡아 올렸다. 창문은 움직이지 않았다. 나는 자세를 바꿔서 힘이 더 잘 들어가는 각도를 찾은 다음 다시 창문을 올렸다. 하지만 창문은 꿈쩍도 하지 않았다. 나는 창문을 다시 두드렸다.

"게비 부인! 게비 부인!"

그때 알 수 없는 소리가 들렸다. 소파에서 나는 듯했다.

"우나? 우나? 거기 있니?"

나는 소파 뒤쪽으로 몸을 수그렸고 거기에 우나가 있었다. 우나는 몸을 웅크린 채였다. 우나의 아빠도 숲속에서 똑같은 자세를 하고 있었다. 우나의 머리카락이 얼굴에 부스스 흩어졌다.

"우나!" 내가 옆에 무릎을 꿇고 말했다. "괜찮아?"

하지만 우나는 고개를 홱 돌렸다. 많이 울어서 눈이 부어 있었다.

"저리 가." 우나가 말했다.

"뭐라고? 그게 아니야. 나는 널 도울 수 있어. 도울 수……."

"난 네 도움 필요 없어. 난 네가 미워, 매기. 네가 밉다고."

"하지만 우나……."

"내 말 안 들려? 난 네가 미워. 너는 내가 지금껏 살면서 만난 가장 나쁜 사람이야. 나는 아빠가 세상에 사악한 사람도 있다고 말씀하셨을 때 그 말을 완전히 다 믿지는 않았지. 하지만 지금은 무슨 말인지 알 것 같아. 가 버려. 날 혼자 내버려 둬."

"난 그러려고 한 게 아니야……."

"가 버려!"

나는 일어나서 뒤로 물러섰다. 나는 내 손을 바라보았다. 아직 우나 아빠의 피가 묻어 있었다.

우나의 말이 맞다. 나는 더럽고, 위험하고, 속임수를 잘 쓴다. 앤더슨 촌장님과 다를 바가 없다.

나는 앉았고, 우나는 내 바로 뒤에 있었다. 우리 사이에는 소파 하나만 놓여 있었다. 나는 우나처럼 웅크려 앉았다. 무릎이 가슴에 닿았다. 내 안에서 부글부글 차오르던 울음이 터져 나왔다. 울음은 계속, 계속, 계속 멈추지 않았다. 나는 두 손으로 눈을 감쌌고 손은 눈물에 젖었다.

30

그 애를 내버려 둬

쿵. 문의 빗장이 풀렸다.

나는 눈을 떴다. 어두웠다. 벌써 밤인 듯했다. 막 켠 야영용 램프의 희미한 불빛이 비스듬한 천장에 퍼졌다.

"일어나, 방랑자. 이제 갈 시간이다."

앤더슨 촌장님이었다.

로비가 촌장님 뒤 문 옆에 서 있었다. 로비의 램프 불빛이 자기 얼굴을 환하게 비췄다.

"어디에 간다는 거죠?" 내가 물었다.

촌장님은 손에 든 램프를 쭉 뻗었다.

"어디에 갈 것 같니, 크루즈 양?"

"우나를 지금 데려가려는 건가요? 이 한밤중에?"

"밤중이라고 안 될 것도 없지. 이 애는 방랑자야. 배웅을 받을 자격이 없어."

"우나를 데려가면 안 돼요." 내가 몸을 벌떡 일으키며 외쳤다. "그렇게 하도록 내버려 두지 않을 거예요."

"그 애는 어디 있니? 그 애와 무슨 꿍꿍이를 꾸민 거야?" 앤더슨 촌장님이 방의 구석구석을 살피며 물었다. "방랑자 녀석, 어디 있는 거냐?"

"그 애는 이름이 있어요." 내가 말했다. 입이 바싹 말랐다. "그 애는 우나예요."

"여기 있구나." 앤더슨 촌장님이 램프로 소파 뒤쪽을 비췄다.

"그 애를 내버려 두세요." 내가 말했다.

"뭐라고? 내가 몇 번이나 더 말해야 하는 거냐, 이 둘째야? 크게 말하라고."

"그 애를 내버려 둬요!" 나는 앞쪽으로 몸을 솟구쳐 촌장님을 내 어깨로 떠밀었다. 하지만 촌장님은 조금도 움직이지 않았다. 나는 다시 달려들어 팔꿈치로 촌장님의 옆구리를 쳤다.

"악! 이 조그만 게……."

그때 누군가 뒤에서 나를 붙들었다. 그리고 내 팔을 옆구리에 붙여 움직이지 못하게 했다. 로비였다.

"첫째를 캠프에 가지 못하게 하려고 하다니 부끄러운 줄 알렴, 매기 크루즈." 앤더슨 촌장님이 고개를 절레절레 흔들며 말했다. 나는 로비의 팔에서 벗어나려 애썼다.

"왜 그러는 거야, 매기?" 로비가 물었다. "저 애는 방랑자일 뿐이야. 그러니 촌장님이 저 애를 캠프에 데려가도록 가만히 놔둬. 괜히 소란 피우지 말고."

내가 셔츠 아래로 손을 뻗치기만 하면 칼을 꺼낼 수 있을 것이다. 바지춤에 끼워 넣은 칼이 배를 쿡쿡 찔렀다. 나는 몸을 이리저리 뒤틀었지만 로비는 꿈쩍도 하지 않았다.

"닐? 그리프?" 앤더슨 촌장님이 문 쪽을 향해 외쳤다. "여기 와서 이 방랑자를 끌어내도록 도와 줘요."

닐과 그리프가 성큼성큼 다가와 우나를 끌어냈다. 우나는 기운 없이 축 늘어졌다.

맞서 싸워, 우나! 싸우라고!

하지만 우나는 꿈쩍하지 않았다. 닐과 그리프는 우나의 팔꿈치를 잡아끌었다.

"그 애를 내버려 둬요!" 내가 로비에게 잡힌 팔을 당겼지만 로비는 꿈쩍도 하지 않았다.

"그만해, 매기. 그만하라고." 우나가 바닥에 시선을 떨어뜨린 채 말했다. "나는 네 도움이 필요하지 않아. 네 도움을 원하지 않는다고."

"봤지?" 앤더슨 촌장님이 말했다. "이 애는 네가 도와줘도 고마워하지 않아. 방랑자들은 결국 이런 식이지. 나는 너에게 경고하려 했어. 부끄러운 줄 알렴, 매기 크루즈. 저런 방랑자들과 어울리다니."

촌장님이 방을 나섰다. 닐과 그리프도 우나를 양옆에서 질질 끌면서 뒤를 따랐다.

"특별히 너를 풀어 줄게, 매기." 로비가 나를 붙들었던 팔에 힘을 풀었다. "저기 앉아서 진정해." 로비가 소파 쪽으로 나를 밀었다. 나는 소파에 털썩 쓰러졌다.

"이제 좀 편하군." 로비가 말했다. "더 이상 바보 같은 짓은 하지 마. 바깥 층계참 바로 옆에서 지키고 있으니까 말이야." 로비가 야영용 램프를 들고 문 쪽으로 걸어갔다. "이봐, 매기. 제드도 캠프에 간 지 얼마 되지 않았고, 너에게 뭔가 나쁜 일이 생기기를 바라는 사람은 아무도 없어. 그러니 고개를 숙이고 얌전히 있으라고. 알겠어? 분명 촌장님이 얼마 지나지 않아 너를 풀어 주실 거야."

로비가 등 뒤로 조용히 문을 닫자 방이 어둠에 잠겨들었다. 로비는 문에 빗장을 걸었다.

쿵.

나는 칠흑 같은 어둠 속에서 손을 더듬어 가며 문고리를 찾았다. 그리고 마구 흔들었다.

"로비! 로비! 저 좀 꺼내 주세요! 촌장님은 그 애를 캠프에 데려가지 않을 거예요. 캠프는 당신이 생각하는 그런 곳이 아니에요. 알고 있었나요? 저를 내보내 주세요. 제발, 꺼내 주세요. 나는 그 애를 도와야 해요."

쾅쾅.

나는 문을 두드렸다.

쾅쾅.

"조용히 해, 매기. 내가 널 꺼내 줄 것 같아? 괜히 힘 빼지 말고 잠자코 있어."

나는 머리를 벽에 기댔다. 나는 눈을 깜박이고 깊이 숨을 쉬었다. 눈앞이 어슴푸레했다. 문틀과 소파가 희미하게 보였다.

이 방에는 나와 양탄자, 소파뿐이었다. 이 소파를 사용해서 문을 부술 수 있을까? 한쪽을 들어 올려서 넘어뜨리면 되지 않을까?

멍청한 짓 하지 마, 매기. 그래봤자 소용없어. 설령 문이 부서졌다 해도 그 다음에는 로비를 상대해야 해.

나는 소파에 몸을 털썩 눕히고는, 손바닥의 불룩한 부분으로 이마를 콩콩 쳤다.

생각을 해 봐, 매기.

생각을 해.

생각.

생각.

째깍째깍.

째깍째깍.

할아버지의 손목시계에서 귀하고 귀한 시간이 흘러가고 있었다.

　5분.

　10분.

　20분.

　25분.

　로비의 기침 소리가 들렸다. 아직 문 뒤에서 지키고 있는 게 분명했다.

　할 수 없다. 나는 더 이상 기다릴 수 없었다. 밖으로 나갈 방법은 하나밖에 없었다.

31

두려움을 그대로 느껴

하늘에는 커다란 달이 떠 있었고 별도 많았다. 작은 창문으로 밖을 내다보니 아래로 광장이 한눈에 보였다. 한가운데에 앤드루 솔즈베리의 석상이 있었다. 세탁소는 반대쪽 멀리 있었다.

나는 바싹 마른 혀를 입천장에 꾹 눌렀다. 나는 해야만 한다. 아래로 기어 내려가야 한다.

나는 칼집에서 칼을 꺼냈다. 어쩌면 손잡이로 유리를 깰 수 있을지도 몰랐다. 하지만 그렇게 하면 분명 로비가 그 소리를 들을 것이다.

나는 창틀 가장자리를 꾹꾹 눌렀다. 창문과 창틀을 이어 붙인 이음매가 어디일까? 양옆? 맨 아래?

여기다. 나는 창문과 창틀 사이에 칼날을 끼워 넣었다. 그리고 둥글게 돌렸다가 다시 느슨하게 풀었다. 그런 다음 창문을 들어 올리려 했다. 그러자 창문은 끼익거리더니 살짝 열렸다. 나는 칼을 빼낸 다음 자세를 바꿔 창문을 한 번 더 당겼다.

결국 나는 성공했다. 창문이 완전히 위로 열렸다. 서늘하고 신선한 공기가 방 안으로 물밀 듯 들어왔다. 뒷마당에 설치된 정화조와 젖소들의 냄새가 났다. 페니스 윅의 냄새였다. 나는 공기를 가득 들이마셨다.

창밖 아래에서 누군가의 목소리가 들렸다. 너무 멀어서 알아들을 수는 없었지만 누구의 목소리인지는 알 수 있었다. 앤더슨 촌장님과 닐이었다. 두 사람은 집 밖을 빙 둘러 지프차가 있는 곳으로 가고 있었다. 시간이 없었다.

나는 창틀 가장자리로 다리 한쪽을 내밀었다. 그리고 아래쪽 선반에 발을 디뎠다. 나는 덜덜 떨리는 손으로 창틀을 붙잡았다.

내 아래에서 어두운 땅이 빙글빙글 소용돌이쳤다.

아래를 보지 마, 매기. 내려다보지 마.

나는 방을 마주보도록 몸을 반대로 틀었다. 이제 반대쪽 다리를 빼야 한다. 입이 마르고, 심장이 쿵쾅댔다. 손에 땀이 났다. 나는 창틀을 더 꽉 붙잡았다.

내려다보지 말자.

나는 방 쪽으로 몸을 젖혔다가 반대쪽 다리를 들어 올려 창문 바깥으로 휙 잡아 뺐다. 이제 두 다리가 선반 위에 있었다.

잘 하고 있어. 잘 하고 있다고.

나는 창틀에 바싹 붙어 있었다. 몸 전체로 창틀을 껴안은 채였다. 밤의 서늘한 산들바람이 공동묘지에서 불어 왔다. 바람은 내 얼굴을 휩쓸고 지나갔다. 죽은 옛 조상님들의 속삭임이 들리는 듯했다.

숨을 쉬자, 매기. 숨을 쉬어.

기어 내려가는 거야, 매기. 내려가.

하지만 나는 단단히 잡은 창틀을 놓지 못했다. 절대 손을 뗄 수 없을 것 같았다. 절대.

철컹.

지프차의 문 소리였다.

내려가자, 매기. 내려가자.

나는 창문에서 몸을 조금씩 뗐다.

뱃속이 메스꺼워졌다.

'너는 둘째일 뿐이야. 항상 모든 걸 무서워하지.'

나는 스스로를 꾹 억눌렀다.

멍청한 매기.

'항상 무서워하지.'

나는 못한다.

이제 시간이 별로 없다. 몇 분만 지나면 우나는 떠날 것이다. 캠프로 보내질 것이다. 그리고 나는 여기 남아 둘째답게 잔뜩 겁에 질린 채 창틀을 꼭 붙잡고 있을 것이다.

우나가 실망할 것이다.

모든 사람들이 실망할 것이다.

창틀을 너무 꼭 붙잡은 나머지 손가락이 아팠다.

어쩌면 그저 내버려 둬야 하는지도 모른다.

"그 애를 지프차에 태워, 닐"

우나 얘기였다.

지금 당장 움직이지 않는다면 너무 늦는다.

움직여, 매기, 움직여.

두려움을 그대로 느껴.

옳은 일을 해.

나는 창문에서 다시 몸을 조금씩 뗐다. 선반에서 발 한쪽을 내렸다. 눈 아래 땅이 핑글핑글 돌았다.

두려움을 그대로 느껴.

나는 발을 아래로 내려서 아래층 창문 윗부분에 디뎠다.

옳은 행동을 하자.

나는 창틀을 잡았던 오른손을 놓고 아래쪽 선반을 잡았다. 그리고 나머지 다리를 내리고, 나머지 손을 내렸다. 양발이 단단히 아래에 닿았고, 양손이 단단히 선반을 붙잡았다. 나는 잠깐 멈추고 숨을 들이마셨다.

내려다보지 마.

조금씩 내려가는 거야, 매기.

손, 발, 손, 발.

아래층 창문으로 내려가.

그리고 아래층 선반으로.

그 다음 창문으로.

그 다음 선반으로, 앗!

발이 미끄러졌다. 나는 창틀을 더 세게 잡았다. 다행히 몸을 가눌 수 있었다.

두려움을 그대로 느껴.

바로 아래 선반으로. 좋아.

바로 아래 창문으로.

바로 아래……

내 발이 칠흑 같은 공기 속을 더듬었다.

더 이상 선반이 없다.

더 이상 창문이 없다.

아무것도 없다.

나는 다른 쪽 다리를 걸어서 몸을 받쳤다. 더 이상 발을 디딜 곳이 없었다.

부릉부릉.

지프차였다.

서두르지 않으면 늦는다.

지금 당장 해야 할 일을 하지 않으면 늦을 것이다.

나는 발밑을 내려다보았다.

땅이 흔들리는 듯했다.

나는 눈을 꽉 감고 벽 뒤에 등을 바싹 기댔다.

부릉부릉.

아래를 봐, 매기.

나는 억지로 눈을 뜨고 발밑의 어둠을 바라보았다. 나는 삼각형 박공을 가진 현관 위에 있었다. 중간에 발을 디딜 곳이 필요했다. 그러면 삼각형 위쪽에서 균형을 잡아 아래로 기어 내려갈 수 있다.

부릉부릉.

서둘러, 매기. 서둘러야 해.

나는 다리를 뻗었다. 하지만 발끝이 닿지 않았다. 나는 발가락을 뾰족하게 세웠다. 몇 센티미터만 더 내려가면 될 것 같았다. 그 정도면 충분했다. 3~4센티미터 정도.

부르릉.

"조심히 다녀오세요." 탕탕. 닐이 촌장님이 무사히 다녀오기를 바라며 지프차를 손으로 두드렸다.

시간이 없다. 내가 나서야 한다.

두려움을 그대로 느끼자.

나는 뛰어내렸다.

32

칼이라는 남자

나는 박공에 부딪혔고 현관 앞쪽으로 떨어졌다. 무릎과 팔이 슬레이트 지붕에 부딪혀 굴렀다. 그리고 앤더슨 촌장님의 집 현관문 근처 자갈밭에 몸을 세게 부딪쳤다. 다리와 손, 머리가 하나도 제대로 움직이지 않았다.

내가 뭘 하고 있었지?

우나.

우나.

우나.

지프차가 떠나는 걸 막아야 해.

지프차는 텅텅 소리를 내면서 모퉁이를 돌아 부르릉거리며 내 앞을 곧장 지나쳤다. 전조등이 차 앞의 지면을 비췄고 뒤로는 검은 연기가 뿜어져 나왔다.

나는 허둥지둥 일어나 앞으로 마구 달렸다. 그리고 차 뒤쪽으로 뛰어올라 발 받침대에 발을 디디고 지붕 짐칸을 한 손으로 잡았다. 몸을 가까이 끌어당겨 양손으로 차를 꽉 잡았지만 매연을 잔뜩 마셔야 했다.

숨이 막히면 안 돼, 매기. 기침하지 마.

창문 안쪽에 그림자가 드리운 누군가의 얼굴이 보였다. 우나였다.

지프차가 내 몸의 뼛속까지 거세게 뒤흔들었다. 지프차는 광장을 벗어나 북동쪽 낙농장 방향을 향해 나아갔다.

발 받침대는 좁았고, 떨어지지 않게 차를 꽉 붙들다 보니 손이 아팠다. 촌장님이 뒤를 돌아보기만 해도 나는 들킬 것이다.

지붕에 올라가자, 매기. 지프차 지붕에 올라가는 거야.

나는 무릎을 구부리고 문손잡이에 발을 디딘 채 몸을 위로 밀어 올렸다. '하나, 둘, 셋!'

나는 지프차 지붕의 가로대 사이로 들어가 옆으로 누웠다. 밤공기가 위에서 나를 덮쳤다.

지프차는 덜덜거리며 낙농장을 거쳐 들판의 북쪽 가장자리를 따라 구부러진 다리를 지났다. 그리고 방앗간 앞을 지나 밀밭 경계로 거침없이 나아갔다.

나는 눈을 꼭 감고 가로대를 꽉 잡았다.

앤더슨 촌장님은 넓은 길을 지나면서 지프차의 방향을 이리저리 바꿨다. 왼쪽으로 방향을 돌렸다가 오른쪽으로 돌리고, 다시 왼쪽, 오른쪽, 왼쪽, 오른쪽으로 돌렸다. 아마 덤불과 나무뿌리를 피하려고 그랬던 것 같지만, 전부 피하지는 못했다. 내 몸은 앞뒤로, 좌우로, 위아래로 마구 흔들렸다. 초드리 씨의 트랙터에 탔을 때보다 더 흔들리는 듯했다.

양옆으로 나무들이 빠르게 스쳐 지나갔고 달이 보이지 않을 정도였다. 나는 앞을 살피면서 할 수 있는 한 몸을 납작 엎드렸다. 지붕 가로대보다 낮게 엎드려야 했다. 나뭇가지가 귀 바로 옆에서 지붕 가로대에 부딪쳤다. 차가운 지프차의 지붕이 내 아래에서 덜덜 떨렸다.

숨을 쉬어, 매기. 침착해.

내 뒤로 페니스 윅이 점점 멀어졌다. 엄마와 아빠, 트리그가 점점 멀어지고 있었다. 돌아가신 옛 조상님들의 소리가 희미해졌다. 엔진에서는 부릉부릉, 털털 소리가 났다. 나뭇가지들은 나를 잡아채 몸을 할퀴려 했다.

나는 침을 꿀꺽 삼키려고 했지만 혀와 목구멍이 제대로 움직이지 않았다. 혀 뒤쪽에 커다란 덩어리가 걸린 듯했다. 몸이 덜덜 떨렸다. 어깨와 무릎이 떨렸고, 심장도 떨렸다.

지프차의 속도가 느려지고 왼쪽으로 방향을 돌리더니 이내 멈추었다.

나는 눈을 떴다. 한쪽 볼을 아직 지프차 지붕에 바짝 붙인 채였다.

앤더슨 촌장님이 램프를 든 채 지프차에서 내렸다. 램프가 칠흑 같은 어둠 속에서 희미하게 빛났다. 나는 바위처럼 꼼짝도 하지 않았다. 춥고 조용했다.

쾅. 촌장님이 지프차 문을 닫고 어딘가로 걸어갔다. 나는 눈을 깜박였다. 달이 어두운 윤곽 속에서 은은하게 빛났다. 건물 한 채가 있었고 높은 곳에는 창문이 보였다. 바로 옆에는 지프차보다도 큰 밴 한 대가 주차된 채였다.

라벤더 냄새가 강하게 풍겼다. 나는 머리를 들었다.

앤더슨 촌장님이 건물의 현관문을 두드렸다. 탕탕탕.

나는 꼼짝하지 않았다. 돌처럼 조금도 움직이지 않았다.

탕탕탕. 그런데 문 두드리는 소리가 조금 이상했다. 나무문이 아닌 듯했다. 유리인가?

촌장님은 손을 둥글게 말아 문에 가져다대고 안을 들여다봤다. 유리문이다.

"칼?" 촌장님이 외쳤다.

탕탕탕.

탕탕탕.

탕탕탕.

안에서 야영용 램프 불빛이 희미하게 번졌다. 누군가의 어두운 윤곽이 현관으로 다가와 자물쇠를 만지작거렸다.

앤더슨 촌장님이 뒤로 물러섰다.

"무슨 일이에요?" 그 사람이 문을 열었다. 남자는 팬티만 입고 다른 옷은 아무것도 입지 않은 채였다. "아니, 한밤중이잖아요. 태셔? 태셔 앤더슨 당신이에요? 지금 한밤중인 건 알죠?"

"알아요, 알아요." 촌장님이 말했다. "좀 들어가도 될까요?"

남자는 집으로 들어오는 진입로 쪽을 내다보았다.

나는 돌처럼 꼼짝하지 않았다.

매기, 돌처럼 가만히 있는 거야. 가만히.

"그래요, 그럼." 남자가 말했다. "들어와요."

두 사람은 안에 들어갔고 등 뒤로 문이 닫혔다.

나는 비로소 숨을 내쉬었다. 나는 혼자서 지프차 지붕에서 내려 차 밑으로 기어갔다. 지프차 문손잡이를 당겼지만 잠긴 채였다. 창문 안쪽을 들여다봤지만 컴컴했다.

우나. 그 애는 어디 있을까? 내가 아까 지프차 지붕에서 그랬던 것처럼 바닥에서 눈을 질끈 감고 있을까?

나는 차를 조심스레 두드렸다.

아무도 응답하지 않았다.

"우나야." 내가 속삭였다. "우나, 나 매기야."

아무 대답도 들리지 않았다.

나는 건물을 바라봤다. 확실히 가정집은 아니었다. 교회도, 학교도 아니었다. 그럼 마을 회관일까? 그것도 아닌 듯했다.

나는 어둠 속에 몸을 감춘 채 지프차 가장자리를 따라 움직여 나아갔다. 그런 다음 밴을 빙 돌아 현관으로 살금살금 다가갔다. 나는 문 앞에 쭈그리고 앉았다. 오팔 씨의 칼이 아직 바지춤에 끼워진 채였다. 칼 손잡이가 배를 찔렀다. 야영용 램프의 불빛이 건물 안쪽을 채웠다.

"……말도 안 돼요. 당신도 알겠지만 나는 24시간 이 일을 위해 대기하는 사람이 아니라고요." 남자가 책상 위에 열쇠를 쾅 내려놓았다. 열린 높은 창문을 통해 목소리가 전해졌다. 남자 뒤쪽 벽에 낡은 노란색 포스터가 돌돌 말린 채 붙어 있었다.

"그 애는 방랑자라고요, 칼!" 앤더슨 촌장님이 말했다. "나는 그 애를 우리 마을에 둘 수 없어요. 이미 충분히 말썽을 일으켰고요. 어쨌든, 나는 당신이 왜 나에게 불평하는지 모르겠어요. 그 애를 통해 도시에서 많은 걸 가져올 수 있을 텐데."

많은 걸 가져온다고? 목에 다시 뭔가가 턱 걸렸다.

칼이라고 불린 남자는 책상 뒤쪽에서 병 하나를 꺼내 마개를 연 다음 내용물을 벌컥벌컥 마셨다.

그러자 앤더슨 촌장님이 열쇠를 잡아챘다. "그럼 나 혼자서 그 애를 가둬 놓을게요. 아무런 도움도 필요 없어요."

촌장님은 현관문까지 몇 걸음 성큼성큼 걸어와 문을 활짝 열었다. 나는 얼른 옆으로 피했다.

"그 애를 어디로 데려갈까요?" 촌장님이 소리쳐 물었다.

칼은 크게 한숨을 쉬더니 소리쳐 대답했다. "알았어요. 9번방이 비어 있어요. 난 올라가서 옷을 좀 입고 올게요. 그런 다음 맞바꿀 물건에 대해 얘기해요. 하지만 주말 이후로 새로 들어온 물건이 없으니 그렇게 기대하지는 말고요. 바나나도 다 떨어졌어요."

앤더슨 촌장님은 야영용 램프를 흔들면서 지프차로 터덜터덜 걸어갔다.

잠깐만. 그러면 차에서 이쪽으로 오는 길에 촌장님이 나를 발견할 것이다. 눈에 띨 수밖에 없다. 심호흡하자, 매기. 진정해.

나는 유리로 된 현관문 안쪽을 돌아봤다. 칼은 어딘가 가고 없었다. 방은 어둑어둑했다. 흐릿한 책상 윤곽만이 바닥에 웅크리고 있었다. 책상은 내가 뒤에 숨기 좋을 만큼 충분히 컸다.

그때 앤더슨 촌장님이 지프차 뒷문을 열었다. "자, 이제 가자, 방랑자. 다 왔어. 밖에 나올 시간이야."

두려움을 그대로 느껴, 매기.

라벤더 향이 났다. 마치 우리 집 식품 저장실에 들어온 것 같았다. 나는 일어나서 문 안쪽으로 들어가 책상 아래에 숨었다.

33

갇힌 아이들

쿠당탕! 나는 바닥에 놓여 있던 야영용 램프 더미와 부딪치고 말았다.

조용히 해, 제발. 쉿! 쉿!

나는 아무 소리도 나지 않을 때까지 램프를 붙잡았다.

괜찮아. 진정해. 그런데 야영용 램프 더미라니? 누가 자기 책상 뒤에 야영용 램프를 잔뜩 쌓아 놓지?

누구든 태어날 때 자기 램프를 하나씩 받는다. 잃어버려도 쉽게 구할 수 없기 때문에 자기 램프는 자기가 잘 챙겨야 한다. 그럼 누가 여기에 자기 램프를 버렸다는 걸까?

"안으로 들어가." 앤더슨 촌장님이 문 안쪽으로 우나를 떠밀었다. 나는 책상 옆을 둘러보았다.

우나다. 우나는 머리를 수그리고 어깨를 축 늘어뜨리고 있었다. 그러다가 우나가 아주 살짝 고개를 들었다. 우리는 눈이 마주쳤다. 하지만 우나는 놀라서 펄쩍 뛰지 않았다. 미소를 짓지도 않았다. 아무런 행동도 하지 않았다.

책상 양옆으로 두 개의 문이 있었다. 그 문에는 직사각형의 작은 창문이 달렸다. 앤더슨 촌장님은 한 손으로는 우나의 팔을 단단히 붙들고, 다른 한 손으로는 램프와 열쇠를 들고 있었다. 그러고는 두 개의 문 가운데 하나를 발로 뻥 차서 열고는 우나를 그 안으로 밀어 넣었다. 문이 등 뒤로 쾅 닫혔고 나는 다시 캄캄한 어둠에 잠겼다. 창문을 통해 비어져 나오는 야영용 램프의 작은 직사각형 불빛뿐이었다.

나는 책상 아래에서 기어 나왔다. 그리고 앤더슨 촌장님이 있는 곳을 들여다보았다. 여기저기 문이 무척 많은 복도가 보였다. 앤더슨 촌장님은 열쇠 꾸러미에서 열쇠 하나를 골라내 왼쪽 문을 열었다. 그러고는 우나를 안에 밀어 넣었다. 나는 램프 옆쪽으로 몸을 피했다.

앤더슨 촌장님이 다시 들어왔다. 그러고는 책상에 열쇠 꾸러미를 던지고 그 위에 앉았다. 책상이 삐걱거렸다. 나는 숨을 참았다.

촌장님은 숨을 헉헉 내쉬더니 책상을 손가락으로 두드렸다.

하나, 둘, 셋, 넷, 다섯. 하나, 둘, 셋, 넷, 다섯.

촌장님의 야영용 램프가 뒤쪽 벽을 비추었다. 벽 위쪽에 '치퍼튼 경찰대'라는 단어가 보였다. 경찰대라고? 여기는 예전 경찰서인가?

램프 불빛이 오래되고 돌돌 말린 채 붙어 있는 벽 아래쪽 포스터들을 비췄다. 포스터는 다음과 같이 요란하게 외치고 있었다.

'첫째들! 나라가 그대들을 필요로 한다.

당신의 이웃은 칙령을 지키는가? 죽는 것보다는 스파이가 되는 게 낫다!

당신의 램프를 들고 캠프에 가라! 지금이 가장 좋은 시기다!

이 땅을 위해 일하자. 손을 빌려주자.'

그리고 아래에는 이런 문구가 박혀 있었다.

'방랑자들은 형편없는 자들.'

앤더슨 촌장님은 조금 더 숨을 골랐다.

하나, 둘, 셋, 넷, 다섯. 하나, 둘, 셋, 넷, 다섯.

촌장님은 일어나서 램프를 들고 책상의 반대편에 있는 두 번째 문으로 나갔다.

다시 어둠이 찾아들었다. 나는 혼자였다. 촌장님이 열쇠 꾸러미를 가져갔을까? 나는 손을 뻗어 책상 위를 더듬었다.

아무것도 없다…….

아무것도 없다…….

여기 있다! 끝이 삐죽삐죽 튀어나온 금속 뭉치였다.

나는 열쇠 꾸러미를 손에 넣고 야영용 램프가 쌓인 더미에서 램프 하나를 집어 들었다.

손에 든 램프가 복도를 비췄다. 나는 살금살금 조용히 문을 지나쳤다.

무언가 소리가 들렸다. 중얼거리는 소리였다. 누가 기도를 하는 건가?

아니다. 울음 소리였다. 그리고 뭔가 다른 소리도 들린다. 흥얼대는 소리인가? 아니다. 누군가 아주 조용히 노래를 부르고 있다. 나는 복도를 계속 지나쳤다.

여기다. 문 왼쪽에 황동색으로 작게 '9'라고 적혀 있다. 나는 몸을 구부리고 열쇠 뭉치를 램프 가까이 가져다 대고 열쇠를 찾았다. 열쇠마다 숫자가 새겨져 있었다.

여기 있다. 9번 열쇠.

나는 문을 열었다.

"우나! 나야, 나. 매기야!"

하지만 우나는 놀라서 펄쩍 뛰지 않았다. 미소를 짓지도 않았다. 어떤 행동도 보이지 않았다.

"가자." 나는 우나의 팔을 세게 붙잡았다. 아까 앤더슨 촌장님이 했던 것과 비슷한 행동이었다.

"우리는 나가야 해." 내가 우나를 잡아끌었다.

복도 끄트머리 창문을 보니 밖은 아직 어두웠다. 우리는 까치발로 창문까지 나아갔다. 살금살금, 살금살금.

하지만 아까 그 소리가 다시 들렸다.

노랫소리다. 아까보다도 조용하게. 아까보다도 부드럽게.

"토끼풀이 자라는 들판 남쪽에서, 나는 나의 에비를 부른다. 오."

"회색 버드나무야." 노랫소리는 2번방에서 흘러나왔다.

"그녀는 이제 내 말이 들릴까? 그녀는 들판을 볼 수 있을까? 회색 버드나무 그늘 아래."

나는 목소리의 주인공을 알 것 같았다. 내가 조그만 꼬맹이였을 때부터 들었던 목소리다. 린디 언니였다.

나는 열쇠 꾸러미를 들고 뒤적거렸다.

8번, 10번, 3번 열쇠는 있는데 2번 열쇠는 어디 있지? 대체 어디 있는 거야? 그러다가 나는 돌바닥에 꾸러미를 떨어뜨리고 말았다. 챙강! 나는 꾸러미를 다시 주웠다.

4번, 1번, 아, 여기 있다. 2번 열쇠!

나는 열쇠를 열쇠구멍에 밀어 넣었다.

린디 언니가 갑작스레 들이닥친 불빛에 눈을 깜박였다.

그 방에는 누군가 다른 사람이 있었다. 그 사람은 린디 언니의 무릎에 머리를 대고 누워 있었다. 언니는 그 사람의 머리칼을 쓰다듬는 중이었다.

"제드 오빠!" 나는 제드 오빠에게 달려가 털썩 무릎을 꿇었다. "오빠, 지금 괜찮아?" 나는 제드 오빠의 손을 부여잡았다. "괜찮은 거야, 제드 오빠? 언니, 우리 오빠 괜찮아요?"

린디 언니는 나를 바라보았다. "아니 어떻게…… 여기 온 거니, 매기? 우리를 어떻게 찾은 거야?"

"제드 오빠는 괜찮아요? 왜 쓰러져 있는 거예요?"

린디 언니가 무릎 쪽을 내려다보았다. "그 사람들이 우리를 여기 가둘 때 제드가 막으려 했어. 그러자 그 사람들이 제드를 때렸어. 여기 눈 주변을 말이야." 린디 언니가 오빠의 이마를 손으로 덮었다.

나는 램프를 들고 제드 오빠를 바라보았다. 오빠는 얼굴을 찡그리며 고개를 돌렸다.

"그리고 우리는 며칠동안 아무것도 먹지 못했어." 린디 언니가 말했다. "내 생각에 여기는 캠프가 아닌 것 같아, 매기. 앤더슨 촌장님이 우리를 속였어."

"촌장님은 오랫동안 우리를 속여 왔어요." 내가 복도 쪽을 노려보며 말했다. "캠프라는 건 이제 존재하지 않아요. 촌장님은 그저 언니와 오빠를 팔아넘기려고 여기 데려온 거예요. 자, 이제 서둘러 도망가야 해요. 오빠를 일으킬 수 있겠어요? 제드 오빠? 오빠? 내 말 들려? 나 매기야. 우리 이제 같이 여기를 벗어나자."

"으음?" 제드 오빠가 힘겹게 눈을 뜨고 나를 바라보았다. "매지? 매지니? 네가 여기 무슨 일이야?"

"자, 린디 언니, 오빠 일으키는 걸 도와줘요." 나는 열쇠 꾸러미와 램프를 한 손에 몰아서 잡고 오빠의 팔을 내 어깨에 둘렀다. 린디 언니가 비틀거리면서 일어섰다. 머리카락이 흘러내렸다. 언니가 제드 오빠의 다른 쪽 팔을 붙잡았다.

그때 우나가 문 쪽에서 걸어 들어왔다.

"저 애는 누구니?" 린디 언니가 휘청거리며 물었다. "넌 누구니? 여기서 나가. 우리를 내버려 둬."

"괜찮아요, 언니." 내가 말했다. "저 애는 우나예요. 내 친구죠."

우나가 나를 바라보았다. 하지만 미소를 짓지 않았다. 우나는 린디 언니가 잡고 있던 제드 오빠의 한쪽 팔을 자기가 옮겨 잡았다. 그리고 우리 넷은 절뚝거리며 방을 나왔다. 우리는 복도 끄트머리 문에 다다랐고 책상에 앉아 잠깐 숨을 돌렸다.

"촌장님이 언제든 여기 다시 돌아올 거예요." 내가 속삭였다. "어딘가에 숨어야 해요."

"하지만 어디 숨으려는 거야, 매기?" 린디 언니가 물었다. "나는 여기가 어디인지도 모르겠는걸."

어디에 숨어야 할까?

어디에 숨을 수 있을까?

생각하자, 매기. 생각해 보자.

지프차 안에? 차 바닥에 엎드리거나 지붕에 올라가 있다가 촌장님이 모는 차를 타고 집에 돌아가는 거다.

하지만 지프차는 문이 잠겨 있을 테고, 우리 넷이 전부 지붕에 숨을 수는 없다.

생각하자, 매기.

생각을 더 해 보자.

밴이다. 밴은 지프차보다 크고, 나에게는 칼의 열쇠 꾸러미가 있다. 그 안에 밴 열쇠도 있을 것이다.

"저기 밖에 밴이 있어요." 내가 말했다. "그 안에 숨으면 될 거예요. 서둘러요!"

"매지? 매지야?" 제드 오빠가 불분명한 발음으로 내 이름을 불렀다.

"조용히 해, 오빠." 내가 오빠의 귀에 대고 속삭였다. "이제 조용히 해야 돼. 숨어 있을 거니까."

우리는 다 같이 힘을 합쳐 오빠가 밖에 나가도록 도왔다.

달빛이 지프차와 밴에 가득했다. 우리는 밖으로 나갔다.

"아! 상쾌한 공기!" 린디 언니가 숨을 깊이 들이마셨다. "공기가 신선하고 라벤더 향이 나." 언니는 조금 더 똑바로 몸을 폈고 어느 정도 기운을 차린 듯했다.

"린디 언니." 내가 말했다. "제드 오빠 좀 잠깐 부축해 줄 수 있어요?"

린디 언니와 우나는 내가 차 열쇠를 찾는 동안 제드 오빠를 붙들었다.

이 꾸러미 어딘가에 밴 열쇠가 분명 있을 것이다.

"아니 이게…… 크루즈? 매기 크루즈?"

나는 얼어붙었다. 꼼짝도 할 수 없었다.

앤더슨 촌장님이 현관에 서 있었다. 촌장님은 마치 트리그가 놀랐을 때처럼 입을 딱 벌렸다. 야영용 램프가 옆구리에서 흔들렸다.

"대체 어떻게……." 촌장님이 주변을 둘러봤다. "아니, 여기에 대체 어떻게 온 거냐? 지프차에 숨어서 온 거야? 하지만 어떻게 네가 이 애들을 꺼내 올……."

"매기!" 린디 언니가 외쳤다. "열쇠 계속 찾아!"

열쇠. 열쇠. 열쇠. 대체 어디 있지? 밴 열쇠가 대체 어떻게 생겼지?

"상관없어." 앤더슨 촌장님이 우리 쪽으로 걸어오며 말했다. "지금 자세한 사정은 알 필요 없지. 하지만 솔직히 말해서 꽤 놀랐단다. 네가 이런 일을 할 수 있었다니. 내가 그동안 둘째라고 너를 너무 우습게 봤군."

"매기!" 린디 언니가 다시 외쳤다. 나는 열쇠 꾸러미를 부지런히 뒤졌다.

앤더슨 촌장님이 내 어깨 너머로 다른 사람들을 건너다봤다. "매기 크루즈, 너와 나는 공통점이 아주 많아."

더럽고, 위험하고, 속임수를 잘 쓰지.

"우리는 전혀 공통점이 없어요." 내가 말했다.

"아니, 잘 생각해 봐. 우리는 둘 다 둘째지. 그리고 영웅 대접을 받는 오빠나 누나가 있었고. 그리고……." 촌장님이 제드 오빠를 힐긋 쳐다봤다. "쓸모없는 동생도 있지."

"트리그는 쓸모없는 아이가 아니에요." 내가 대들었다.

"그리고 우린 둘 다 인정을 받기 위해서라면 다른 사람들을 희생시킬 준비가 되어 있어."

"그건 사실이 아니에요." 내가 반박했다. "나는 아니에요. 더 이상 그렇지 않아요."

앤더슨 촌장님이 미소를 지었다. 램프가 촌장님의 턱과 코 아래쪽을 비쳤다.

"열쇠 꾸러미를 내게 건네렴." 촌장님이 손을 뻗었다. "열쇠 꾸러미를 내게 맡기고, 나머지 세 아이를 다시 가둬 놓자. 너와 나 둘이서 말이야. 그러면 내가 너를 지프차에 태워 집에 데려다줄게. 그리고 웨더럴의 제자가 되는 건 집어치우렴. 내 제자가 되려무나. 모든 사람들을 안전하게 지키고, 따뜻하게 하고, 배부르게 하려는 내 일을 도와줘. 나는 오랫동안 이 일을 했지만 영원히 계속할 수는 없어. 이 마을은 너처럼 배짱이 두둑한 사람이 필요해. 이 마을에는 네가 필요해."

촌장님은 한 걸음 더 다가와 열쇠 꾸러미 쪽으로 고갯짓을 했다. "그걸 내게 주렴."

"안 돼, 매기." 린디 언니가 내 어깨 바로 옆에서 말했다. "열쇠를 이쪽으로 넘겨."

"칼이 곧 내려올 거야." 앤더슨 촌장님이 말했다. "그 사람이 너를 발견하면, 나머지 세 아이만 가두지는 않을 거야. 너도 함께 가두겠지. 칼의 밴에 숨는 것만으로는 아무것도 하지 못해. 너는 운전도 못 하잖아. 자, 어서. 열쇠 꾸러미를 내게 주렴."

나는 램프를 손목에 걸고 열쇠 꾸러미를 내려다봤다. 내 쪽에 가장 가까이 있는 열쇠 하나가 다른 것과는 달랐다. 다른 열쇠보다 납작했고 더 작았다. 이 열쇠가 분명하다. 아까는 발견하지 못했다니 도저히 믿을 수 없다. 나는 그 열쇠를 집었다.

하지만 앤더슨 촌장님의 말이 옳다. 나는 집까지 운전하지 못한다. 우리는 아무 데도 가지 못할 것이다. 그리고 칼이 어떻게 해서든 우리를 차 밖으로 끄집어낼 것이다.

앤더슨 촌장님이 자기의 빈손을 향해 고갯짓을 했다.

네 두려움을 그대로 느껴, 매기. 두려움을 똑바로 바라보고, 옳다고 생각하는 행동을 해.

나는 린디 언니에게 열쇠 꾸러미를 건넸다. 작고 납작한 열쇠가 다른 열쇠들과는 분리된 채였다. 린디 언니는 꾸러미를 잡아챘다. 앤더슨 촌장님은 텅 빈 손으로 주먹을 쥐었다. 열쇠 꾸러미가 쨍그랑 소리를 냈다.

덜컹. 밴의 문이 열렸다.

"어떻게 되어 가는 거야?" 제드 오빠가 끙끙대며 물었다.

"우리는 이 밴에 탈 거야." 린디 언니가 대답했다. "자, 서둘러." 언니가 오빠를 부축해 밴에 태웠다.

앤더슨 촌장님이 똑바로 섰다. 촌장님은 나보다 머리 하나와 어깨 높이만큼 키가 더 컸다.

아, 맞다! 칼이 있었지. 오팔 씨의 칼이 있다.

나는 바지춤에서 칼집을 꺼내 그 안에서 칼을 뽑았다. 그리고 두 손을 덜덜 떨면서 칼을 앞으로 들었다. 그리고 촌장님을 향해 칼을 겨눴다. 야영용 램프 불빛이 칼날에서 반사되어 반짝였다.

"당신은 아무도 가두지 못할 거예요. 이제 다시는요." 내가 밴 쪽으로 뒷걸음질 치며 말했다.

"첫째를 캠프에 보내지 않는 사람은 부끄러운 줄 알아라." 촌장님이 말했다. "그들의 친족도 마찬가지다. 이 구절 기억나니, 크루즈 양?"

"캠프는 더 이상 존재하지 않아요." 칼을 감싸 잡은 손이 덜덜 떨렸다.

그러자 앤더슨 촌장님이 턱을 내밀며 말했다. "아무리 그렇다 해도, 내가 너라면 지금 네 가족들이 걱정이 될 텐데. 결국 페니스 윅 근처에 방랑자들이 있었던 게 사실이고, 마을의 어떤 집에 불을 질렀던 자들이잖아. 네 가족이 다음 희생자가 되지 않아야겠지, 그렇지?"

"태서? 태서?" 현관 쪽에 칼이 나타났다. 칼은 제대로 옷을 갖

취 입고 있었다.

"칼." 촌장님이 말했다. "아이들 몇 명이 당신 열쇠 꾸러미를 들고 여기서 도망갔지 뭐예요. 하지만 나는 그 애들을 당신에게 맡기고 이제 가 봐야겠어요. 집에 돌아가서 급하게 할 일이 있거든요." 촌장님이 내 눈을 똑바로 마주보며 계속 말했다. "하지만 걱정 마요, 칼. 그 애들은 그렇게 멀리 가지 않았을 거예요. 애들을 찾으면 위층에 전부 가둬요. 공짜로 네 번째 아이를 한 명 더 얻게 될 거예요." 앤더슨 촌장님이 급히 지프차 쪽으로 가서 안에 올라탄 다음 시동을 걸었다.

'내가 너라면 지금 네 가족들이 걱정이 될 텐데.'

"뭐라고요? 태셔, 태셔?" 칼이 달려왔다. "어디 가는 거예요? 내 열쇠 꾸러미는 누가 가져갔어요?"

엄마, 아빠, 트리그. 다들 페니스 윅 마을의 집에 있다.

가족에게 돌아가야 한다. 집에 돌아가야 한다.

"어서, 매기. 차에 타!" 린디 언니가 내 점퍼 자락을 끌어당겨 나를 밴에 태우고는 문을 쾅 닫았다.

34

페니스 윅으로

칼이 밴의 문을 덜그럭거렸다.

쾅쾅쾅!

칼이 밴을 두들겼다. "내 밴에서 나와! 어서 나오라고! 그리고 내 열쇠 꾸러미 내놔!"

쾅쾅쾅!

밴 안에 있던 작은 물건들이 흔들렸다.

"저게 다 뭐지?" 양옆으로 어둠 속에 상자들이 쌓여 있었다. 린디 언니가 상자 하나에 손을 넣어 바나나 한 송이를 꺼냈다.

거짓말을 한 것은 앤더슨 촌장님뿐만이 아니었다. 바나나가 다 떨어졌다는 칼의 말도 사실이 아니었다. 나는 램프를 위로 치켜들었다. 거의 스무 개나 되는 상자에 바나나가 가득 차 있었다.

쾅쾅쾅!

밴을 두드리는 소리가 머리에 웅웅 울렸다.

"이건 식물의 일종이니?" 린디 언니가 바나나를 위아래로 뒤집어 보며 물었다.

"이건 바나나예요." 내가 대답했다. "과일이에요. 하나 먹어 봐요. 기분이 한결 좋아질 거예요. 자, 여기요." 나는 야영용 램프를 바닥 한가운데에 내려놓은 다음, 오팔 씨의 칼을 옆으로 치우고 언니가 든 바나나 송이에서 바나나 하나를 꺾었다. 그런 다음 엄마가 나에게 보여 줬던 것처럼 바나나 껍질을 벗기고 제드 오빠에게 바나나를 건넸다. 하지만 오빠는 자기 팔을 들지도 못했다.

"자, 이거 먹어 봐." 내가 말했다. "기분이 좋아질 거야."

쾅쾅쾅!

"내 밴에서 나와!"

린디 언니도 바나나 껍질을 벗겼다. 우나가 그 모습을 가만히 지켜봤다.

"우리는 페니스 윅에 돌아가야 해요." 내가 말했다. "엄마와 아빠, 트리그가 있어요. 내가 가족 전부를 위험에 빠뜨렸어요."

쾅쾅쾅!

"하지만 어떻게 해야 할지 모르겠어요." 나는 엄지손가락 끝을 물어뜯었다. "밴에는 탔지만 우리 가운데 운전할 수 있는 사람이 없잖아요. 그리고 만약 돌아가지 못한다면……."

"꼭 잡아." 린디 언니가 바나나를 입안 가득 넣은 채 우물거리며 말했다. "누가 운전을 못한대? 그 램프 이리 줘 봐." 언니는 열쇠 꾸러미와 야영용 램프를 받아들고 상자 너머 밴 앞쪽으로 기어갔다.

"어서 나오지 못해!" 칼이 어두운 창문 건너편에서 으르렁거리듯 말했다. "여벌 열쇠가 없을 줄 알아?"

쾅쾅쾅!

린디 언니가 운전석 뒤쪽으로 기어올라 자리에 앉았다. "나는 매일같이 아빠 트랙터에 타곤 했어." 언니가 말했다. "우리 아빠가 나에게 트랙터 모는 법을 가르쳐 주셨지. 이것도 크게 다르지 않겠지? 흠, 여기에 열쇠를 꽂고 돌리면……."

부르르릉. 시동이 제대로 걸리지 않은 듯했다.

언니는 다시 시도했다.

부르르릉.

쾅쾅쾅!

나는 앞쪽으로 기어가 좌석에 기대 창문 바깥을 내다보았다. 하늘을 배경으로 나무들의 윤곽이 보였지만 길은 어둠에 잠겨 흐릿했다.

부르르릉.

운전대 뒤에 여러 버튼과 문자판이 있었다. 그중 하나를 누르면 불이 켜질 것이다. 나는 하나하나 살펴보았다. 불빛 그림이 그려진 버튼이 하나 있었다. 나는 린디 언니 앞쪽으로 몸을 구부리고 그 버튼을 눌렀다. 밴 앞쪽이 환하게 밝아졌다. 눈부신 빛에 칼이 고개를 돌렸다.

"잘했어. 고마워, 매기." 린디 언니가 말했다.

"좋아. 거기까지다." 칼이 밴 창문에 대고 소리쳤다. "여벌 열쇠를 가지러 갈 거다. 이 멍청한 놈들 같으니."

밴의 양쪽에 거울이 달려 있었다. 거울을 통해 칼이 램프를 들고 경찰서 건물로 들어가 사라지는 모습이 보였다.

린디 언니가 열쇠를 다시 돌렸다.

부르르릉.

역시 시동은 잘 걸리지 않았다.

"서둘러요, 언니. 빨리빨리요." 내가 좌석 등받이를 꽉 잡으며 말했다. 칼이 곧 우리를 잡으러 올 것이다. 조금만 있으면 올 것이다.

"잠깐만." 린디 언니가 말했다. "혹시 이렇게 하면……."

부릉부릉. 시동이 제대로 걸렸다.

"됐어! 이제 기어를 바꾸고, 페달을 밟으면……." 린디 언니는 누워서 움직이지 않는 길쭉한 기어 손잡이를 잡아당겼다.

두두둑. 두두두둑.

"1단 기어! 자, 가자!" 밴이 훅 앞으로 나아갔다. 바나나 상자 하나가 내 쪽으로 미끄러졌다. 하지만 엔진은 다시 멈췄다. 제드 오빠가 끙끙 신음했다.

"제길." 린디 언니가 열쇠를 다시 돌렸다.

부릉부릉.

그리고 언니는 기어 손잡이를 움직였다.

두두둑.

"하지만……." 린디 언니가 갑자기 멈췄다. 언니의 손이 운전대 아래쪽으로 미끄러졌다. "우리는 이대로 떠날 수 없어."

엔진에서 웅웅거리고 털털대는 소리가 났다.

"무슨 말이에요, 떠날 수 없다니? 우리는 어서 떠나야 해요, 언니!" 나는 옆쪽 거울을 들여다봤다. 칼이 현관에서 막 나오는 중이었다. "칼이 돌아왔어요! 지금 당장 떠나야 해요! 서둘러요, 린디 언니! 어서요!"

"하지만 다른 사람들은 어떻게 하고?" 언니가 말했다.

"다른 사람들이라니요?"

칼이 우리 쪽으로 성큼성큼 다가왔다.

"다른 방에 갇힌 첫째들 말이야."

그렇다. 다른 방에서도 복도를 따라 웅얼거림과 울음소리가 들려왔다. 첫째들. 이 건물 전체에 다른 첫째들이 갇혀 있는 것이다.

"난 그 사람들을 두고 떠날 수 없어, 매기."

"다시 돌아오면 되잖아요." 내가 말했다. "집에 돌아가서 다른 가족들이 무사한지 확인한 다음에요."

"하지만……."

"꼭 여기 다시 와요. 하지만 지금 당장은 떠나야 해요. 어서 요!"

이제 칼의 모습이 거울에 큼직하게 비쳤다. 칼은 린디 언니 바로 옆 문손잡이를 붙잡았다.

철커덩. 칼이 차 문을 열었다.

"출발해요!"

린디 언니가 운전대에 두 손을 올려놓았다. 밴은 앞쪽으로 훅 나아갔고 계속 움직이기 시작했다.

칼은 밴의 문을 연 채로 우리와 나란히 뛰어왔다.

"더 빨리요!" 나는 좌석 등받이를 꽉 잡았다.

린디 언니가 기어 손잡이를 움직였다.

드드득.

밴이 덜컥거리며 거칠게 달렸다. 칼은 더 이상 쫓아오지 못 했다.

덜컹. 밴이 울퉁불퉁한 땅을 흔들리며 나아갔다.

"으아아악!" 바깥에서 칼의 비명이 들렸다. 린디 언니는 밖으 로 몸을 내밀고 문을 잡아 쾅 닫았다.

나는 거울을 들여다봤다. 칼이 발을 붙잡은 채 땅에 쓰러져 있었고 램프가 옆에서 뒹굴었다.

더 빨리.

더 빨리.

칼은 이제 일어서서 한쪽 발을 붙잡은 채 껑충껑충 뛰고 있었다. 그 모습은 점점 멀어졌다. 그리고 점점 작아졌다.

점점 더.

점점 더.

"해냈어요, 린디 언니." 내가 속삭였다. "해냈어요."

칼의 모습은 너무 작아서 이제 보이지도 않았다.

"저 사람이 괜찮을 것 같아요?" 내가 물었다.

"목숨에는 문제없겠지."

목숨에는 문제가 없다. 언니의 말이 옳았다.

"우리는 이제 페니스 윅으로 달려야 해요." 내가 말했다. "가능한 한 빠르게요."

린디 언니는 운전대를 잡고 눈앞의 길을 쳐다보았다.

"맞아, 나도 알아. 하지만 한 가지 문제가 있어, 매기."

"문제가 있다고요?"

"응. 페니스 윅으로 가는 길을 전혀 모르겠어."

길을 전혀 모른다니. 그건 나도 마찬가지였다.

우리는 길을 잃었다.

완전히 길을 잃고 말았다.

우리는 제때 도착하지 못할 것이다.

너무 늦을 것이다.

"내가 길을 알아." 우나였다. 우리 둘이 앤더슨 촌장님의 다락방에 갇힌 이후로 나에게 처음으로 건넨 말이었다. 우나는 바나나 상자 하나에 몸을 의지한 채 밴 뒤쪽에 서 있었다.

"길을 안다고?" 내가 되물었다.

우나가 재빨리 앞쪽으로 다가왔다. "응. 우리는 오래된 고속도로로 왔잖아. 여기 근처에는 그런 길이 얼마 없어. 우리 할아버지는 3번 도로라고 불렀지. 우리는 수도 없이 이 도로를 지나다녔어." 우나는 무표정한 얼굴로 말했다.

"이 길을 지나갔던 적이 있다고?" 린디 언니가 밴의 방향을 틀었다. 상자가 한쪽으로 쏠렸다. "이 애가 무슨 말을 하는 거야, 이 길을 지나다녔다니?"

나는 우나를 쳐다봤다. "정말 페니스 웍까지 가는 길을 알아?"

"물론이지. 방랑자들은 자기가 갔던 길은 다 기억해. 너는 언제 이 길에서 빠져나와야 할지 절대 모를 거야."

"잠깐만, 이 애가 방랑자라는 거야?" 린디 언니가 다시 운전대를 틀었다. 밴이 다시 휙 방향을 바꿨다.

"맞아요. 그리고 이 애는 내 친구죠." 내가 대답했다.

"난 네 친구가 아니야. 더 이상은." 우나는 앞좌석으로 기어올라서 린디 언니 옆에 앉았다. "곧 오른쪽에 갈림길이 나와요. 그쪽으로 빠져야 해요."

나는 바나나 상자 사이 바닥으로 주르륵 미끄러졌다. 물론 우나는 더 이상 내 친구가 되고 싶지 않을 것이다. 내가 자기를 촌장님의 손에 넘겼으니 말이다. 게다가 나 때문에 우나가 살던 집이 부서지고 우나의 아빠가 두들겨 맞았다.

오팔 씨. 내게는 아직 오팔 씨의 칼이 있다. 나는 바지 앞 춤에서 칼집을 뽑아들었다.

"여기." 내가 몸을 수그려 칼집을 우나에게 건넸다. "네 아빠의 칼이야. 내 것이 아니니 네가 가져야 해."

"그래도 되겠어, 매기?" 린디 언니가 앞쪽에 시선을 고정한 채 물었다. "그러니까 내 말은 만약 이 애가……."

"우나는 좋은 사람이에요." 내가 말했다. "최고로 마음씨 좋은 애죠."

우나가 칼을 받아들었다.

"매기? 너야?" 제드 오빠가 정신이 들었는지 앉아 있다가 일어나려 애썼다. "린디는 어디 있어? 어디 간 거야? 린디, 어디 있어?"

"앉아, 제드 오빠." 내가 외쳤다. "린디 언니는 괜찮아. 지금 이쪽에서 밴을 몰고 있어."

제드 오빠가 다시 뒤로 풀썩 주저앉았다. "린디가 운전을 한다고? 어디 가려는 거야? 으아악." 오빠가 머리를 감싸 쥐었다. "머리가 엄청나게 아파."

"자, 여기." 내가 가까운 상자에서 바나나 하나를 더 꺼내서 오빠에게 기어갔다. "먹을 걸 더 가져왔어."

"고마워, 매기." 오빠가 옆으로 뒹굴며 누웠다. "그럼 대체 지금 무슨 일이 벌어지고 있는지 말해 줄래?"

"그래. 물론이지." 내가 말했다.

나는 밴 뒤쪽 창문 밖을 내다보았다. 높게 자란 나무들 너머로 멀리서 분홍색 하늘이 가늘고 희미하게 보였다. 어둠이 조금씩 걷히고 있었다.

나는 제드 오빠 옆에 앉았다. 우나는 린디 언니에게 뭐라고 말하며 앞을 가리켰다. 엔진 소리가 시끄러워서 우나가 뭐라고 얘기하는지 들리지 않았다. 하지만 린디 언니는 고개를 끄덕이면서 운전대를 오른쪽으로 휙 돌렸다.

나는 바나나를 까서 둘로 나눈 다음 반쪽을 제드 오빠에게 건넸다.

빨리 달려야 해요, 린디 언니.

가능한 한 빨리.

집에 돌아가야 해.

"자, 봐." 린디 언니가 앞쪽을 보며 말했다. "페니스 윅이지?"

나는 재빨리 앞으로 나아갔다.

옅은 아침 하늘로 자욱한 연기가 피어올랐다.

불이다. 엄마와 아빠, 트리그가 위험해.

"우리 집이야." 내가 말했다. "앤더슨 촌장님이 우리 집에 불을 지른 거야. 빨리요, 언니. 서둘러요!"

린디 언니가 마을 안으로 서둘러 달려갔다. 밴은 제분소와 밭, 낙농장을 지나 광장에 들어섰다. 언니는 끼익 소리를 내며 세탁소를 지났고 모퉁이를 돌아 멈춰 섰다.

제드 오빠가 일어섰다. 오빠의 몸이 후들후들 떨렸다. "내가 갈게. 걱정하지 마, 매기. 내가 구할 거야. 내가 우리 가족을 구할 거야."

하지만 무릎이 꺾이면서 오빠는 바닥에 나뒹굴고 말았다. 나는 휙 뒷문을 연 다음 오빠의 몸을 넘어 밴에서 뛰어내렸다.

35

$$\diamond$$

밝혀진 진실

우리 집이 불꽃에 둘러싸여 맹렬히 타들어 가고 있었다. 열기와 연기가 가득했다. 지붕은 허물어지고 부서졌다. 사람들이 잠옷 차림에 장화를 신고 길가에 모여 있었다.

"엄마! 아빠! 트리그!" 나는 큰 소리로 외쳤다. "나 좀 지나가게 해 줘요! 지나갈게요!"

엄마가 땅에 털썩 주저앉아 있었다. 수니타 선생님이 엄마 쪽으로 몸을 구부렸다. 아빠는 그 옆에 앉아 기침을 하고 있었다.

"엄마! 엄마!"

"매기!" 아빠가 쉰 목소리로 말했다. "대체 어디 있었니? 닐이 네가 촌장님을 위해 뭔가 일을 하고 있다고 하더구나. 하지만 밤새 뭘 했던 거니?"

"그건 중요한 게 아니에요, 아빠. 저는 괜찮아요. 그런데 엄마는 괜찮으신 거예요? 그리고 트리그는요?"

"다 괜찮을 거란다, 매기." 의사 선생님이 나를 올려다보며 말했다. "웨더럴 씨가 연기를 발견하고 너희 집 문을 마구 두드렸어. 그래서 천만다행으로 다들 늦지 않게 나왔단다."

"트리그는 어디 있어요, 아빠? 안 보이는데요?" 내가 고개를 틀어 주변을 둘러봤다. 트리그는 어디 있지?

"괜찮아, 매기. 네 엄마가 트리그를 깨웠거든. 여기 근처에 있을 거야." 아빠가 옆으로 팔을 뻗으며 말했다.

하지만 트리그는 없었다. 나는 고개를 돌리고 목을 길게 빼고 눈을 가늘게 뜬 채 열심히 트리그를 찾았다. 하지만 학교 사람들, 밭에서 온 사람들, 낙농장 사람들, 심지어 프레더릭까지 그 자리에 있었는데도 트리그는 보이지 않았다.

"없어요, 아빠! 어디 있는 거지? 트리그! 트리그!" 나는 베스 굿먼을 밀고 어린 데비 초드리를 한쪽으로 치우며 트리그를 찾았다.

"매기!" 우나가 바로 뒤에서 불렀다. "저 애 아니야?" 우나가 집 쪽을 가리켰다.

트리그가 입 주변까지 점퍼를 죽 올려서 입은 채 열린 현관문 안쪽으로 뛰어들고 있었다. 불꽃이 창문으로 넘실대며 화르륵 타올랐다.

"트리그!" 아빠가 외쳤다. 아빠는 가슴을 부여잡고 기침하면서 비틀거리며 나아갔다. "저 애가 왜 저러는 거야? 트리그! 누가 좀 말려 줘요!"

누군가 내 손을 잡았다. 따뜻하고 힘이 세며, 더럽지만 자유로운 손이었다. 우나였다.

"안에 들어가야 해." 내가 말했다.

"물론 그래야지." 우나가 말했다. "왜 망설이는 거야?"

두려움과 마주해, 매기. 한 번만 더. 두려움과 맞서 싸워.

우리는 두 팔로 입을 가리고 같이 집 안으로 뛰어 들어갔다.

뜨거운 열기와 새까만 연기 때문에 눈이 감겼다. 불길이 쉬익, 치직 소리를 냈다. 나는 점퍼 소매 사이로 퀴퀴한 공기를 들이마셨다. 내 폐를 한 번, 두 번, 세 번 통과했다 나왔던 공기였다. 내 몸의 모든 부분이 어서 밖에 뛰쳐나가고 싶다고 외치고 있었다.

진정하자, 매기. 침착해. 나는 우나와 맞잡은 따뜻하고 기운 센 손에 집중했다. 내가 손에 힘을 주면 우나도 힘을 줬다.

"트리그! 트리그!" 뜨거운 공기가 목구멍을 태우는 듯했다. "트리그? 어디 있니?"

삐그덕. 집이 크게 흔들리면서 죽어 가는 듯한 신음을 냈다.

"서둘러야 해!" 우나가 외쳤다.

"트리그! 트리그! 나와! 어서 나와야 해!"

우지직.

"제드 형! 제드 형! 형!"

트리그의 목소리였다. 왜 여기서 제드 오빠를 찾는 거지?

"나가자, 제드 형. 어서!"

트리그는 거실에 있었다. 진짜 같은 제드 오빠의 초상화와 함께였다. 트리그다운 행동이었다.

"트리그. 그건 내버려 둬도 돼. 제드 오빠가 돌아왔어. 집에 돌아왔다고!"

나는 나아갈 길을 찾아 우나를 끌고 갔다. 여기는 연기가 좀 적었다. 나는 눈을 살짝 떴다. 어둠 속에서 윤곽이 보였다. 트리그가 무거운 액자를 내리고 있었다. 진짜 같은 제드 오빠의 초상화를 벽에서 반쯤 끌어내린 상태였다.

"제, 제드 형. 어, 어서 가자." 트리그는 말을 더듬으며 기침을 했고 액자를 계속 끌어내렸다. 하지만 액자는 다시 쾅 하고 벽에 부딪혔다.

"제드 형! 제드 형!" 트리그가 연기 사이로 우리에게 고개를 돌렸다. "형이랑 같이 가야 해, 매기 누나. 같이 가야 한다고!"

나는 트리그에게 달려들어 어깨를 붙잡았다. "제드 오빠가 집에 왔어, 트리그. 초상화는 이제 필요 없다고."

트리그가 내 손을 떼어 냈다.

"거짓말하지 마, 누나." 트리그는 이제 액자와 실랑이하기를 멈췄다. "그럼 나는 형과 같이 있을래. 형 혼자 두지 않을 거야."

트리그는 초상화에 자기 머리를 가져다 댔다. 그리고 손바닥으로 꾹 눌렀다. 그리고 연기가 가득한 공기를 들이마시고는 숨을 제대로 쉬지 못했다.

나는 액자를 붙잡았다. "이쪽을 잡아. 같이 액자를 내리자."

끼이익. 복도에서 신음하는 듯 무너지는 소리가 났다.

"서둘러!" 우나가 뛰어들어 액자 아래쪽을 잡았다.

우리 셋은 힘을 합쳐 액자를 들어 올려 고리에서 떼어 냈다. 이상하게도 액자는 무겁지 않았다. 깃털처럼 가벼웠다. 연기가 더욱 자욱해졌다.

"이쪽이야!" 우나가 액자를 잡고 복도 쪽으로 안내했다.

계단은 무너져 있었다. 부서진 조각이 바닥에서 타올랐다. 열기가 살갗을 그을렀다.

"입을 막고 눈을 감아!" 우나가 외쳤다.

트리그와 제드 오빠의 초상화, 우나와 나, 우리 넷은 어둠 속을 지나 신선한 공기가 있는 밖으로 가까스로 빠져나왔다.

힘이 센 누군가가 조용히 제드 오빠의 초상화를 들어 올려 안전한 곳에 가져갔다. 프레더릭이었다.

우리는 이웃 사람들의 팔에 쓰러져 마구 기침을 했다.

"크루즈 양? 크루즈 양?"

엘시 웨더 할머니였다. 뼈가 튀어나오고 구부러진 손가락이 내 뺨을 매만졌다.

"괜찮니, 크루즈 양?"

"눈을 떴어요. 어머니, 보세요."

그늘지고 늙고 상처 입었지만 친절한 할머니의 얼굴이 나를 내려다보았다.

"우리와 함께 돌아왔어요, 어머니. 제가 이 애는 괜찮을 거라고 말했잖아요."

하지만 엘시 할머니는 웃지 않고 고개를 끄덕일 뿐이었다. 그리고 눈물 한 방울을 닦아 냈다.

불.

트리그.

트리그와 우나.

나는 일어나 앉았다.

"트리그? 우나? 트리그와 우나는 어디 있어요? 애들은 괜찮아요?"

"조심하렴, 크루즈 양. 폐를 조심해야 해."

"아이들은 괜찮단다, 매기. 불길은 잡혔고 다들 무사해." 웨더럴 씨가 몸을 틀어 가려졌던 곳을 보여 주었다. "보이지?"

겨우 팔 하나 길이만큼 떨어진 곳에 트리그가 있었다. 트리그는 몸을 웅크리고 아빠에게 안긴 채였다.

내 호흡이 진정되었다. 우나가 내 쪽으로 걸어왔다. 우나도 멀쩡해 보였다. 우나는 괜찮았다.

나는 몸을 일으켰다. "감사합니다, 웨더럴 씨. 감사합니다, 웨더럴 부인. 그런데 죄송하지만 저 잠깐……."

"우리는 신경 쓰지 말렴." 웨더럴 씨가 소매를 문질러 털며 말했다. "가서 네 친구를 만나렴. 우리랑 발을 맞춰서 걸으려면 시간이 걸릴 거야. 그렇지 않아요, 어머니? 어서 가렴."

나는 우나에게 달려갔다. 그리고 팔을 뻗어 그 애를 감싸 안았다.

흙. 햇살. 감지 않은 머리카락. 모든 것들이 연기 냄새가 진동하는 이곳에 다 있었다.

"널 집에 데려다 줄게." 내가 말했다. "너희 아빠가 계신 곳으로 말이야."

우나는 나를 계속해서 꼭 껴안았다. 마치 영원히 안고 있을 작정인 듯했다. "나는 이제 집이 없어, 매기. 이제 아빠도 없어. 돌아가셨어."

돌아가셨다고? 나는 우나에게서 떨어져서 얼른 손을 잡아 주었다. 그리고 우나의 눈을 똑바로 바라보았다.

"그게 무슨 말이야? 어디로 돌아가셨다는 거야?"

"아빠는 돌아가셨어, 매기." 우나의 얼굴에서 굵은 눈물이 흘러내렸다. "너희 촌장님이 사람들에게 아빠를 죽이라고 했대. 그리고 날 자기 집으로 끌고 갔던 거야."

우나는 자기 아빠가 죽은 줄로 알고 있었다. 그날 토요일 이후로 계속 아빠가 돌아가셨다고 생각했던 것이다.

"아니야, 아니야! 너희 아빠는 돌아가시지 않았어, 살아 계셔. 내가 봤는걸."

우나가 나를 멍하니 바라보았다.

"네가 촌장님 집에 있는 동안 네 아빠와 만났어. 그때 네 오빠 펠릭스에 대한 얘기를 들었어. 네 아빠는 나에게 모든 걸 말해 주셨어. 그분은 살아 계셔, 우나. 안경을 수리하셨고 항생제를 드신 다음에 클리어캔도 고치셨어." 나는 우나의 손을 더 꽉 잡았다. "네 아빠는 살아 계셔. 정말이야."

우나가 입을 달싹였지만 아무런 말도 하지 못했다.

"그자가 살아 있다고?" 등 뒤에서 누가 말했다. "파커 형제가 일을 망쳤구먼."

앤더슨 촌장님이었다.

"우나에게서 물러서요." 나는 우나와 촌장님 사이에서 버티고 섰다.

"물러서요!" 나는 있는 힘껏 다시 소리 질렀다.

모든 사람들이 이쪽을 쳐다봤다. 아빠, 수니타 선생님, 웨더럴 씨, 학교 선생님들, 낙농장 일꾼들, 첫째들, 막내들, 둘째들. 우리를 도우러 오거나 멍하게 구경하러 온 사람들이었다. 모두들 우리를 돌아봤다.

앤더슨 촌장님이 고개를 숙여 땅을 내려다보았다. 그리고 고개를 절레절레 흔들었다. "우리는 오늘 아침 페니스 윅 마을에 벌어진 끔찍한 사건을 지켜봤습니다. 웨더럴 씨의 재빠른 대처로 큰 재난을 막을 수 있었죠. 그리고 고백을 하나 하자면……." 촌장님이 자기 손을 들며 말했다. "이 재난에 가까운 사태는 부분적으로 제 잘못입니다."

촌장님의 잘못이라고? 지금 사실대로 털어놓으려는 건가?

"이게 제 잘못인 이유는 제가 방랑자 하나를 마을에 데려왔기 때문이죠. 더럽고, 위험하며, 속임수를 잘 쓰는 존재를요."

촌장님이 우나를 쳐다보았다.

사람들이 웅성거렸다. "저 애가 방랑자야? 저 애가?"

"그리고 혼란에 빠진 둘째 매기 크루즈가 오늘 아침 일찍 이 방랑자 아이를 풀어 주었습니다. 그 결과 끔찍한 대가를 치를 뻔했죠. 저는 여러분 모두에게 사과를 구합니다. 그리고 이 방랑자 여자 아이를 처리하겠다고 약속드립니다."

"이 아이의 이름은 우나예요." 내가 말했다.

"저는 이 방랑자 여자아이와 불을 지른 방화범을 당장 우리 마을에서 내쫓겠습니다." 촌장님이 말했다.

사람들이 앞으로 조금씩 밀고 나왔다. "방화범이래. 방랑자. 살인범이야."

나는 우나 앞을 막아섰다. "아무도 이 아이를 데려갈 수 없어요." 나는 크고 분명한 목소리로 말했다. "촌장님 말은 사실이 아니에요. 우나는 우리 집에 불을 지르지 않았어요. 불을 지른 건 앤더슨 촌장님이에요. 우나는 단지 저를 도와 함께 트리그를 구했을 뿐이에요. 여러분 모두가 지켜보셨지만 말이에요."

"그건 터무니없는 말이에요." 촌장님이 다리에 대고 손가락을 두드렸다.

하나, 둘, 셋, 넷, 다섯. 하나, 둘, 셋, 넷, 다섯.

"자, 다들 지난 밤 걱정이 많았어요. 다들 집에 돌아가세요. 저는 광장에 세워 둔 지프차를 타고 이 방랑자를 캠프에 데려갈 거예요. 다들 내가 하려는 일에 찬성하겠죠."

"거짓말이에요." 내가 말했다. "모든 게 다요. 우나는 위험하지 않아요. 그리고 캠프는 더 이상 존재하지 않죠. 조용한 전쟁은 오래전에 끝났어요."

"그게 무슨 말도 안 되는 소리냐." 앤더슨 촌장님 얼굴에 가느다란 핏줄이 불거져 점점 빨개졌다.

나는 마른침을 삼키고 이야기를 계속했다. "앤더슨 촌장님은 우리 마을의 첫째들을 데려가서 가스와 옷감, 바나나, 작은 모형과 바꿨어요. 여기 증거가 있어요. 보세요."

내가 주머니에서 사진을 꺼냈다. 앤더슨 촌장님이 스팽글이 달린 옷을 입고 음식을 차린 파티에 참석한 사진이었다. 사진 속 촌장님은 '건배!'라고 외치는 듯했다. "시내에 갈 때마다 촌장님은 이러고 있었죠." 내가 사진을 들어 올렸다.

"매기? 매기야?" 아빠가 맨 앞에서 조용하고 부드러운 소리로 나를 불렀다. "애야, 힘든 밤이었지. 한 주 동안 힘들었고 말이야. 그냥 이 여자아이를 앤더슨 촌장님이 데려가도록 하는 게 좋지 않을까? 그리고……."

"안 돼요!" 사람들 뒤쪽에서 누군가 소리쳤다.

린디 언니였다. 다들 언니 쪽을 돌아보았다.

"매기의 말에 귀를 기울여야 해요." 린디 언니가 말했다. "더 이상 캠프는 존재하지 않아요."

"린디! 우리 딸 린디구나!" 초드리 부인이 사람들 사이를 비집고 언니에게 가까이 다가가려 애썼다.

사람들은 자리를 터 주었다. 입을 떡 벌리고 눈을 크게 뜬 채였다. 사람들 절반은 왼쪽으로 비켰고 다른 절반은 오른쪽으로 비켰다. 그러자 우뚝 선 채 제드 오빠가 일어서도록 부축하고 있는 린디 언니가 보였다.

"제드?" 아빠가 거의 속삭임에 가까운 목소리로 중얼거렸다. "제드 너니?"

"방랑자 우나는 아무런 잘못도 하지 않았어요." 제드 오빠가 떨리는 목소리로 말했다. "불이 처음 번졌을 때부터 우리와 함께 있었어요. 매기가 우리 셋을 다 구해서 집으로 데려왔죠. 매기는 우리의 영웅이에요."

"앤더슨 촌장님?" 아빠가 말했다. "이게 정말인가요?"

"그게 아니에요. 전혀 그런 게 아니에요." 앤더슨 촌장님의 붉은 얼굴이 한층 더 붉어졌다. "저는 여러분을 보살폈어요. 여러분 모두를요. 여러분에게 가스와 석유, 옷감을 가져다줬죠. 그러기 전에는 겨울이 얼마나 추웠는지 기억나나요? 제가 가져다준 물건이 아니었으면 우리는 한겨울에 살아남지도 못했을……."

"당신이 우리를 도와줬다고 말하는 건가요? 우리 애들을 팔아넘겼는데도요?" 샐리 오웬스의 엄마가 사람들 앞으로 밀고 나왔다.

사람들이 다들 화가 나서 웅성거리기 시작했다. 오웬스 씨가 자기 부인의 어깨를 치면서 앞으로 나섰다. 바위처럼 꽉 쥔 주먹이 부들부들 떨리고 있었다.

이제 보호해야 할 사람은 우나가 아니었다. 앤더슨 촌장님이었다.

나는 촌장님과 사람들 사이에 똑바로 서서 말했다. "촌장님을 해치지 말아요. 오늘은 더 이상 아무도 다치지 말았으면 좋겠어요. 여러분이 바란다면 이 사람을 가둬 놓을 수 있겠죠. 하지만 해치지는 말아요. 그리고 다들 잘 들어요. 우리가 해야 할 다른 일이 있어요."

사람들은 나를 보려고 밀치고, 어깨 너머로 들여다보고, 팔꿈치로 떠밀었다. 사람들이 내 말을 들어 주고 있었다. 나, 둘째인 매기의 말을 말이다. 정말로 다들 귀를 쫑긋 세웠다.

"저는 지금 되는 대로 빨리 여기서 떠나야 해요. 제드 오빠, 린디 언니와 함께 갇혀 있던 다른 첫째들을 구하러 돌아가겠다고 약속했거든요. 그런 다음 시내로 나가 페니스 윅 마을 출신의 첫째들을 발견하는 대로 다 데려올 거예요. 저와 함께 가고 싶은 분이 있다면 무척 환영해요."

사람들이 환호성을 질렀다. 사람들은 앞으로 밀려들어 내 몸을 붙들고 높이 들어 올렸다. 마치 내가 첫째인 것처럼. 마치 내가 특별한 존재인 것처럼.

"매-기! 매-기! 매-기!" 사람들이 내 이름을 외쳤다. "매-기! 매-기! 매-기!"

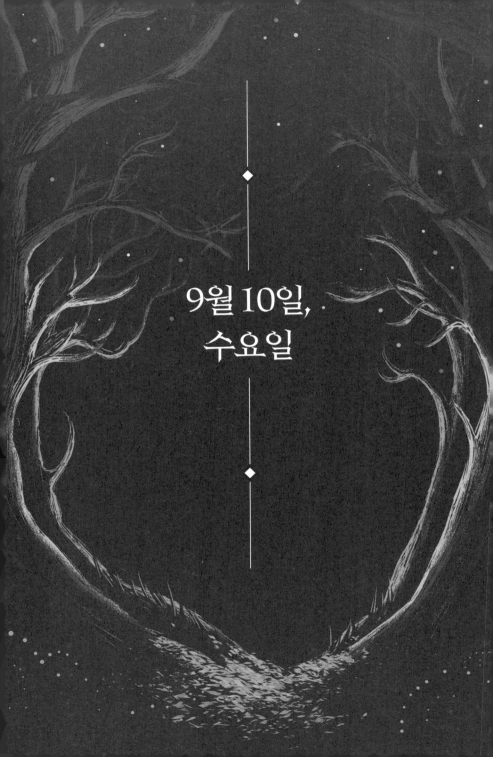

9월 10일,
수요일

36

◇

경계를 넘어

엄마는 몸이 완전히 나을 때까지 린디 언니의 침대에 꼼짝도 하지 않고 누워 계셨다. 아빠가 우리 가족이 지낼 장소를 새로 물색하기 전까지는 그렇게 해야 했다.

엄마는 목욕을 했고 몸을 회복했다. 깨끗해진 상태에서 가족들의 입맞춤을 받았다. 그리고 레이스와 주름장식이 달린 초드리 부인의 이불을 푹신하고 따뜻하게 몸에 돌돌 감은 채 지냈다. 이제 더 이상 엄마처럼 보이지도 않았다. 나는 눈을 감고 엄마에게 얼굴을 묻었다. 하지만 엄마에게서는 아직 페니스 윅의 진흙 들판 냄새가 났다. 이 냄새를 씻어 낼 수는 없을 것이다. 엄마의 살갗에 파고든 냄새이기 때문이다.

엄마는 한쪽 팔을 이불 아래로 뻗어 제드 오빠의 손을 아주 꽉 잡고 있었다. 오빠는 골디 파이를 백만 개쯤 우적우적 씹고 있었다. "내게 정말로 필요했던 건 이게 전부야." 오빠가 말했다.

"이거랑 라즈베리 에이드 한 잔." 오빠는 일주일 전에 린디 언니가 그랬던 것처럼 눈가가 퍼렇게 멍들어 있었다.

"흠, 좋아요." 수니타 선생님이 침대 끄트머리에 왕진 가방을 올려놓고 지퍼를 잠그며 말했다. "어머님은 앞으로 여러 주 동안 보살핌을 받으셔야 해요. 하지만 그건 전혀 걱정이 되지 않네요. 이렇게나 가족 분들이 잘 보살피고 있으니까요."

트리그가 나를 떠밀며 말했다. "엄마는 혼자 쉴 시간이 필요하다고, 매기 누나. 수니타 선생님이 그렇게 말씀하셨어. 그렇죠, 선생님? 그게 중요하잖아요." 트리그는 엄마의 이불을 당겼다. "엄마, 물을 좀 마시고 싶지 않아요? 제가 부축해 드릴게요. 하지만 몇 모금만 마셔야 해요. 수니타 선생님이 그렇게 말씀하셨으니까요. 아빠도 그렇게 말씀하셨죠?"

"그렇단다." 아빠가 고개를 끄덕였다. "트리그 말을 잘 들어요. 트리그는 학교를 졸업하고 나처럼 간호사가 될 계획이에요. 그리고 지금 보니 꽤 잘 해낼 것 같아요."

엄마가 끙끙거리며 투덜댔다. "매기, 제드. 이 두 사람과 나만 여기 남기고 자리를 비우지 말아 줘. 저 사람들은 내가 죽을 때까지 간호하려 들 거야." 엄마가 목이 쉰 듯한 목소리로 말했다. "트리그의 허락을 받지 못하면 물 한 잔도 제대로 못 마시는구나." 엄마가 나에게 눈을 찡긋했다.

"폐가 회복되어야 하니까요." 트리그가 말했다.

"물론이지." 수니타 선생님이 말했다.

아빠와 트리그는 엄마를 훌륭하게 보살폈다. 수니타 선생님의 말 그대로다. 엄마를 전혀 걱정할 필요가 없다. 두 사람이 매의 눈으로 엄마 곁을 지킬 것이다. 초드리 부인 역시 마찬가지였다.

엄마는 아주 빨리 나을 것이다. 얼른 낫지 않으면 주변 사람들이 그렇게 만들 것이다.

"우리는 준비가 다 되었어." 초드리 씨가 문에 몸을 기대며 말했다. "너희도 준비가 됐니, 매기? 제드?"

"하지만 아직도 이게 좋은 생각인지 확신이 안 서요." 아빠가 내 어깨를 꽉 붙잡으며 초드리 씨에게 말했다. "제드도 어제부터 간신히 걸었고……."

"우리는 가야 해요, 아빠." 내가 말했다. "가능한 한 빨리요. 마을 첫째들이 아직도 다들 갇혀 있어요."

"우리 기특한 매기." 아빠가 나를 끌어당겨 꼭 안았다.

"걱정 마요, 아빠." 내가 말했다. "우리는 많은 사람들의 도움을 받을 거니까요. 우나랑 오팔 씨도 갈 거고, 다른 사람들도 도울 거예요. 우리들만 가는 게 아니에요."

"물론 아니지." 제드 오빠가 얼굴에 묻은 파이 부스러기를 소매로 닦으며 말했다. 할아버지의 시계가 오빠의 손목에서 반짝거렸다. "마을 사람들 절반이 밖에 줄을 서 있어. 사람들은 어디

든 너를 따라가겠다고 해. 창문 밖을 봐."

창문 밖에 사람들이 보였다. 마을 곳곳에서 조랑말과 이륜마차를 끌고 온 사람들이었다. 메리노 가족 전부, 도디 스텐베리 씨, 웹스터 씨, 오웬스 부부가 보였다. 리커드 자매도 바이올린을 들고 왔다. 프레더릭은 마차 뒤에서 책을 읽는 중이었다. 그리고 물론 린디 언니도 제드 오빠를 위해 옆 자리를 비워 둔 채 기다리고 있었다.

모든 사람들이 거리에서 나를 기다린다. 심지어 앤더슨 촌장님도 페그 굿먼과 템플 씨 사이에 끼어 있었다. 촌장님은 좋든 싫든 간에 우리가 첫째들을 찾아가는 데 도움을 주기로 했다.

"우아." 트리그가 감탄했다. "사람들이 엄청 많아. 하나, 둘, 셋……"

"그리고 말이다." 엄마가 쉰 목소리로 말했다. "오팔 씨가 너희 둘이 헤매고 있으면 안전하게 다닐 수 있게 자기가 아는 모든 걸 알려 주겠다고 하셨어. 나에게 약속했단다."

"오팔 씨는 가만히 누워서 쉬어야 해요." 수니타 선생님이 침대에서 왕진 가방을 집어 들며 말했다. 가방이 옆으로 흔들렸다. "푹 쉬고 회복하면 그분의 다리는 훨씬 빠르게 좋아질 거예요. 내가 그렇게 말했는데 조심하지 않네요."

"그분은 한곳에만 가만히 머물러 있는 걸 견딜 수가 없대요." 제드 오빠가 말했다. "방랑자들은 많이들 그런다고 하더라고요."

"열여덟 마리!" 트리그가 활짝 웃었다. "조랑말 열여덟 마리와 마차 열여덟 대가 와 있어!"

엄마가 아빠에게 손을 내밀었다. "매기는 우리 마을 첫째들을 집에 데려올 거예요. 많은 사람들로부터 도움을 받을 테고요. 그리고 누군가는 여기 남아 아이들이 돌아와도 될 만큼 밭과 젖소, 곡식이 충분한지 확인해야 해요."

밭과 젖소, 곡식. 나는 모든 것을 떠나고 있다. 그동안 내가 알고, 사랑하고, 믿었던 모든 것을. 가슴이 두근댔다.

아빠가 한숨을 쉬었다. "그래, 좋아. 그럼 어서 서두르렴. 네가 엄마와 작별 인사를 마치면 내가 나가서 너를 배웅하마."

나는 엄마 품에 다시 머리를 묻었다. 이불에 내 눈물 자국이 번졌다. 엄마는 내 머리카락을 쓸어 주었다. 엄마의 심장이 내 귀 아래에서 뛰었다. 나는 그 심장 박동에 맞춰 숨을 쉬었다.

들이마시고, 내쉬고, 들이마시고, 내쉬고.

두려움을 그대로 느껴, 매기. 두려움을 똑바로 바라봐.

들이마시고, 내쉬고.

"어휴, 매기 누나. 이제 일어나. 시트가 엉망으로 젖고 있잖아." 트리그가 말했다.

우리는 앤더슨 촌장님의 마차에 얼룩무늬 조랑말인 멜리사를 묶어 이동했다.

오팔 씨가 내 왼쪽에 앉았다. 오팔 씨는 깨끗이 머리를 감았고 다리에는 부목을 댔으며, 안쪽 주머니에 새로 얻은 트렐리실린 약병을 넣고 있었다.

"우리는 네가 모르는 사이에 불 피우는 구덩이를 파게 할 거야." 오팔 씨가 말했다.

우나는 깨끗한 새 초록색 깅엄 드레스를 입고 내 오른쪽에 앉아 있었다. 린디 언니의 옷이었다. 약간 큰 듯했지만 그래도 괜찮았다. 오래 입을 수 있다는 뜻이니까. 우나는 머리카락을 귀 뒤로 넘겼고 머리카락은 바로 떨어졌다.

조랑말 멜리사가 흥흥거리며 걸었다. 우리는 나비들판을 통과해 나아가고 있었다. 오팔 씨는 말과 마차가 지나기에는 이 길이 가장 낫다고 했다.

"우나." 내가 불렀다.

"응?"

"나는 아직도 귀를 움직일 수 없어."

"아직 연습한 지 일주일밖에 안 됐잖아." 우나가 이 틈새가 보이는 미소를 지었다. "더 오래 연습해야 해."

일주일밖에 안 됐다고? 정말인가?

고작 일주일 만에 모든 것이 바뀌었다. 엘시 할머니가 말한 그대로다. 나는 지금 내가 이 세상에서 가장 좋아하는 방랑자 두 명 사이에 끼어 있다. 또 중간에 낀 존재다. 하지만 이번에는 고삐가 내 손에 있고, 열일곱 마리의 조랑말과 열일곱 대의 마차가 내 뒤를 따른다. 마을의 엄마 아빠들, 형제자매들, 이모, 삼촌과 사촌들이 자기 집 첫째를 찾아 나섰다.

다들 나를 따라온다. 그리고 노래를 부르고 있다. 리커드 자매가 쓴 새로운 노래다.

"창문 밖으로 밤하늘을 바라보면
심장이 환하게 불타는 둘째 하나가 보인다네.
동쪽 들판을 가로질러, 서쪽 들판을 가로질러
나는 일어나서 잠자리에 들 때까지 그 여자아이의 이름을 노래 부르리."

사람들의 노래는 달콤하고 우렁찼으며 강하고 사실 그대로였다.

나는 귀를 기울였다. 사람들의 목소리 사이로 다른 소리가 들렸다.

게비 씨의 망치 소리였다. 쾅쾅쾅.

젖소들의 울음소리가 립 크로스 위로 울려 퍼졌다.

바람이 불어 나뭇잎이 바스락거렸다.

지금 우는 귀뚜라미 한 마리는 여름이 이미 지난 걸 모르는 듯했다.

그리고 여기에 돌아가신 조상들의 목소리가 더해졌다. 아주 작고 부드러운 소리였다.

"매기, 우리가 따라가도 될까?
　우리 첫째들을 구하도록 도와줄래?
　매기, 우리가 마을에서 나오도록 이끌어 주겠니?
　우리가 경계를 부수도록 도와주겠니?"

　멋쟁이나비 한 마리가 조랑말 멜리사의 등에 살짝 떨면서 앉았다. 검은색 날개가 널찍하고 붉은색 줄무늬가 선명했다. 이 나비가 한때는 작은 애벌레였다니 믿기지 않았다. 멜리사가 꼬리를 흔들어 나비를 쫓자 나비는 우리보다 앞서 경계 쪽으로 펄럭이며 날아갔다.

에필로그

꽈쾅.

엄마가 첫 번째 일격을 가했다.

엄마가 앤드루 솔즈베리 석상의 목에 도끼를 휘두르는 동안 아빠와 트리그는 사다리가 흔들리지 않게 붙잡았다. 석상의 목이 깨끗하게 잘려 데굴데굴 구르더니 광장 한복판에서 두 조각으로 갈라졌다. 비둘기들이 흩어져서 푸드덕대며 날아갔고, 근처에 모였던 아이 부모님들은 어린아이가 그 모습을 보지 못하게 자기 등 뒤로 숨겼다.

엄마가 두 번째로 도끼를 휘두르자 석상의 오른팔이 떨어졌다.

"우아." 우나가 아빠가 만든 골디 파이를 한입 가득 우물대며 말했다. "너희 엄마 진짜 일 잘하시는구나."

"항상 그래." 11월의 찬 공기가 내 목을 감싸며 스쳤다. 나는 코트 깃을 올렸다.

이건 다 엄마의 생각이었다. 석상을 부수고 그 자리에 오래 전 캠프에 갔다가 돌아오지 못한 모든 사람들을 기리는 추모비를 세우자는 것이다. 그 위에는 그들의 이름이 전부 새겨질 것이다. 엄마는 릴 이모와 펠릭스를 비롯한 모든 사람들이 영원히 기억되기를 바랐다.

"좋아요, 이제 내 차례예요." 초드리 부인이 엄마에게 내려오라고 손짓한 다음 흔들대는 사다리를 올라갔다. 초드리 부인은 도끼를 들어 올리는 데에도 힘이 드는 듯했지만 그렇다고 멈추지는 않았다. 결국 왼쪽 팔꿈치에서 큼직한 조각 하나를 깼다.

"저길 봐." 내가 세탁소 쪽을 가리켰다. "저기 촌장님, 아니 태셔 앤더슨 씨가 있어."

앤더슨 씨는 손수레 앞에 어깨를 잔뜩 웅크린 채 서 있었고 옆에 프레더릭이 있었다. 앤더슨 씨는 우리가 부순 석상 조각을 치우는 임무를 맡았다. 그리고 프레더릭은 앤더슨 씨가 제대로 일을 하는지 감시하기로 했다.

"아, 나도 보여." 우나가 마지막 파이 조각을 입에 욱여넣었다.

"촌장님 대신에 태셔 앤더슨 씨라고 부르려니 입에 잘 붙지 않네." 내가 말했다.

"매기! 우나! 지금 무슨 일이 벌어지고 있는지 알아?" 린디 언니가 치맛자락을 펄럭이며 뛰어왔고 제드 오빠가 따라서 달려왔다. "샐리와 뎁을 비롯한 우리 마을 첫째들이 다들 공동묘지에 모였어. 산사나무 울타리를 베어 버리겠대."

"정말?"

나는 제드 오빠를 쳐다봤다.

"정말이야." 오빠가 대답했다.

"정말이고말고!" 린디 언니는 이제 눈에 멍든 자국이 없었고, 제드 오빠 역시 마찬가지였다. "게비 씨가 아이들에게 연장을 빌려 줬어. 아무도 그 애들을 막지 못할 거야." 린디 언니는 뒤를 돌아보더니 우리 쪽으로 몸을 기울이며 말했다. "베스 굿먼이 그러는데 웨더릴 촌장님이 파커 형제를 이제 감옥에서 꺼내 힘든 일을 시키기로 했대. 뎁 메리노가 새 촌장님의 말을 들었어. 촌장님은 그렇게 하는 게 그 사람들에게 더 좋다고 하셨대. 나랑 제드도 앤드루 솔즈베리 석상을 처리한 다음에 도우러 갈 거야."

"매기, 너는?" 우나가 점퍼에 손을 문지르며 말했다. "가만히 보고만 있을 거야? 우리도 도울 수 있잖아."

"아, 잠깐만." 린디 언니가 주머니에서 뭔가를 꺼냈다. 줄무늬 천으로 만든 끈을 졸라매는 작은 가방 두 개였다. "너희들 거야. 한 사람 앞에 하나씩." 언니가 우리 손에 가방을 쥐어 주었다.

나는 가방을 열어 손가락을 안에 집어넣었다. 조그만 무언가가 들어 있었다. 얇고 매끄럽다. 나는 그것을 꺼냈다. 동그랗고 반짝이는 무언가였다. 은색, 보라색, 금색이었다.

우나가 얼굴을 살짝 찌푸렸다. "이게 뭐야?"

"스팽글이야." 내가 말했다. 나는 스팽글 장식을 손바닥에 늘어놓았다. "예쁘다."

"정말 그렇네." 우나가 이 틈새가 보이는 미소를 지었다. "고마워요."

"너희들이 내년 여름방학 일기장에 붙여서 장식하면 좋겠다고 생각했어. 아니면 원하는 어디든 붙여도 좋겠지. 나는 가방에 붙일 생각이야." 린디 언니가 제드 오빠의 손을 스르륵 잡았다. "왜 줬냐면, 너희도 알잖아. 너희들이 해 준 일이 고마워서."

제드 오빠가 세상에서 가장 사랑스런 존재를 보듯이 린디 언니를 바라보았다.

"가자, 린디." 오빠가 린디 언니를 끌어당겼다. "저 석상이 완전히 부서지기 전에 나도 도끼 손잡이를 한번 잡아 보고 싶어."

나는 스팽글 장식을 떨어뜨리지 않게 조심하면서 도로 가방 안에 넣었다. 그리고 가방끈을 단단히 잡아당겨 묶었다.

"우리도 가자, 매기." 우나가 나에게 팔짱을 끼라는 듯 팔꿈치를 옆구리에 붙였다. "산사나무 울타리에 가자."

나는 우나와 팔짱을 낀 채 개구리 골목을 향해 나아갔다.

평범한 친구처럼.